KB235434

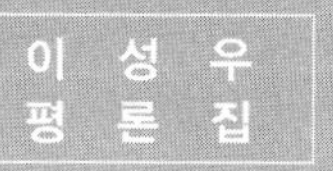

시+인+들

시+인+들

이 성 우

도서출판 **역락**

➤ **책머리에**

시 시가 내게로 오지는 않았다. 내가 시를 찾아 나선 이유다. 그 탐색과 만남에 관한 글을 쓰는 것이 은연중 생활의 키를 잡아 왔다. '시인의 죽음과 비평가의 탄생'이란 이름의 깃발을 내건 글쓰기의 항해는 겉으로 순조로워 보였을지도 모르나 수면 아래서는 늘 크고 작은 물결이 일었다. 그 와중에 내 글의 텍스트가 되어 준 좋은 시들을 만났다는 것, 그 이상의 기쁨은 없다. 제1부에 실린 작품론에서 거론된 시편들을 눈여겨 보아 주시기 바란다. 텍스트와 일대일로 만나고 나서 쓴 작품론이야말로 모든 문학적 담론의 출발점이 되어야 한다는 생각은 앞으로도 변함없을 것이다.

시+인 이해할 수는 있으나 받아들일 수 없는 명제가 누구에게나 있기 마련이다. 내겐 시인이 거짓말을 한다는 명제가 그 가운데 하나다. 시인의 어떤 말들이 거짓인가를 따지는 것은 그러나 나로서는 내키지 않는 일이었다. 대신 나는 그들이 왜 거짓말하는가를 따져 보고 싶었다. 나만을 비추던 거울의 뒷면을 벗겨내 타인이었던 시인을 들여다보는 유리창을 만들기로 한 것이다. 제2부에 실린 시인론 형태의 글들을 쓰면서 시와 시인을 따로 떼어놓지 않고 '시+인'으로 생각한 것은 그 때문이다. 더 주의를 기울여야 하는 것은 시 자체가 아니라 인간이다. 일차적으로 대하는 작품에서 시선을 돌려 궁극적으로는 그 작품의 출발지인 시인과 도착지인 독자 자신 사이를 끊임없이 왕복해야 한다.

시+인+들 하나의 글자만으로 문장이 이루어지고 행이 만들어지고 한 편의 작품이 될 수 있는 장르가 바로 시다. 그렇게 태어난 작품들은 필연적으로 의미의 네트워크를 구축한다. 동일인으로서 시인의 작품 세계 혹은 동시대인으로서 문학사의 한 요소가 되기 때문이다. 이처럼 낱글자로 출발한 작품이 의미의 망을 이루듯 개별자로 출발한 시인들 역시 각자의 작품을 매개로 '들'을 만든다. 이때 '들'은 복수접미사이면서 동시에 일반명사다. 시와 사람을 연결하는 무한한 접점이다. 제3부에 수록한 글들이 그 '들'을 염두에 두고 쓴 주제론과 월평 형태의 결과물이다. 요컨대 '시'를 시인과 독자의 상호소통적 인간관계라는 관점에서, '시인'을 '들'의 관계망에서 보려는 시도가 곧 비평이다. 아니, 나의 비평이 그랬으면 한다.

+비평적 자아 '이차 저작물'이라는 뜨거운 화두를 끌어안고 있는 비평가의 존재론적 불안, 그것을 과연 어떻게 극복할 것인가. 아니 그게 가능하기나 한 일인가? 나는 한때 '비평은 훈수다'라는 말을 만들어 스스로를 그 질문으로부터 대피시켜 왔지만, 언제까지나 그 같은 대피소에서 글을 쓸 수는 없는 일이다. 어찌 보면, 마녀에 의해 다른 사람은 올라갈 수 없는 외로운 탑에 갇힌 라푼첼, 그녀는 곧 존재론적 불안에 휩싸인 비평가의 다른 모습인지도 모른다. 라푼첼이 자신의 길게 자란 머리털을 구원의 수단으로 삼았듯, 비평가 역시 자신이 끊임없이 쓴 글들을 통해 구원의 실마리를 찾을 수 있을 것이다. 그러고 보면 비평이 이차 저작에 불과하다는 견해와, 비평의 창조성을 강조하는 입장 사이에서 굳이 양자택일할 필요는 없는지도 모른다. 이 문제에 대한 시각을 조금 바꿔 '비평적 자아'란 말을 상정해 보는 것은 어떨까. 비평적 자아란 비평가의 비평문 속에 존재하면서 그의 일상적 자아와는 구별되는 또 다른 자아를 가리킨다. 마치 시와 시인의 비분리를 말하면서도 시 작품을 논할 때는 방법적으로 일상적 자아와 시적 자아를 분별하는 것과 같은 맥락의 일이다.

시의 경우와는 다른 비평의 특성에 비추어 비평가와, 그가 쓴 문장의 주체는 분리될 수 없다는 반론이 제기될 수 있다. 그렇더라도 비평 문장의 내용 주체가 항상 비평가의 일상적 자아와 일치한다고는 볼 수 없다. 이 경우 비평문의 내용 주체가 될 수 있는 것은 우리가 지금 비평적 자아라고 부르는 그 새로운 자아일 수밖에 없다. 비평의 영역에서 비평가의 일상적 자아와 비평적 자아를 분별하는 일은 궁극적으로 비평가에게 자기 소모적인 존재론적 불안 대신 생산적인 창조의 영감을 불어넣는 일이 될 것이다. 제4부에 그 생각에 바탕을 둔 메타비평적 글들을 모았다.

원고 청탁이라는 주문에 의해 씌어지기 마련인 것이 비평이지만, 이 책에는 원고 청탁 없이 쓴 몇 편의 글도 들어 있다. 이것도 어찌 보면 나의 비평적 자아가 개입한 결과일 것이다. 이 모든 것들을 가능케 해 준 '시+인+들'께, 오랫동안 공들이고 망설인 첫 평론집을 바친다.

2007년 3월
이 성 우

‖ 차 례 ‖

제 **1**부

시

문학이라는 이름의 불완전한 거울

김춘수의 「거울」

거울 속에도 바람이 분다.
강풍이다.
나무가 뽑히고 지붕이 날아가고
방축이 무너진다.
거울 속 깊이
바람은 드세게 몰아붙인다.
거울은 왜 뿌리가 뽑히지 않는가,
거울은 왜 말짱한가,
거울은 모든 것을 그대로 다 비춘다 하면서도
거울은 이쪽을 빤히 보고 있다.
셰스토프가 말한*
그게 천사의 눈일까,

* 셰스토프는 천사는 온몸이 눈으로 되어 있다고 했다.

— 『현대시학』, 2000. 5

1

　한때 나는 망원경에 심취한 적이 있다. 열다섯 살 때쯤으로 기억되는데, 전기도 들어오지 않았던 당시의 시골 마을에서 망원경은 대단한 문명의 이기였다. 학생 잡지에 실린 망원경 광고를 보고 우편 주문을 하고 나서 꼬박 일주일을 애태워 기다렸다. 학교 수업이 끝난 후 뛰다시피 집에 돌아와 떨리는 손으로 우편물의 포장을 벗겼다. 그때 비로소 제 몸을 드러내던 샛노랗고 기다란 알루미늄 원통과 거기에 붙어 있던 검지 손톱처럼 동글게 생긴 금색 상표를 나는 아직도 생생히 기억한다.

　지금 생각해 보면 성능이 그다지 뛰어난 제품은 아니었으나, 당시 나는 그때까지 보아 왔던 주변의 모든 사물과 사람들을 그 망원경을 통해 다시 관찰하는 희한한 체험에 빠져들었다. 매끄러운 얼음판쯤으로 생각했던 보름달이 곰보투성이라는 사실을 확인하고 내심 실망했으며, 어른들의 얼굴을 마음껏 빤히 확대해서 바라보면서 즐거워했다. 확실히 맨눈으로 보던 실제 세상과 망원경을 통해 보는 세상은 다른 것처럼 느껴졌다. 그러다가 나는 사춘기 소년 특유의 호기심에 이끌렸는데, 주로 인가에서 멀찍이 떨어진 밭에서 일하는 동네 누이들이 대상이었다. 나는 침을 꼴깍꼴깍 삼켜 가며 그녀들의 행동을 살폈다. 그러나 망원경의 성능은 나의 은밀한 기대를 완전히 충족시켜 주지는 못했다.

　어느 날인가 학교 교실에 앉아 있다가 나는 마침내 다른 방법을 생각해 냈다. 우리 집 외벽에 걸려 있던 대형 거울을 이용해 보자는 것이었다. 투명한 유리 사이에 나뭇잎을 끼우고 현미경을 통해 관찰하면 나뭇잎의 미세한 구조까지 훤히 보이듯, 벽에 걸린 대형 거울 속에 담긴 풍경과 사람들을 거울 가까이에 붙어 서서 망원경을 통해 관찰하면 기가 막히게 잘 보일 것 같았다. 아, 나는 아직도 기억한다. 숨을 헐떡이며 집으로 뛰어 들어와 망원경을 뽑아 들고는 거울 속을 이리저리 들여다 보다가, 너무 확대되어 일그러진 점의 집합으로밖에는 보이지 않는 거울 속 세계에 실망하여 고개를 저으며 돌아서던…….

나중에 대학에 들어와 플라톤을 공부할 때, 나는 플라톤이 말했던 '이데아—현상—모방'의 관계를 중학교 시절의 그 거울에 대한 추억으로 유추해서 이해했다. 거울 속 세계는 현실 세계의 불완전한 모사에 지나지 않는다는 사실을 그보다 더 명확하게 나에게 일러준 경험은 없었기 때문이다. 문학개론 강의실에서 입 밖에 내지는 않았지만 당시 나는 심정적으로 플라톤의 시인추방론에 동조하고 있었다. 목수가 만든 침대를 본보기로 하여 화가나 시인이 그린 침대, 어떻게 그 '모방' 위에서 잠을 잘 수 있겠는가. 열다섯 살 때의 그 거울 속에 들어 있던 예쁜 누이가, 망원경을 들이대자마자 심하게 일그러진 모습으로 보였던 것처럼 말이다. 시인이나 작가의 상상력이 아무리 뛰어나다 하더라도 현실을 본떠 그린 세계에서 과연 무엇을 기대할 수 있을까. 문학 작품 속에 담긴 현실이라는 것도 거울 속의 그런 세계와 같은 것은 아닐까. 한동안 나는 열다섯 살 적의 거울과 플라톤의 그늘에서 벗어나려 무던히도 애를 썼던 것으로 기억된다. 문학 작품이 그려내는 것은 현실 세계의 구체적인 대상과는 별도로 독자성을 지닌다는 한 줄의 이론이 나를 구원해 준 것은 그 이후의 일이다.

2

최근 나는 열다섯 살 적의 거울을 다시 떠올리게 하는 시 한 편을 만났다. 동시대의 나 아닌 다른 사람들은 어떤 거울 체험을 가졌을까. 더욱이 우리 시단의 원로 가운데 한 분의 거울은 무엇을 담고 있을까. 이런 기대를 하면서 나는 김춘수의 「거울」을 읽었다. 그의 이 작품에서 '거울'은 두 개의 현상을 담고 있으며, 각각의 현상에 대한 질문이 그 뒤를 따른다.

현상 ①: 거울 속에도 강풍이 불어, 나무가 뽑히고 지붕이 날아가고
방죽이 무너진다.(1~6행)
질문 ①: 현상 ①을 비추는 거울은 왜 말짱한가?(7~8행)
현상 ②: 거울은 만물을 그대로 비출 뿐만 아니라 이쪽을 쳐다보고
있다.(9~10행)
질문 ②: 현상 ②를 가정하면, 거울은 셰스토프가 말했던 천사의 눈
같은 것이 아닐까?(11~12행)

시인은 작품 속에서 현상 ①과 ②의 행 끝에는 마침표를, 질문 ①과 ②의 경우에는 쉼표를 찍어 놓아 위와 같은 도식을 뒷받침한다. 또한 질문 끝에 붙인 쉼표는 가벼운 감탄이나 의문의 감정을 동반함으로써 시인의 창작 동기가 어디에 있는가를 짐작하게 해 준다.

현상 ①은 객관적인 상황의 기술이다. '거울 속에는'이 아니라 '거울 속에도'라고 표현함으로써, 거울 속의 세계는 현실의 상황이 반영된 것임을 전제한다. 1930년대에 현실적 자아와 반성적 자아 사이의 분열을 다뤘던 이상의 「거울」 이후 수없이 반복된 거울 시편들에서 아직은 한 걸음도 더 나아가지 않았다. 여기까지 이 시는 쉽고 빨리 읽힌다. 그러나 질문 ①이 던져짐으로써 독자들의 시 읽기 속도는 갑자기 뚝 떨어진다. 그 질문은 표면적으로 너무도 당연한 사실을 재확인하는 것 같지만, 그 이면에는 가볍지 않은 생각거리를 담고 있다. 현상 ①과 질문 ①을 문학 작품이 존재하는 상황에 빗대서 생각해 보자. 이때 현상 ①의 거울 속 세계는 현실을 반영하는 문학 작품에 해당한다. 거울 속 풍경은 또한 시인의 내면을 반영한 것으로도 읽을 수 있다. 같은 방식으로 질문

①의 '거울'은 시인이나 작가를 비유하는 대상물이 된다. 여기서 시인은 "거울은 왜 말짱한가"라는 의문을 제기했다. 이 의문은, '현실 – 거울(시인) – 거울 속 세계(작품)' 사이의 미묘한 거리와 그 역학 관계를 빗댄다. 현실과 시인과 작품 사이에서 구체적으로 어떤 역학 관계가 더 바람직한가를 따지는 것은 그러나 이 작품의 범위를 벗어나는 일이다. 문제를 제기함으로써 독자들에게 생각의 실마리를 제공하는 것 자체가 이 작품의 의미가 되기 때문이다.

현상 ②는 현상 ①에 비하면 다분히 주관적인 진술이다. 거울이 만물을 그대로 비추는 것은 일반적 사실이지만, 거울이 이쪽을 '보고 있다'고 인식하는 것은 시인의 개성이기 때문이다. 시인을 지켜보는 그 거울을 도덕적 의식으로서의 '양심'이라고 부를 수도 있을 것이다. 특히 어떤 존재가 거울 저 너머의 세계에서 우리의 삶을 지켜보고 있다는 의식은 다분히 종교적이다. 이 대목에서 시인은 러시아의 철학자이자 문예비평가인 레프 셰스토프의 책에서 읽었던 '천사의 눈'을 떠올린다.

"인간의 곁에 느닷없이 나타나서 그 영혼을 육체로부터 떼어 놓는 죽음의 천사는 온몸이 수많은 눈으로 되어 있다고 한다. 왜 그런 것일까? 하늘의 모든 것을 알고 있고, 지상에는 무엇 하나 볼 만한 것이 없는 그 천사에게 왜 그토록 많은 눈이 필요한 것일까? 천사가 그렇게 많은 눈을 지니고 있는 것은 천사 자신을 위해서는 아니라고 나는 생각한다. 죽음의 천사가 한 영혼을 빼앗아 가려고 하다가, '너무 일찍 왔다. 이 사람에게는 아직 지상을 떠날 시각이 되지 않았다.'라고 믿는 일도 있을 것이기 때문이다. 이때 천사는 그 사람의 영혼에 손을 대지 않으며 모습조차 보이지 않는다. 단지 그 사람에게서 멀어지기 전에 자신의 수많은 눈 중에서 두 개의 눈을 그 사람에게 남기고 간다. 그러면 그 사람은 다른 많은 사람들이나 자신의 예전의 낡은 눈으로 보던 것 외에

무언가 전혀 새로운 것을 갑자기 보기 시작한다. […] 그러나 그 사람의 나머지 감각 기관과 이성은 보통의 눈과 일치하며, 그 사람의 총체적 경험 역시 보통의 눈을 따른다. […] 그것은 미학이나 철학 교과서에서 다뤄지고 에로스, 마니교, 또는 엑스터시 같은 이름으로 권력자들에 의해 인정되는 시적 감격의 광기가 아니다. 세상 사람들을 정신병원에 감금하는 그러한 광기이다. 여기에서 자연적인 시각과 초자연적 시각이라는 두 가지 시각 사이의 싸움이 시작된다.”(「自明の超剋」, 『シェストフ選集』, 1, 東京 : 改造社, 1934, 13~14쪽, 박선양 옮김)

천사의 온몸을 덮은 수많은 눈은 천사 자신을 위한 것이 아니라 인간을 위한 것이라는 점이 관심을 끈다. 거울이 거울 그 자체를 위해서가 아니라 거울에 비춰질 세계를 위해 존재하는 것과 같은 이치이다. 천사가 주고 간 눈을 통해 인간이 새로운 시각을 확보한다는 생각도 흥미롭다. 그 새로운 시각은 기존의 다른 감각 기관이나 이성과 반목하여 마침내는 ‘광기’ 혹은 ‘초자연적 시각’의 수준에 이른다는 것이 셰스토프의 논지이다.

김춘수의 「거울」에 셰스토프의 논지가 그대로 적용된다고 볼 수는 없다. 그럼에도 셰스토프가 언급한 ‘천사의 눈’을 시인 김춘수가 거울을 통해서 연상한 것은 무엇 때문일까. 온몸을 뒤덮을 만큼 무수히 많은 ‘양심의 눈’으로 인간의 삶을 지켜보는 천사의 이미지 때문일까? 또는 기존의 가치관이나 질서에 대항하면서 새로운 세계를 그려내는 시인이나 작가의 한 운명을 읽어냈기 때문일까? 나는 이 작품의 완성도보다는 그 의미의 미확정성 혹은 개방성을 더 긍정적으로 평가하고 싶다.

3

거울 속에 담긴 세계가 현실에 비해 온전하지 못한 것은 부인할 수 없는 사실이다. 이미 1930년대에 이상은 "거울속에는소리가없소/저렇게까지조용한세상은참없을것이오"(「거울」)라고 간파하였다. 그렇지만 문학 작품이라는 거울에 담긴 세계야말로 어느 측면에서는 현실에 비해 훨씬 더 불완전하다. 이상의 말마따나 소리가 없는 것은 물론이려니와 이미지도 없다. 왜냐하면 문학 작품에서의 소리와 이미지는 엄밀히 말해 그 자체로서 존재하는 게 아니라 독자들의 자발적인 '협조' 아래 비로소 머릿속에서 재현되는 것에 불과하기 때문이다. 이런 이유로 텔레비전과 영화 등 소리와 이미지를 자체적으로 내장한 영상 매체에 밀려 문학이 그 존재를 위협받아 온 것은 어제오늘의 일이 아니다. 특히 소리와 움직이는 이미지를 '멀티미디어'란 용어로 한데 묶어 제공하는 컴퓨터의 등장은 문학의 활로에 매우 중요한 변수로 작용할 것임에 틀림없다. 소리와 이미지가 없는 가공의 거울인 문학과 그것들을 모두 내장한 거울인 영상 매체 사이의 정면 대결은 그 결과가 너무 뻔한 것으로 생각될 수도 있다.

그러나 그 힘겨운 대결을 생각할 때마다 나는 열다섯 살 적의 그 거울을 떠올린다. 사춘기 소년을 한없이 유혹했으나 망원경을 들이대자마자 일그러지고 말던 거울 속의 세계……. 혹시 저 화려한 영상 매체와 컴퓨터의 멀티미디어 세상이라는 것도 사실은 내 열다섯 살 적 거울에 비쳤던 허상과 같은 것이 아닐까. 자세히 들여다보면 볼수록 일그러지는 이미지, 귀기울여 들으면 들을수록 찢어지는 소리, 이런 것들에 속고 있는 것은 아닐까. 의구심이 커지면 커질수록 나는 오히려 문학이라는 '불완전한 거울'에 더 기대를 걸고 싶어진다. 겉으로는 소리가 없으나 마음속으로는 내 온몸을 흔드는 소리가 느껴지고, 밖으로는 이미지가 없으나 마음속에서는 시공간을 초월한 이미지가 새겨지는 문학이라는 이름의 거울, 나는 그 거울 속으로 밑도 끝도 없이 빠져들고 싶은 것이다.

(『현대시학』, 2000년 6월호)

틈 + 거리 + 사이 = 관계

숲을 멀리서 바라보고 있을 때는 몰랐다
나무와 나무가 모여
어깨와 어깨를 대고
숲을 이루는 줄 알았다
나무와 나무 사이
넓거나 좁은 간격이 있다는 걸
생각하지 못했다
벌어질 대로 최대한 벌어진,
한데 붙으면 도저히 안 되는,
기어이 떨어져 서 있어야 하는,
나무와 나무 사이
그 간격과 간격이 모여
울울창창(鬱鬱蒼蒼) 숲을 이룬다는 것을
산불이 휩쓸고 지나간
숲에 들어가 보고서야 알았다

— 『문학사상』, 2002. 10

잠깐, 기하학 시간이다. 종이 한 장을 펼쳐 놓고 그 가운데 직선을 하나 그어 보자. 종이는 두 개의 면으로 나뉠 것이다. 거기에 각각 A와 B라는 이름을 붙인다. 이때 A면과 B면 사이의 간격은?

방금 그어 둔 직선의 굵기만큼, 이라고 대답하면 틀린다. 정답은 제로이다. 기하학에서 정의되는 선에는 너비가 없기 때문이다. 기하학의 공간은 이처럼 실재의 차원이 아니라 관념의 영역에 속한다. 현실 공간에서는 두 대상 간에 제로의 간격이란 있을 수 없다. 두 개의 대상이 동시에 같은 위치를 차지하는 일은 불가능하기 때문이다. 감쪽같이 들어맞는 것처럼 보이는 두 대상도 나노 단위까지 간다면 일치하지 않을 것이다. 세상의 모든 사물과 식물과 동물과 사람은 다른 위치에 존재한다. 달리 말해 간격을 지닌다. 간격은 이 세상 모든 존재의 실재 증명이 되는 셈이다. 그 어떤 존재도 간격에 대해서라면 알리바이를 확보하지 못한다.

그럼에도 간격을 지닌 이 세상의 존재들이 제로의 간격을 추구하거나, 제로의 간격에 도달했다는 생각에 빠진다. 관념 또는 상상의 영역이다. 기하학이 그렇고 문학과 예술이 또 그렇다. 간격이라는 것에 대해 실재와 관념 사이에는 이처럼 말 그대로의 간격이 있는 셈이다.

안도현 시인의 「간격」이란 작품이 실린 잡지의 지면을 살펴보면 거기에도 간격이 있다. 이 작품은 193쪽에 실렸는데, 그게 홀수 쪽이므로 오른쪽 지면을 차지한다. 왼쪽 지면에는 다른 시인의 작품 끝부분과 그 시인의 사진이 실려 있다. 왼쪽 지면과 오른쪽 지면 사이에는 책이 펼쳐지면서 만들어진 둥근 계곡과 일직선의 제본선이 만나 이루어진 간격이 있다. 만일 이 잡지를 도서관에서 복사해 왔다면 그 간격의 형태는 시커멓고 굵은 선의 모양으로 바뀌었을 것이다. 두 작품 사이의 간격이란 점에서는 변함이 없는데, 그 물리적인 모양은 얼마든지 달라질 수 있다. 나는 두 작품 사이의 물리적 간격을 자꾸 손으로 만지며 미학적인 선택을 할 수밖에 없었다. 간격에 대해 말할 때 공간과 시간을 아우르는 물리적 차원뿐 아니라 관념의 차원을 멀리할 수 없는 이유가 바로 여기에 있다.

이제 시선과 마음을 오른쪽 지면에 고정하고 「간격」이란 작품을 가만 들여다보자. 간격은 이 작품 안에서도 존재한다. 전체 15행을 하나의 연으로 해서 이루어진 이 시의 중간에 가느다란 선을 그어 보자. 물론 우리가 긋는 선은 앞서 기하학 시간에서의 선처럼 너비를 갖지 않는, 관념적이며 미학적인 선이다. 시인의 작품에 인위적인 틈을 내자는 것은 분명 아니니까. 나의 경우에는 7행과 8행 사이에 선을 그었다. 앞부분을 A라 하고 뒷부분을 B라 하자. A와 B는 어떻게 다른가. 이 물음은 곧 A와 B 사이의 간격에 대한 질문이다. 그 간격 자체에는 사실 아무것도 들어 있지 않다. 이 점에서는, 텅 비어 있으므로 비로소 간격으로서의 의미를 획득하는 현실에서의 그것과 크게 다르지 않다. 이 시에서 A와 B 사이의 눈에 보이지 않는 간격은 곧 두 부분 사이의 공간과 시간과 인식 영역에서의 거리를 드러낸다. 두 부분 사이의 관계를 좀더 자세히 들여다보자.

A(1행) : 숲을 멀리서 바라보고 있을 때는 몰랐다
  a(2~7행) : A의 목적절
#
  b(8~13행) : B의 목적절
B(14~15행) : 산불이 휩쓸고 지나간/숲에 들어가 보고서야 알았다

'#' 표시를 접는 선으로 연장해서 반으로 접으면 그대로 맞접히는 구조다. 이때 그 접힘의 공간은 첫 행 '몰랐다'와 끝 행 '알았다' 사이

의 간격이 된다. 보기에 따라서는 작위적인 구성법이라는 지적이 나올 만도 하다. 하지만 그만큼 단단하다. 어떤 대상을 깊이 뚫고 들어가는 것들이 항용 그러하듯 불필요한 것들은 버리고 단순한 형태를 취했다. 착암기의 끝에 달린 끌 같다. 그 단단한 것으로 부드러운 시적 울림을 만들어낸다. 무심한 듯 보이는 몸으로 하는 사랑 행위가 정신을 나른하게 뒤흔드는 이치 같다. 안도현 시의 특장이다. 이 시도 물론 예외는 아니다.

A와 B 사이에서 먼저 눈에 띄는 것은 공간적인 거리다. A에서는 숲을 바라보고 B에서는 나무와 그 사이의 간격을 본다. 숲과 나무를 모두 볼 줄 알아야 한다는 미학적인 원리 안에 있는 듯하지만, 사실은 그렇지 않다. 시인이 주목하는 것은 숲도 아니고 나무도 아니다. 간격이다. 그 간격은, 산불이 휩쓸고 지나간 숲, 그래서 형태상 더 단순해진 숲에 들어가 보는 경험을 통해 발견한 것이다. 이 두 가지 관찰 사이에는 피치 못하게 시간적 거리도 내재할 테지만, 이 시에서는 그게 도드라져 보이지는 않는다. 시간이 지나면서 자연스럽게 얻어지는 것이 아니라 주체와 대상 사이의 거리를 변화시키고 시각을 달리했을 때 비로소 가능한 인식 내용인 까닭이다. 그것은 "나무들이 무성하게 우거지거나 꽉 들어찬 곳"으로 숲을 규정해 온 모든 국어사전, 예를 들어 대한민국 국립국어연구원의 『표준국어대사전』이나 조선민주주의 인민공화국 과학원 언어문학연구소의 『조선말 사전』에 대항하는 일이다. 시인은 모국어를 지켜야 하지만, 모국어에 달라붙는 고정관념에 대해서는 반란을 일으켜야 하는 존재들이다.

안도현 시인이 숲에서 새로 발견해낸 '간격'은 그렇다면 나무가 있기 이전부터 존재해 온 것일까? 공간의 실재성이나 절대성을 인정하고 시작하는 뉴턴 물리학에 따른다면 간격은 나무가 있기 이전에 존재하는 것이 된다. 그러나 안도현 시인은 뉴턴을 따른 것 같지는 않다. 시인은 어디까지나 '나무와 나무 사이에 있는' 간격을 말한다. 나무를 보고 또 숲을 보느라 미처 인식하지 못했던 간격을 나무, 숲과 함께 존재하는 대상으로 본 것이다. 이 점에서 시인의 생각은 라이프니츠에 가깝다. 적분과 미분의 기초를 세웠던 라이프니츠는 그 연구로부터 시간과 공간을 독립적인 실체로는 보지 않게 된다. 대상이 존재하기 때문에 비로소 공간도 존재하는 것이고, 공간의 존재는 대상의 존재에 철저히 의존하며 그것에 깊이 매개되어 있다고 그는 생각했다. 공간과 인간과의 매개성에 생각을 모은 칸트도 여기서 멀리 있지 않다. 안도현 시인이 숲에서 본 것은 그러니까 엄밀히 말해 따로 떨어져 존재하는 절대적인 성질의 간격이 아니다. 나무와 나무들을, 나무들과 시인을 매개하는 공간으로서 상대적인 의미의 간격이다. 달리 말해 그 간격은 이 세상 모든 존재 사이의 틈이며 거리이고 그것들이 한데 어우러진 관계이다. 뒤집어 말한다면 그 관계는,

> 벌어질 대로 최대한 벌어진,
> 한데 붙으면 도저히 안 되는,
> 기어이 떨어져 서 있어야 하는

간격을 인정할 때 비로소 성립하는 것이다. 나무는 그렇다 치고 사람 사이의 간격은 어떠할까? 이 경우, 간격이란 말뜻이 '사귀는 사이가 나빠져서 생기는 틈'으로 인식되어 온 것이 객관적인 언어 현실이다. 문제는 이런 말의 정의가 은연중 사람들의 의식 구조를 지배한다는 점이다. 사람들 사이의 간격을 단지 나쁜 틈이나 차이 정도로 생각한다고 드러내놓고 말하는 사람은 물론 없다. 마찬가지로 사람들 사이의 간격이 끝내는 창조성의 공간이 된다고 적극적으로 옹호하고 나서는 사람

이나 글도 드물다. 그게 현실이다. 첨단의 디지털 기술에 의해 사람들 사이의 물리적 거리와 간격이 점점 소멸되어 가는 지금 여기에서, 오히려 '간격'을 노래하는 이 시에 나는 강조점을 찍고 싶다. 지금 나에게 없어서는 안 될 것은 당신의 휴대전화 번호나 이메일 주소뿐 아니라 나와 당신 사이의 몸과 마음의 틈이며 거리이고 그로부터 생기는 관계이다. "간격과 간격이 모여/울울창창(鬱鬱蒼蒼) 숲을 이룬다"고 시인이 노래할 때, 나는 그 시구가 '텅 빈 충만'과 같은 모순 형용의 차원에 그치는 것은 아니라고 생각한다. 간격과 간격이 모여 이루는 그 비유의 숲엔 적어도 부적절한 관계의 강요나 유혹은 없을 테니까.

(『현대시학』, 2002년 11월호)

가정식, 가장 오래된 미래의 언어

윤제림의 「가정식 백반」

아침 됩니다 한밭식당
유리문을 밀고 들어서는,
낯 검은 사내들,
모자를 벗으니
머리에서 김이 난다
구두를 벗으니
발에서 김이 난다

아버지 한 사람이
부엌 쪽에 대고 소리친다,
밥 좀 많이 퍼요.

— 『현대시』, 2004. 4

아버지가 무자비한 폭군이 되어 고대 왕조로 되돌아간 듯하거나, 가족 간의 살가운 애정이 지나쳐 현대 핵가족의 편협한 이기주의라는 비판에 직면하면서도, 인류 역사상 가장 오랜 기간에 걸쳐 검증받으며 살아남은 것 중의 하나가 '가정'이란 말이다. 이 말에 접미사 '-용'이나 '-식'을 붙이면 '가정용'이나 '가정식'이란 단어가 된다. 가정에서 쓰기에 알맞춤하거나 가정에서들 하는 방식대로 무엇인가를 다루었다는 뜻이다. 우리가 주변에서 흔히 접하는 '가정식 백반'이란 그러니까 인류 역사상 가장 오래된 식단이 집밖으로 나와 음식점에서 자리잡은 경우라 할 수 있겠다.

윤제림의 시 「가정식 백반」은 식당 유리문에 써 붙여 놓은 이런 글귀로 시작한다.

　　아침 됩니다 한밭식당

'아침 됩니다'란 문구는 위아래로 길쭉한 종이에 손으로 직접 써 붙여 놓았을 테고, '한밭식당'이란 상호는 낡고 엉성한 간판에 씌어 있든가 아니면 원래 가정집으로 설계되어 간판이 없는 탓에 '아침 됩니다'란 글귀 밑에 옹색하게 붙어 있기 십상이다. 낯익은 정경이다. 바라보는 눈보다도 먹었던 입과 앉았던 엉덩이가 먼저 알은체할 법하다. 그렇다고 이 시가 마냥 푸근한 감성만을 자극하지는 않는다.

'아침이 된다'는 말은 대체 우리에게 무슨 의미를 지니는 것일까? 이 말을 뒤집으면, 우리에겐 '아침이 되지 않는 일상'이 존재한다는 뜻이 된다. 그리고 보면 우리는 아침이 되지 않는 일상에 이미 너무 익숙해져 있는지도 모른다. "아침 됩니다"란 문구가 집을 나와 길거리의 식당에 나붙는 정황을 무턱대고 이해하고 넘어갈 수 없는 이유가 여기 있다. '아침형 인간'이 유행으로 번지면서 관련 서적이 대형 서점의 특설 코너를 점령하는 현상은 오히려 아침 시간이 수량적 가치로 환산되어 '아침'의 본질적 의미가 상실되었다는 반증은 아닐까. '아침'이란 말은 사용 가치에 초점을 맞춘 수량적 시간에 한정되는 용어가 분명 아닐 것이다.

유리문을 밀고 들어서는,
낯 검은 사내들,
모자를 벗으니
머리에서 김이 난다
구두를 벗으니
발에서 김이 난다

　여기 등장하는 '낯이 검은 사내들'은 일거리의 대상물과 직접 접촉하는 방식으로 살아가는 사람들이다. 그들의 몸은 이 세계의 대상들과 직접 접촉한다. 그들이 바라보고 만지는 것은 대상 그 자체이지 대상을 대신하는 이미지가 아니다. 그들의 얼굴이 검게 탔고 머리와 발에서 뜨거운 김이 나는 것이 그 증거다. 모든 사람들이 대상과 직접 접촉하는 방식의 일거리를 가져야 한다는 말은 아니다. 대신 짚고 넘어가야 할 것이 있다. 컴퓨터와 인터넷으로 대표되는 디지털 환경이 우리 일상을 지배하면서 세상에는 두 가지 방식의 일이 존재하기 시작했다는 점이다. 하나는 이 시에 나오는 '낯이 검은 사내들'의 예처럼 대상물과 직접 접촉하는 방식의 일이고, 다른 하나는 대상물과는 시간적으로나 공간적으로 거리를 둔 채 대상물의 이미지를 다루는 것이 위주인 일이다. 뒤의 경우에 흥미로운 사실은 대상물의 이미지가 반드시 현실의 어떤 대상에 대한 모사체나 복제물은 아니라는 점이다. 그 이미지들은 컴퓨터 모니터 속에서 나타났다 사라지는, 자생적이며 독립적인 또 하나의 대상물이기 때문이다. 이런 시대에 몸으로 직접 세계의 대상물과 접촉한다는 것은 '육체노동'이라는 기존의 용어로는 포섭되지 않는 본원적 의미를 지니게 된다. 이 시대에 우리들은 '육체노동'이란 말이 자연스레 비유적 의미를 내포할 수밖에 없는 새로운 시점에 접어든 까닭이다. 그 말이 언어의 차원에서는 상징에 가까운 의미를 획득하는 반면 실생활의 차원에서는 '아침'이나 '가정'과 같은 본원적 가치를 상실해 가는 이중 구조를 드러내면서 말이다.

> 아버지 한 사람이
> 부엌 쪽에 대고 소리친다,
> 밥 좀 많이 퍼요.

소설로 치자면 3인칭 관찰자 시점에 해당한다. 눈에 띄게 시인이 앞에 나서 독자들의 시 읽기에 의미론적으로 관여하지 않는다. '한밭식당'이라는 있을 법한 공간에서 벌어지는 일을 그대로 보여 줄 뿐이다. 아니 실제로는 시인이 교묘하게 개입했으면서도, 독자들은 있는 그대로의 사건 묘사라고 느끼게끔 만들어 놓았다. 시인이 솜씨 좋게 개입한 부분은 워낙 자연스러워 이 작품을 읽을 때, 이 시인은 시를 참 잘 쓰는구나 감탄할 겨를도 주지 않는다. 가령 위에서 "아버지 한 사람"이란 구절을 눈여겨보자.

이 시에 설정된 공간은 가정식 백반을 파는 식당이지 가정은 아니다. 여기 등장하는 사내들도 손님이지 아버지의 자격으로 나오지는 않았다. 그럼에도 시인은 슬쩍 "아버지 한 사람"이라고 바꿔 적어 놓았다. 작품에서 이 말을 읽는 순간 독자들의 뇌리에서는 희한한 일이 벌어진다. 지금까지 알아 왔고 읽어 왔던 가정식 백반 식당으로서의 '한밭식당'이란 곳이 밥을 팔고 사는 그냥 식당이 아니라, 먹고 싶은 만큼 밥을 더 퍼 달라고 호기롭게 말할 수 있는 '가정'으로 바뀌는 미묘한 울림의 시 읽기 체험이다. 이어지는 "부엌 쪽"이란 말이 '어머니'란 뜻으로 바뀌어 들리는 것도 전혀 이상하지 않다. '가정식 백반'을 먹는 한 사람 한 사람이 다 아버지가 되고 '부엌 쪽'에서 음식을 만들고 날라다 주는 사람 모두가 어머니가 된다. 작품 속에서의 말 한마디로 작품 바깥의 세상마저 달라 보이게 만들 수 있어야 그것이 진정 좋은 시일 것이다.

이 작품은 집에서 흰밥과 국에 여러 정성스런 반찬을 곁들인 한 상의 음식을 받았을 때처럼 훈훈함을 안겨 주는 것이 사실이다. 하지만 알고 보면 그 음식이 식당에서 파는 '가정식 백반'이었다는 사실을 제목으로부터 환기한다는 점에서 현실에 대한 비판 의식까지 내장한 작품으로 읽을 수 있다. '가정식'이란 말은 다시 보면, 오래된 것은 물러남이고 새로운 것은 나아감이라는 이분법의 논리를 넘어선다. 사람들이 앞으로도 끝내 떨치지 못하고 되찾고자 열망할 그 말은 그래서 오래된 미래의 언어로 남을 것이다.

(『현대시학』, 2004년 5월호)

당신을 만날 수도 있었던 15분, 그 날카로운 시간

이병률의 「장도열차」

—며칠 동안 열차를 타야 하는 대륙 사람들은 만나고 싶은 사람이나
친척들을 아주 잠깐 동안이나마 열차가 쉬어 가는 역 플랫폼에서
만나곤 한다. 그렇게 만나면서 우는 사람들 모습을 나는 여러 번
목격했다.

이번 어느 가을날,
저는 열차를 타고
당신이 사는 델 지나친다고
편지를 띄웠습니다

5시 59분에 도착했다가
6시 14분에 발차합니다

하지만 플랫폼에 나오지 않았더군요
당신을 찾느라 차창 밖으로 목을 뺀 십오분 사이
겨울이 왔고
가을은 저물 대로 저물어

지상의 바닥까지 어둑어둑했습니다

— 『시작』, 2002. 가을

천문학자 칼 세이건이 자신의 저서 『코스모스』에 헌사로 이런 말을 남겨 놓았다 : "광대한 우주, 그리고 무한한 시간. 이 속에서 같은 행성, 같은 시대를 앤과 함께 살아가는 것을 기뻐하면서." 이 말만큼 사람 사이의 만남의 소중함을 짧으면서도 설득력 있게 묘파한 글을 나는 여태껏 읽어 보지 못했다. 권위적인 지식의 차원이 아니라 일상적 사실의 수준에서, 도덕적 강요가 아니라 수리적 이해에 바탕을 둔 공감의 영역에서 칼 세이건의 말은 사람 마음을 흔드는 묘한 힘을 지니고 있다. 무엇보다 그 힘은 광대한 우주와 시작도 끝도 없는 시간 앞에서 일개 인간에 지나지 않음을 뼈저리게 느꼈을 한 천문학자의 압축된 경험으로부터 나왔을 것이다. 스스로 의도하지는 않았으나 받아들일 수밖에 없는 절대적인 시간과 공간, 그 속에서 가능한 일은 작은 선택뿐. 그 미약한 선택으로 이어 가는 사람의 만남이란 얼마나 가벼운 것인가. 아니, 차라리 얼마나 무거운 것인가.

> 며칠 동안 열차를 타야 하는 대륙 사람들은 만나고 싶은 사람이나
> 친척들을 아주 잠깐 동안이나마 열차가 쉬어 가는 역 플랫폼에서 만나
> 곤 한다. 그렇게 만나면서 우는 사람들 모습을 나는 여러 번 목격했다.

이 시의 창작 모티프가 되었을 체험을 두 개의 문장으로 줄여 서술하고 있다. 이 머리글은 행갈이를 한 그 다음 구절들의 알레고리적 배경이 된다. 이 시에서 머리글의 역할은 절대적이다. 머리글이 없다면, 세 개의 연으로 이뤄진 본문은 한낱 기차역 풍경 스케치에 지나지 않았을 것이다. 이 작품이 전체적으로 잘 만들어진 영화의 한 장면같이 느껴지는 이유는 머리글 부분에 압축된 서사가 있기 때문이다. 시인은, 대륙에

사는 사람들은 며칠 동안이나 열차를 타야 한다고 전한다. 제목으로 내건 '장도열차'를 말하는 것이다. 이는 곧 세이건이 광대한 우주, 무한한 시간이라 했던 것과 통한다. 그런데 긴 시간 동안 열차를 타는 행위가 어찌 대륙에 사는 사람들만의 몫일까. 우리들 모두는 죽을 때까지 삶이라는 열차에 몸과 마음을 부려 놓아야 한다. 또 어떤 사람들은 죽고 나서도 자신의 이름을 여전히 그 열차에 실어 두어야 한다. 이 식상한 삶의 비유를, 식상하다 해서 물릴 수 없는 것 또한 우리들 삶이 아닌가.

열차가 잠시 쉬어 가는 역에서 미리 약속하고 만난 사람들은, 운단다. 시인은 그런 장면을 여러 번 보았다고 말한다. 그 장면은 상상일 수 없다. 아니, 상상으로 꾸며낸 것이어서는 안 된다. 만일 머리글의 서술 내용이 허구라면, 이 시는 심각한 문제를 야기할 수 있다. 이 지점에 시와 소설이 갈라지는 장르상의 특질이 있다고 나는 생각한다. 시에서의 진술이 모두 실제로 있었던 일이나 현재에 있는 일이어야 할 필요는 없다. 그러나 적어도 시인과 시적 자아가 일치할 수밖에 없는 묘한 국면이 시 장르에는 존재한다. 시적 자아의 진술이 꾸며낸 이야기가 아니라 실제 있었던 일이거나 또는 시인이 스스로 진실이라 믿고 있다는 점을 독자가 인정할 수 있어야 한다. 그래야 비로소 시적 울림을 줄 수 있는 유형의 작품들이 분명 있다. 이 시가 그런 작품에 해당한다고 볼 때, 가령 이런 이해가 가능하다. 열차역에서 잠깐 만나야 하는 그 사람들의 울음은 만나고 헤어지는 일회적인 기쁨과 슬픔의 차원을 넘어선 어떤 본원적인 것은 아닐까. 다시 말해 시인은 그 실제의 광경으로부터 삶 전반에 대한 일종의 서러운 기미를 직관한 것은 아니었을까.

이어지는 시 본문의 진술 내용은 이제 사실이어도 좋고 사실이 아니어도 크게 상관없다. 시 장르가 책임져야 할 사실성은 이미 머리글에서 충분히 감당되었기 때문이다. 이 특별한 구성법을 통해 시인은 시 본문의 화자에게 자유를 준다. 실제로는 편지를 쓰지 않았을지도 모르지만, "편지를 띄웠습니다"라고 '시적 진실'을 말할 수 있는 자유! 이른바 시적 자유나 시적 허용은 희한한 표기법을 사용하는 게 전부가 아니라는 점을 여기서 한 번 더 확인해 둘 필요가 있겠다.

이제 "당신이 사는 델 지나친다"는 화자의 편지는 그것을 받은 사람의 일상에 갑자기 생겨난 파문이 된다. 편지 받은 사람들 모두가 거리낌 없이 반갑게 기차역으로 뛰어나갈 수만은 없다는 데 이 시의 묘미가 있다. 편지에 적힌 대로 그 기차역에 나갈 것인가 말 것인가. 열차가 지나간다는 그날이 오고, 열차가 도착할 바로 그 시각이 들이닥친다.

> 5시 59분에 도착했다가
> 6시 14분에 발차합니다

이렇게 정확한 숫자를 적어 놓으니, 실제로 있는 현재의 일 같다. 시인은 숫자의 마력을 잘 알고 있다. 수치가 정말 맞는지는 그 다음 문제다. 아니 그런 것을 따지고 나설 독자는 없다. 달리던 열차가 멈춘 15분간은 이제 가장 날카로운, 선택과 기다림의 시각들로 나뉜다. 다시 말하지만 그것은 시간이 아니라 시각이다. 이 시에 대해 내가 지금 쓰고 있는 시각(時刻)이란 말 속에는 실제로 마음을 저미는 칼[ㅣ]이 들어 있는 셈이다. 이 짧은 시간 속에서의 선택 과정은 마치 영화 장르에서 그 이전의 삶을 반추하는 플래시백 같은 효과를 산출한다. 그런 의미에서 이 대목은 앙드레 바쟁이 언급했던 관념론적 현상으로서의 영화라는 개념에 가깝다. 지금 우리가 보는 식의 영화가 실제로 모습을 갖추기 이전부터 사람들의 머릿속에는 순전히 이념적인 세계에 속하는 형태로서 '영화'가 이미 존재했다는 것이다. 이 시를 읽고 있는 독자들의 뇌리에 영화의 한 장면에 나올 법한, 조금씩 다르지만 또 엇비슷한 기차역이 지금 건축되고 있는 것처럼.

> 하지만 플랫폼에 나오지 않았더군요
> 당신을 찾느라 차창 밖으로 목을 뺀 십오분 사이
> 겨울이 왔고
> 가을은 저물 대로 저물어
> 지상의 바닥까지 어둑어둑했습니다

화자가 미리 편지를 띄워 만나 보기를 몹시 기대했던 그 사람은 끝내 나오지 않는다. 사람 사이의 만남이란 당사자들 간의 기억을 다시 쓰는 행위이다. 화자가 보고 싶어했던 그 사람은 화자와 관련된 기억을 다시 쓰기를 원치 않았던 모양이다. 시인이 그려낸 이 기차역은 고레에다 히로카즈 감독의 1998년 영화 「원더풀 라이프(After Life)」에서의 '림보'와 닮았다. 이 영화에서 림보는 사후의 사람들이 생전의 기억들을 되풀이 음미하고 그 가운데 본인이 원하는 단 하나의 기억을 선택하기 위해 설정된 공간이다. 문제는 기억과 선택이다. 아름답거나 또는 행복하였다는 기억과 그 선택은, 놀라워라, 연인이나 부부 사이에서도 어긋난다. 안타깝지만 어쩔 도리 없는 일이다. 그렇게 엇갈리는 기억 속에서 사람은 본원적으로 쓸쓸해진다. "겨울이 왔고/가을은 저물 대로 저물어/지상의 바닥까지 어둑어둑했습니다"라는 화자의 진술은 이 언저리를 감싸고도는 말이다. 마음의 밑바닥까지 얼어붙거나 어둑어둑해진 독자는 이제 한참 멍하니 말을 아끼고 앉아 있어야 할 것 같다.

어떤 독자들에게는 일견 허술하게 보일 수도 있는 이 작품의 어떤 힘이 나를 여기까지 이끌어 왔을까? 좋은 시와 그렇지 않은 시가 있을 뿐이라는데, 이제 그런 말을 인용할 때는 더 다양한 의미의 스펙트럼을 전제해야 할 것 같다. 요모조모 잘 빚어낸다고 반드시 좋은 시가 되지는

않는다는 사실, 그 역의 진실이 성립될 수 있음을 이 시는 잘 보여 준
다. 무엇보다 이 작품에서의 '나'처럼, 스스로를 기다림이라는 시간의
칼날 안에 가두는 것은 사실 얼마나 가슴 떨리는 일인가.

(『현대시학』, 2002년 10월호)

유리창의 뒤 혹은 거울의 앞

이선영의 「유리창」

유리창 뒤에서 바라보는 풍경은 얼마나 평화로운가
노랫소리에 맞춰 가방을 멘 아이들은 총총히 학교로 가고
자동차들은 신호에 맞춰 멈춰섰다 움직이길 반복하며 연달아 차도를
달린다
멀리서 보면 줄지어 제 길을 찾아가고 있는 헤드라이트마저 정겹고
위험은 먼 나라에서 들려오는 소식일 뿐이다
유리창 너머로 들여다보면
부엌의 여자들마저 얼마나 순해 보이는가
음식을 위해 태어난 자기들의 운명에 순응하듯
묵묵히 그러나 일인극 배우처럼 당차게 부엌을 지키는 여자들
유리창 뒤에서 보는 풍경이 훨씬 아름답고 평화로운데
내가 두려워하는 것은 그럼에도 내가 질질 끌려가고 있는 저 바깥의
힘이다
그럴 때면 나는 인공호흡기를 뗀 식물인간처럼 호흡이 가빠진다
일러두건대 나는 유리창의 시인(詩人), 유리창의 수인(囚人)인 것이다
유리창이 부서져 내리는 날 그 잘디잔 파편들과 함께
내 영혼도 산산이 바닥에 떨어져 내릴 것이다

그러니 삶의 투박하고 거친 손들이여 제발
나를 밖으로 꺼내려 들지 말라
나는 유리창에 고요히 담긴 자이다

— 『문학사상』, 2004. 1

투명한 유리로 만들어진 창문은 이쪽과 저쪽을 소통시키면서 아울러 단절시킨다. 시각적으로는 뚫려 있으나 몸 전체의 차원에서는 막혀 있는 까닭이다. 시각의 통로이면서 동시에 육체의 밀실을 만드는 것이 유리창이 지닌 패러독스이다.

유리창은 또한 안쪽과 바깥쪽을 안전과 모험의 공간으로 분할한다. 문제는 그 두 가지 이질적인 공간의 구분이 고정적이지 않다는 점이다. 유리창 안에 있는 자아와 유리창 밖의 외부 세계는 공간적으로 차단되어 있으나 시각과 심리의 층위에서는 연결되어 있기 때문이다.

유리창의 이 같은 이중성을 역대의 시인들이 놓쳤을 리 없다. 우리 현대 시사에서 대표적인 예를 꼽자면 1930년대까지 거슬러올라가 정지용의 「유리창 1」과 「유리창 2」를 읽으면 된다. 그렇다면 의문이 하나 생긴다. 지금 우리가 읽으려는 이선영의 「유리창」은 다른 시인들의 같거나 혹은 비슷한 제목의 작품들과 어떻게 분별되는가?

무엇보다 시적 자아의 공간기호학적 위치를 눈여겨볼 필요가 있다. 지금까지의 작품들은 유리창의 안쪽에서 바깥쪽을 내다보는 시적 자아가 등장하는 것이 불문율이었다. 유리창의 이중성이라는 의미 자장을 이어받으려면 유리창의 안쪽/바깥쪽이라는 대립적인 공간을 설정하는 것이 당연하다고 생각되기 때문이다. 이에 비해 이선영의 「유리창」에서 시적 자아는 유리창의 '안'에 있지 않고 '뒤'에 있다. 유리창 '안'에서 밖을 내다보는 일상의 관습과 시적 문맥에서 벗어나 유리창의 '뒤'에 시적 자아를 위치시킨 것이 이 시의 새로움의 원천이다. 첫 행을 읽어 보자.

유리창 뒤에서 바라보는 풍경은 얼마나 평화로운가

　시적 자아의 위치가 유리창의 '뒤'라는 점이 서두에 전제되지 않았다면, 이 시의 첫 행은 앞선 시인들의 시적 문맥을 그대로 반복하는 데 그쳤을 것이다. 유리창의 안쪽과 바깥쪽을 안전과 모험의 공간으로 나누는 일은 이미 새롭다 할 수 없는 관습에 지나지 않는다. 대신 이 시인은 유리창의 '뒤'에 시적 자아를 놓았다. 왜 하필 '뒤'일까? 일단, 시적 자아가 유리창을 방패처럼 앞에 두고 그 뒤쪽에서 외부 세계를 상대하고 있다는 말 그대로의 해석이 가능하다. 또한 시적 자아를 뒤쪽에 물러나게 함으로써 "유리창 뒤에서 바라보는 풍경"들을 상대적으로 전면에 내세우기 위한 시적 설정으로 해석할 수도 있다. 그만큼 시적 자아의 관심은 유리창 너머의 세계를 상대하는 일에 쏠려 있다. 외부 세계와의 관계 맺음을 기껍게 원하든 그렇지 않든 소통의 문제 자체가 전면에 제기된 상황이라는 것이다.

　그런데 우리는 여기서 유리창의 또 다른 특성에 주목할 필요가 있다. 유리는 투명하게 밖의 풍경을 받아들일 때는 말 그대로 유리창이 되지만, 어떤 이유에서든 밖의 풍경을 받아들이지 못하면 유리창이 아니라 '거울'의 작용을 한다는 점이다. 우리가 일상에서 흔히 겪는 일이지만, 밤이 되어 밖은 어둡고 안이 밝으면 유리창은 영락없는 거울이 된다. 만일 이런 현상이 일상에서뿐 아니라 심리적인 과정에서 재현된다면 어떻게 될까? 유리창을 통해 외부 세계를 바라보면서도 주체의 의식은 끊임없이 자신의 내면을 향한다면, 그런 경우의 유리창은 심리적인 차원에서 거울의 기능을 수행한다고 보아야 할 것이다. 이때 심리적 주체는 유리창의 안에 있는 것이 아니라 거울의 앞에 있는 것이나 다름없다. 나는 이 시에서 시인이 말하고 있는 '유리창 뒤'가 사실은 시적 자아의 내면을 비추는 '거울 앞'이라는 생각을 떨칠 수 없다.

시적 자아가 유리창 뒤에서 무엇인가를 바라보는 행위는 다시 말해 시적 자아가 내면의 거울 앞에서 스스로를 비춰보는 일에 해당한다. 하지만 이 시의 전반부에 부각된 내면 풍경은 예상 외로 지극히 일상적이다. 학교 가는 아이들이 자동차로부터 안전하기를 바라고 있으며, 여자로서 부엌일에 매달리는 문제에 대해 고심하고 있다는 정도이다. 이렇게만 보면 이 시의 메시지는 너무 평범한 것이 아닌가 하는 불만이 남을 만도 하다. 그러나 이 시의 후반부에 이르면 유리창의 '구조적 문제'가 드디어 불거져 나온다.

> 일러두건대 나는 유리창의 시인(詩人), 유리창의 수인(囚人)인 것이다
> 유리창이 부서져 내리는 날 그 잘디잔 파편들과 함께
> 내 영혼도 산산이 바닥에 떨어져 내릴 것이다.

시인으로서 자신의 존재 방식, 더 구체적으로는 시쓰기의 방법론에 대한 직접적인 문제 제기이다. 표면적으로만 보면 이 대목에서 시인은 유리창 '뒤'에 숨어서 시적 대상을 다루는 자신의 시쓰기가 떳떳하지 못하다는 생각을 드러내는 것으로 읽힌다. 그러나 이어지는 이 시의 끝부분,

> 그러니 삶의 투박하고 거친 손들이여 제발
> 나를 밖으로 꺼내려 들지 말라
> 나는 유리창에 고요히 담긴 자이다

라는 구절까지 마저 읽으면, 이 시인의 '유리창'에 대한 태도를 그리 단순히 처리하기는 힘들 것이라는 점을 짐작하게 된다. '유리창'의 의미가 그만큼 복합적이기 때문이다. 안과 바깥의 소통과 단절, 안전과

모험 같은 관습적인 의미 영역뿐 아니라 세계에 대한 응시와 자아의 반
영이라는 새로운 의미 영역까지 '유리창'에 포괄함으로써 이 작품은 다
층성을 확보한다. 그것은 곧 '유리창'의 투명도를 조절함으로써 '창'의
기능과 '거울'의 기능을 함께 수행해야 하는 시인의 운명을 적극적으로
받아들이는 것과 같은 맥락의 일이다. 물론 그 일은 "사랑한다"는 말처
럼, 말은 있되 뜻은 막연하고 길은 있되 법은 없는 그런 어려운 일이
되겠지만 말이다.

(『현대시학』, 2004년 2월호)

뒷짐진 사람들이 있는 풍경

이정록의 「뒷짐」

짐 꾸리던 손이
작은 짐이 되어 등 뒤로 얹혔다
가장 소중한 것이 자신임을
이제야 알았다는 듯, 끗발 조이던
오른손을 왼손으로 감싸 안았다
세상을 거머쥐려 나돌던 손가락이
자신의 등을 넘어 스스로를 껴안았다
젊어서는 시린 게 가슴뿐인 줄 알았지
등 뒤에 양손을 얹자 기댈 곳 없던 등허리가
아기처럼 다소곳해진다, 토닥토닥
낮은 언덕의 어깨 위로 억새꽃이 흩날리고 있다
구멍 숭숭 뚫린 뼈마디로도
아기를 잘 업을 수 있는 것은
허공 한 채를 업고 다니는 저 뒷짐의
둥근 아름다움 때문이 아니겠는가
등허리의 빈 손 위에, 짐짓
우주 한 채가 가볍게 올라앉았다

— 『문학사상』, 2004. 2

당신은 최근에 뒷짐진 사람들을 본 적이 있는가? 허리 구부정하게 뒷짐을 지고 둥글게 모여 서서, 땅바닥에 발을 끼적거리며 한가롭게 이야기를 나누는 사람들을 직접 본 적이 있는가?

사실, 나는 최근에 뒷짐진 사람들을 보지 못했다. 아니 '뒷짐지다'라는 말의 쓰임에 대해서조차 무관심했다. 그 말이 국어사전에 제자리를 잡고 있으면 그나마 다행이라 여겨질 만큼.

일상 생활의 속도가 이른바 초고속 인터넷의 빠르기를 따라잡아야 한다는 터무니없는 믿음이 광범위하게 유포된 탓일까. 사람들은 어느 틈엔가 뒷짐지는 동작을 잊어버린 것 같다. 이런 추세라면 '뒷짐지다'라는 말은 자신의 책임을 방관하는 사람들을 비아냥거리는 죽은 비유로만 살아남을지도 모를 일이다.

하지만, 여기에도 변수는 있다. 우리에게는 시인이 있으니까. 말을 만들고, 말의 뜻과 쓰임을 늘 새롭게 하는 말의 사제들, 시인이 있으니까 말이다. 이번 달에 한 시인은 뒷짐지는 행위를 이렇게 묘사하기 시작한다.

> 짐 꾸리던 손이
> 작은 짐이 되어 등 뒤로 얹혔다

두 손을 등 뒤로 젖혀 마주 잡는 행위를 그리면서, 이 시인은 독자들에게 인식의 전환을 요구한다. "짐 꾸리던 손", 다시 말해 외부 세계를 끊임없이 대상화하고 조작하고 개조하는 데만 익숙해져 온 주체로서의 손을 이번에는 그 같은 행위의 객체로 만들어 버린 것이다. 이러한 존재 전이의 간접 체험은 자연스레 독자들로 하여금 자신의 진정한 존재를 한번쯤 돌아보게 한다.

가장 소중한 것이 자신임을
이제야 알았다는 듯, 끗발 조이던
오른손을 왼손으로 감싸 안았다
세상을 거머쥐려 나돌던 손가락이
자신의 등을 넘어 스스로를 껴안았다

　세상에는 자신의 뜻을 이루려는 여러 부류의 사람들과 여러 가지의 방법이 있을 것이다. 이 시에 먼저 등장하는 인물은 "끗발 조이던/오른손"을 가졌다. 이 인물은 자신이 새로운 가치를 만들기보다는 세상에 이미 존재하는 타인의 가치를 빼앗는 방식의 삶에 더 관심이 있었던 모양이다(아니, 어쩌면 우리들 대부분의 삶도 이 근처에 머물고 있는지 모른다). 이런 인물이 "자신의 등을 넘어 스스로를 껴안"는 낯선 동작을 실행해 보인다. 그런데 여기서 우리는 이 고난이도의 동작이 사실은 '뒷짐지는' 평이한 행위에 불과하다는 점을 짚고 넘어가야 한다. 평범하지만 매우 중요한 것, 그런데 막상 우리는 그것을 까맣게 잊고 있다는 사실을 짚어 주는 일. 이것이야말로 이 시인의 중요한 시적 전략의 하나이다. 가령, 시집 『제비꽃 여인숙』(2001)에 실린 「얼음 목탁」이란 작품에서, "산사 뒤 작은 폭포가 겨우내 얼어 있다.//그동안 내려치려고만 했다고/멀리 나가려고만 했다고, 제 몸을 둥글게 말아 안고 있다"라고 노래한 것도 같은 맥락에 속한다. 이 시인은 같은 행위를 다른 말을 사용해 표현함으로써, 말을 잘 다루는 데서 그치지 않고 독자들의 생각을 움직이는 지점까지 나아가고 있는 것으로 보인다.

젊어서는 시린 게 가슴뿐인 줄 알았지
등 뒤에 양손을 얹자 기댈 곳 없던 등허리가
아기처럼 다소곳해진다, 토닥토닥
낮은 언덕의 어깨 위로 억새꽃이 흩날리고 있다

> 구멍 숭숭 뚫린 뼈마디로도
> 아기를 잘 업을 수 있는 것은
> 허공 한 채를 업고 다니는 저 뒷짐의
> 둥근 아름다움 때문이 아니겠는가

뒷짐을 지는 동작은 여기서 자신의 존재 내부로 시선을 돌려 스스로를 끌어안는 행위로 해석된다. 물론 그 행위는 스스로를 존재의 시원에 가 닿게 하는 신성한 힘을 내포한 것이기도 하다. 나이를 먹을수록 뼈마디에 숭숭 뚫리는 구멍과 뒷짐을 질 때 만들어지는 허공은 텅 비어 있다는 형태상의 공통점을 지닌다. 그러나 이 두 가지 구멍은 포용력이라는 척도에서 판다르다. '뒷짐'에 의해 만들어진 구멍은 "세상을 거머쥐려 나돌던 손가락"이 아니라 "자신의 등을 넘어 스스로를 껴안"는 행위를 통해 둥글게 다듬어진 것이기 때문이다. 시인은 이런 사정을 "뒷짐의/둥근 아름다움"이란 말로 표현한다. 물론 이 대목에 나오는 '머리가 희끗희끗한', '아기 업은' 인물은 앞서 나온 '끗발 조이던' 인물과 동일 인물이 아닐 수도 있다. 중요한 점은 이 작품에서 시인이 화자와 등장인물을 분리하고 있다는 사실이다. 이로써 시인은 작품 속에서 표면적으로는 관찰자 시점이지만 실질적으로는 전지적인 시점을 확보하는 게 가능해지고, 이를 통해 인간 조건의 보편성을 지시하는 곳까지 의미의 촉수를 뻗치게 된다. 뒷짐을 지는 일상적인 동작이 이 작품의 끝 부분에서 우주적 차원으로 확대되는 것도 이런 맥락을 통해 이해할 수 있다.

> 등허리의 빈 손 위에, 짐짓
> 우주 한 채가 가볍게 올라앉았다

이 부분의 진술에 따르자면, 뒷짐을 진 사람들은 누구든 "우주 한 채"를 지닌다. 여기서 우주를 마치 집을 세듯 '한 채'라고 표현한 점이 눈길을 끈다. 우주를 이해 불가능한 경외의 대상으로서가 아니라 모든 존재들이 깃들어 사는 집과 같은 친숙한 공간으로 여기는 시인의 세계관이 반영된 것이다. 또한 이 구절은 앞선 시인의 잘 알려진 작품(이성선의 「미시령 노을」)에서 따온 것이다. 이는 단순한 인용이라기보다는 선배 시인에 대한 존경의 표시로서 일종의 오마주에 가깝다고 판단된다. 뒷짐지는 동작에 대한 세부 묘사에서 출발해 '뒷짐지다'라는 말의 뜻을 새롭게 하면서 우주의 차원까지 시적 공간을 확대한 이 작품을 읽으며, 나는 여전히 실제로는 눈에 띄지 않는, 뒷짐진 사람들의 풍경을 머릿속에 안타깝게 그리는 중이다.

(『현대시학』, 2004년 3월호)

이름에 대하여

이희중의 「그 꽃, 또는 싸리꽃」

책에서 보고 바람한테 들었던 싸릿대, 싸리비
그러나 정작 그 나무를 알지 못하고
작고 하얀 그 꽃을 알아보지 못하고
내 머릿속에서 얼마나 많은 꽃들이 이름 홀로 존재하는지

십년 전 사관학교 국어 교관시절
당직을 서며 깊은 밤 산길 순찰을 돌 때
철조망을 하얗게 물들이는 냄새가 있었다
둘러보면 달빛을 받아 빛나는, 쏟아지는 밥풀 같은 것들

보초 서는 토박이 초병들에게 물어보아도
그 나무 그 꽃, 이름을 알지 못하고
알고 보니 그 나무 내 산야에 흔한데
게 중 하나 싸리꽃이라 하기는 했던가
누구는 곧 붉지 않아 적어도 싸리꽃은 아니라고 했으니

지혜로운 사람을 만나면 잊지 않고 물어보았다

개나리 같은 관목, 하얀 그 꽃
냄새는 그윽하고 아득한
문창과 나이 많은 제자는 수업시간에 식물도감을 들고 와
조팝나무라 했는데, 사진 속에서 웃는 엉뚱한 얼굴

그 사이 꽃은 나와 친해져서
개나리 질 무렵을 해마다 기다렸는데
신작로 가에도 즐겨 심는 나무, 그 흰꽃

냄새로 만난 지 십년
아내는 해 묵은 궁금증을 들고
그 여러 이름들이 모두 그 꽃의 이름이 아닐까 하는데
함께 들른 시골 카페의 꽃밭에 흰 꽃은 다시 피어 있는데
친절한 아주머니, 그 꽃이 싸리꽃
달리 조팝나무라고도 한다고 하신다
아내, 십년 동안 모르고 지낸 그의 이름도 웃고 있다

이름을 알면 무엇이 달라지나
이미 나는 그 나무, 그 꽃을 깊이 사랑하는데
십 년 묵은 궁금증은 이제 풀렸으나
이름 없이도 나무는 혼자 늘 꽃을 피웠는데
내가 아무리 나무와 그 이름을 공부해도
꽃나무 수는 그보다 많을 테고, 이름 불러주지 않아도
나와 상관없이 봄마다 오래 꽃을 피울 터
다시 누가 그 꽃이 싸리꽃이 아니라 한들

— 『시안』, 2000. 여름

1

　나는 아직도 대학 입학 후 첫 강의 시간 때의 낭패감을 잊지 못한다.
그 강의는 신입생들을 대상으로 한 교양 과목이었는데, 첫 시간이라서

그랬는지 젊은 교수님은 매우 공들여 출석을 부르셨다. 교수님이 한 사람씩 이름을 부르면 해당 학생이 손을 들어 교수님께 얼굴을 알리는 식이었다. 그런 방식의 출석 점검은 일면 쑥스러우면서도 신입생들에게 은근히 자부심을 느끼게 하는 것이었다.

학번순으로 이름을 부르는가 싶었는데 예상보다 빨리 내 이름이 불려졌다. 나는 미처 목구멍으로 침을 삼킬 겨를도 없이 "예!" 대답을 했다. 이어 내가 앉은 자리를 알리기 위해 손을 치켜들려는 순간 내 뒤쪽에서 이번에는 "예?" 하는 큰 대답 소리가 들렸다. 나는 물론 깜짝 놀랐고 교수님과 학생들의 시선이 모두 그쪽으로 쏠렸다. 내 이름에 두 번째로 대답한 그 학생은 나를 뚫어져라 쳐다보고 나서 교수님을 향해 말했다.

"제가 이성우인데요."

아니, 어떻게 같은 학과에 나하고 성과 이름이 똑같은 녀석이 있을 수 있단 말인가. 알고 보니 그 녀석은 출신지의 지명까지 나와 비슷했다.

그날 수업이 끝난 후 이름이 같은 그 친구와 학교 앞 전자오락실에서 갤러그를 하고 저녁으로 자장면을 함께 사 먹었다. 그러면서도 내 머리 속에는 온통 그 친구의 이름, 아니 그 친구와 똑같은 나의 이름에 대한 생각뿐이었다.

나는 집에 돌아와 생텍쥐페리의 『어린 왕자』를 읽으며 마음을 달래려 했다. 특히 어린 왕자가 정원 하나 가득 무려 오천 송이나 되는 똑같이 생긴 장미꽃들에게 이 세상에서 단 하나밖에 없는 자신의 꽃에 대해 이야기하는 부분을 여러 번 읽었다. 대학 신입생이라 해 봤자 스무살도 되지 않은 풋내기였으니 필요 이상으로 예민했던 모양이다.

그때부터 생긴 나의 이름 콤플렉스는 지난해 봄 다시 덧나고 말았다. 이번에는 아들 녀석의 이름이 문제였다. 돌림자를 넣어 지은 녀석의 이름이 너무 평범했다. 아니 평범한 건 좋은데 인터넷에서 우연히 검색한 서울 지역 전화번호부에서 녀석과 이름이 똑같은 사람을 자그마치 284명 발견했던 것이다. 이럴 수가! 나는 마침내 관할 지방법원에 인접한 법무사사무소를 찾아갔다. 아이의 이름을 최소한 서울 지역에서만이라도 단 하나밖에 없는 것으로 고치기 위해. 아, 나의 이름 콤플렉스여!

2

최근 나는 이희중의 「그 꽃, 또는 싸리꽃」이란 시를 접하고 내 유별난 이름 콤플렉스를 다시 생각하는 시간을 가졌다. 이 작품은 그 정확한 이름은 알지 못하면서도 한 꽃나무에 대해 십 년을 넘어 지속된 시인의 사랑을 평이하고 자연스런 어법으로 그려낸 작품이다. 그러면서도 이 작품은, "내가 그의 이름을 불러 주기 전에는/그는 다만/하나의 몸짓에 지나지 않았다"는 김춘수의 저 유명한 「꽃」을 슬쩍 뒤집는 힘을 지니고 있다.

시적 화자는 십 년 전 "철조망을 하얗게 물들이는 냄새"를 통해 한 꽃나무의 존재를 처음으로 인식한다. 여기서 인상적인 점은 그 꽃나무에 대한 첫 인식이 책이나 영상 매체 등 인공적 매개물을 통한 것이 아니라는 사실이다. 화자는 후각이라는 자신의 감각 기관을 통해 그 꽃나무를 인지한다. 이성이 아니라 감각으로 정신이 아니라 몸으로 먼저 그 꽃나무를 받아들인 것이다.

여느 사람들이 항용 그러는 것처럼 그 다음에는 화자도 그 꽃나무를 이성으로 인식하려는 태도를 보인다. 그 꽃나무의 이름을 알아내려는 시도가 바로 그것이다. "보초 서는 토박이 초병들"에게 묻기도 하고 "지혜로운 사람"에게 기대를 걸거나 "문창과 나이 많은 제자"의 도움을 받기도 한다. 그러나 만족스런 대답을 구하지는 못한다. 무엇보다 그 꽃나무가 원체 잘 알려져 있지 않아서 그랬겠지만, 우리는 또한 사람들 사이의 언어의 불완전성을 의심하지 않을 수 없다. 화자나 초병들이 몸으로 접한 꽃나무와, 다른 사람들이 그들의 말을 전해 듣고 머리에 떠올리는 꽃나무는 끝내 일치하지 않을 수도 있기 때문이다. 더 나아가 같은 자리에서 그 꽃나무를 접한 사람들 사이에도 문제는 남는다. 왜냐하면 그 꽃나무의 냄새가 '철조망을 하얗게 물들이고', 그 꽃이 '달빛을 받아 빛나며 쏟아지는 밥풀 같다'고 인식하는 화자의 태도와 다른 사람들의 경우가 똑같을 수 없기 때문이다. 서로 다른 인식 태도를 지닌 사람들이 이름을 알 수 없는 어떤 대상을 한 가지 말로 지칭하기는 참으로 어려운 일이다. 그래서 화자의 아내는 십 년에 걸친 화자의 궁금증을 듣고, "그 여러 이름들이 모두 그 꽃의 이름이 아닐까"라고 말했는지 모른다(나는 개인적으로 이 말이 가장 마음에 든다).

어느 날 우연히 화자와 아내는 그 꽃이 피어 있는 시골 카페에서 그 꽃나무를 싸리꽃 또는 조팝나무라 부른다는 사실을 확인한다. 화자의 십 년에 걸친 궁금증이 드디어 풀린 것이다. 그렇다면 이제 우리는 이 작품을 다 읽은 셈인가? 그렇지 않다. 시인이 정작 하고 싶은 말은 마지막 연에 있는 듯하다.

> 이름을 알면 무엇이 달라지나
> 이미 나는 그 나무, 그 꽃을 깊이 사랑하는데
> 십 년 묵은 궁금증은 이제 풀렸으나
> 이름 없이도 나무는 혼자 늘 꽃을 피웠는데
> 내가 아무리 나무와 그 이름을 공부해도
> 꽃나무 수는 그보다 많을 테고, 이름 불러주지 않아도
> 나와 상관없이 봄마다 오래 꽃을 피울 터
> 다시 누가 그 꽃이 싸리꽃이 아니라 한들

무엇이 달라지느냐는 것이 화자의 전언이다. 비록 겉으로 드러난 뜻은 평이해 보일지 모르지만 김춘수의 「꽃」을 뒤집는 이 구절에는 기호학의 이론적 배경이 된 소쉬르의 언어관이 잘 녹아들어 있다. 두루 알려진 바와 같이 소쉬르는 사물의 이름과 그 사물의 관계는 절대적이지 않다고 간파했다. 사물의 이름은 그 사물에 상응하는 심벌이 아니라 기표와 기의라는 두 부분으로 이루어진 기호에 불과하다. 더욱이 기표와 기의의 결합은 미리 정해진 체계 내에서만 의미를 지닐 뿐 본질적으로는 자의적이다. 마치 이 작품에서 그 꽃나무의 이름을 모르면서도 온전히 사랑할 수 있었고, 또 그 이름을 알고 나서도 달라지는 게 없다는 화자의 말과 같은 이치이다. "내가 아무리 나무와 그 이름을 공부해도/꽃나무 수는 그보다 많을 테고, 이름 불러주지 않아도/나와 상관없이 봄마다 오래 꽃을 피울" 것이라는 구절 역시 같은 맥락에 속한다. 이 시의 제목에 함축되어 있듯 그 꽃나무가 '그 꽃'으로 지칭되든 또는 '싸리꽃'이라는 이름으로 불리든 달라지는 것은 없다는 말이다.

3

　　나는 또한 이 작품을 읽고 나서 『노자』(김학주 옮김)를 새삼스레 꺼내 들었다. 1장에는 "도라고 알 수 있는 도라면 그것은 진정한 도는 아니다. 명칭으로써 표현될 수 있는 명칭이라면 그것은 진정한 명칭은 아니다."라고 적혀 있다. 56장에서는 "정말로 아는 사람은 말하지 않는다. 말하는 사람은 알지 못하는 것이다."라고 일침을 놓는다.
　　나는 이 구절들을 읽으며 언어가 갖추어야 할 진실성에 대해 생각한다. 만일 어떤 대상을 하나의 언어로 못박아 규정할 수 있다면 그것은 오히려 그 대상의 거짓됨을 드러내게 될지도 모른다. 마찬가지로 거짓된 사물(서양의 한 학자는 이를 '시뮬라크르'라 했던가)을 가리키면서도 세계의 본질에 맞닿아 있다는 착각을 하게 만든다면 그 언어야말로 거짓된 것이다. 이처럼 언어 혹은 이름을 통해서만 어떤 대상을 만나다가는 그 허상에 빠지기 쉽다. "냄새로 만난 지 십년"이라는 이 시의 한 대목이 암시하듯 그 실체와 실체로서, 요즘 널리 거론되는 말로 하면 몸과 몸으로서 만나는 일이 우리에게는 더욱 절실하다.

그리고 보면「그 꽃, 또는 싸리꽃」이란 이 작품 역시 본질적으로는 완전할 수 없는 '언어'를 통해 우리에게 다가왔다. 그럼에도 이 작품이 우리의 가슴을 움직이고 타성에 젖은 머리를 자극할 수 있는 이유는 무엇일까. 그것은 곧 언어의 불완전성을 의식하면서도 한 꽃나무를 '십년간 냄새로 만나는' 시인의 웅숭깊은 진실의 힘이 이 작품에 스며 있기 때문일 것이다.

나의 이름 콤플렉스도 사실은 하나의 언어 기표에 서로 다른 두 사람 혹은 그 이상의 수많은 사람이 담길 수 없다는 내 나름의 문제 제기가 아니었던가? 그러나 설사 그렇다 치더라도 그것은 또한 얼마나 어리석은 일인가! 만일 나만이 가질 수 있는 단 하나의 이름으로, 아니 나만의 더 많은 이름으로 나를 가리킨다 하더라도 지금 이 글을 쓰고 있는 '나'를 온전하게 담아낼 수는 없을 것이기 때문이다. 시인의 어투를 빌리자면, '그 사람'으로 지칭되든 또는 '이성우'라는 다른 사람과 같은 이름으로 불리든 '나'만 온전하다면 무엇이 달라지겠는가.

(『현대시학』, 2000년 8월호)

시인과 사회, 그리고 그 사이의 소리들

장만호의 「소리들」

고향집 함석지붕에
비 내리는 소리
누이들이 듣는 라디오 소리

텃밭에 감 떨어지는 소리
쿵, 쿵, 하나씩
터져나가던 대지의,
한 해 치의 붉은 심장 소리

그리고는,
모과나무에 빗발 듣는 냄새를
약으로 들으시던
할머니의 기침 소리와

젖은 정지에서 밥을 지으시는
어머니의 딸그락거리는 소리를,
네 귀를 들고 듣던
옛 집의 침 넘기는 소리

— 『현대문학』, 2002. 8

　　독자들의 기억으로부터 인상적인 소리를 불러내는 것으로 이 시는 시작한다 : "고향집 함석지붕에/비 내리는 소리/누이들이 듣는 라디오 소리". 비 오는 날 함석지붕의 집 안에서 빗소리를 들어 본 사람들은 잘 안다. 지붕의 함석을 두드리는 빗방울 소리가 머리 위 공중에서 부서질 때, 세상 바깥의 소리는 일절 들리지 않고 내 머릿속에서 빗소리의 공명이 일어나 몸이 붕 떠오르는 느낌, 마침내는 집 전체가 하나의 소리 공명 장치가 되어 공중에 들어올려지는 희한한 착각. 소리의 힘이 이렇게 세다니!

　　이 시에서의 빗소리는 물론 그렇게 큰 소리는 아닌 것 같다. 하지만 작품 바깥의 사람들을 작품 안으로 끌어들일 만큼의 충분한 울림은 지니고 있다. 빗소리 때문에 누이들이 더 볼륨을 높인 라디오 소리가 독자들의 마음에도 들리기 시작했다면, 이제 독자들은 '고향집'이 있는 이 시의 공간과 시간 속에 무사히 닿은 셈이다.

> 텃밭에 감 떨어지는 소리
> 쿵, 쿵, 하나씩
> 터져나가던 대지의,
> 한 해 치의 붉은 심장 소리

　　붉게 잘 익은 감이 땅에 떨어진다. 그 물렁한 감이 터지지 않을 리가 없다. 이때 나는 소리를 화자는 "쿵, 쿵"이라고 묘사한다. 과장벽일까? 그렇지는 않은 것 같다. 붉은 감을 '대지의 붉은 심장'에 비유한 다음 행을 보면 그 의문이 풀린다. 심장 소리가 '철퍼덕' 하지는 않을 테니까! 아니, 그보다는 여기서 예사로 넘길 수 없는 것은 그 소리가 '감'에서 나는 것이 아니라 '대지'에서 나온다는 점이다. 붉은 감을 '대지의 붉은 심장'에 비유한 것은 사실, 신선도가 좀 떨어진다. 그런데 이 비유

속에는 '소리'가 숨어 있다. 잘 익은 감이 떨어질 때 대지는 자신의 소리를, 자신의 심장 소리를 사람들에게 들려준다는 것이다. "쿵, 쿵" 이렇게 나는 살아 있다는 듯이.

> 그리고는,
> 모과나무에 빗발 듣는 냄새를
> 약으로 들으시던
> 할머니의 기침 소리와

잠깐 잊고 있었는지 모르겠지만, 이 시 속에서는 비 오는 날이다. 모과나무에도 향내나는 그 열매에도 빗물이 방울져 떨어지는 게 보인다. 아니 보인다고 하면 적절치 않다. 화자는 비에 젖는 그 풍경으로부터 모과의 향내를 맡는다. 촉촉이 젖은 모과의 향내! 눈이 절로 감긴다. 그러니까 이 광경은 눈으로 보는 것이 아니라 코로 맡는 것이다. 게다가 할머니는 귀로 들으신다. 모과나무에 빗발 듣는 소리를 "약으로 들으시는" 할머니. 할머니는 지금 기침병을 앓고 계신다. 잘 알려져 있듯, 모과에는 가래를 없애는 약리 작용이 있어 한방에서는 감기나 기관지염, 폐렴 등에 약으로 쓴다. 할머니가 모과 냄새를 맡으시며 모과나무에 듣는 빗방울 소리에 귀기울이는 광경을 가만 떠올려 보면, 비싼 약재 대신 모과를 잘게 썰어 넣어 약 달이듯 달이는 달큼한 냄새가 나는 것만 같다. 아니, 할머니는 지금 말씀만 안 하실 뿐 그러고 싶으신 것이다. 비 오는 날이고 일부러 청하지는 않았으나 모과 냄새가 나고 지금 천지간은 할머니에게 하나의 커다란 약탕기 같다. 내가 읽기에, 이 대목은 이 작품에서 가장 빼어난 부분이다. 그런데 지금 어머니는 어디서 무얼 하고 계시나?

젖은 정지에서 밥을 지으시는
어머니의 딸그락거리는 소리를,
네 귀를 들고 듣던
옛 집의 침 넘기는 소리

어머니는 지금 '정지'에 계신다. '부엌'이라 하지 않은 것은 괜한 고집이 아니다. 지금 이 시가 그려내고 있는 것은, '옛 집'(마지막 행을 보라)이 있는 고향에 관련된 기억이다. 자식들 따라 대도시에 나오신 어머니라면 '부엌'이나 '주방'이겠지만, 기억 속 고향에 계신 어머니는 언제까지나 '정지'에서 밥을 지으신다. 기억이란 그런 것이다. 요즘에는 비가 온다고 해서 '젖는' 그런 부엌을 가진 주택은 또 없다. "젖은 정지"라는 짧은 구절에서는 비 묻은 고무신을 신고 정지를 드나드는 어머니를 물끄러미 바라보고 있는 화자의 시선이 묻어난다. 화자는 지금 은근히 배고픈 것 같다. "네 귀를 들고 듣던/옛 집"이란 구절을 보면 화자뿐 아니라 집 안에 있는 식구들 모두 밥 짓는 소리에 신경을 모으고 있다. 이 시의 전개상 아마도 저녁밥 같은데, 이 마지막 연에서는 소리가 소리를 부른다. 밥 짓는 소리 뒤에 침 넘기는 소리가 이어지고 마침내, 애야 상 들여가거라, 하는 소리가 나면 방안에서는 다시 '소리들'이 분주해지리라.

더 읽고 싶은데, 시는 여기서 끝난다. 그래도 내 마음속에서는 소리가 계속해서 난다. 이 시를 읽으면서 새로 생긴 소리들, 내 기억 속에서 빠져나오는 소리들. 물론 듣기 좋은 소리만 있는 것은 아니다. '사회 생활'을 하면서 어찌 듣기 좋은 소리만 골라 들을 수 있을까. 이렇게 좋은 소리들을 살려낸 이 시인은 또, 얼마나 많은 '소리들'을 더 들어야 할까.

(『현대시학』, 2002년 9월호)

둥글고 단단한 눈물, 우리 마음속을 구르는

천양희의 「구르는 돌은 둥글다」

조약돌 줍다 본다 물 속이 대낮 같다
물에도 힘이 있어 돌을 굴린 탓이다
구르는 것들은 모서리가 없어 모서리
없는 것들이 나는 무섭다 이리 저리
구르는 것들이 더 무섭다 돌도 한자리
못 앉아 구를 때 깊이 잠긴다 물먹은
속이 돌보다 단단해 돌을 던지며
돌을 맞으며 사는 게 삶이다 돌을
맞아본 사람들은 안다 물을 삼킨 듯
단단해진 돌들 돌은 언제나 뒤에서
날아온다 날아라 돌아, 내 너를
힘껏 던지고야 말겠다

— 『현대시학』, 2002. 11

　천양희 시에서 반복되는 자기 응시는 이를테면 비추어 보는 것이 아니라 들여다보는 것이다. 물의 겉면에 비친 자기 모습에 도취된 신화 속의 나르키소스나 거울에 비친 또 하나의 분열된 자아에 절망한 식민지

시대 이상과의 분별점이 바로 여기 있다. 나르키소스와 이상의 비춰 보기는 평면 형태의 거울에 맺힌 사실적이거나 혹은 심리적인 이미지에 자신의 의식을 일치시키는 행위에 가깝다. 그것은 죽음 혹은 절망이라는 결말을 그 과정 속에 이미 내포한다는 점에서 비극적이다. 이에 비해 천양희 시에서의 들여다보기는 자신의 의식을 마치 물속에 담긴 사물들을 바라보듯 냉정히 관찰하고 그 결과를 이미지로 만들어내는 일에 해당한다. 그 행위는 비극적이 아니라 비판적이며 완료형이 아니라 진행형이다. 이번에 발표된 「구르는 돌은 둥글다」는 천양희 시의 이 같은 특성을 이어받으면서 기존 논의에 포괄되지 않는 또 다른 일면을 지닌다는 점에서 주목된다.

조약돌 줍다 본다 물 속이 대낮 같다

이 첫 행은 조약돌을 줍는 일상 행위로부터 시적 자아의 내면을 들여다보는 시적 행위로 넘어가는 관문에 해당한다. 그 관문을 여는 키워드는 '물 속이 대낮 같다'는 시구이다. 이 구절은 무엇보다 시인의 이전 작품들과 강한 친연성을 지닌다. 가령 "둥근 물방울같이 환한 水宮"(「시냇가에서」)이라든가 "투명한 물 속/저 환한 화엄계!"(「청사포에서」) 같은 구절들을 거론할 수 있다. 이들 작품에서 환한 물의 이미지는 정화되고 풍요로운 삶에 대한 시인의 무의식적 열망을 보여 준다. 그 이미지는 다시 말해 고통의 질곡을 거치고 나서 도달할 수 있는 혹은 도달하기를 염원하는 경지를 지칭하는 것이다. 이에 반해 이번 작품에서의 '대낮 같은 물 속'이란 표현은 마지막에 도달할 어떤 단계나 소망의 대상을 뜻하지 않는다. 그 대신 시인의 의식 세계를 물 속 세계로 치환하기 위한 예비 단계로 설정되었다는 점에서 큰 차이가 있다. 물 속이 대낮 같이 밝다고 말해 놓고 이어지는 시행들은 물 속 세계 그 자체를 묘사하는 것이 아니라 시적 자아의 내면을 진술하고 있기 때문이다.

이 시에서 자신의 의식 세계를 드러내는 시적 자아의 태도는 이중적
이다. 하나는 "돌을 던지며/돌을 맞으며 사는 게 삶이다"라고, 화자 자
신의 생각을 직선적으로 말해 버리는 태도이다. 한마디로 내용 편향이
다. 이와 다른 하나는 행걸침 기법을 계속 사용함으로써 의미에 따른
분절적 이해를 방해하고 자신이 진술하고 있는 내용에 독자들의 판단
을 끊임없이 개입시키려는 에두름의 태도이다. 이런 이중성은 달리 말
해 이 시의 두 가지 지배적 이미지인 '돌'과 '둥글다'의 관계를 유추시
킨 것이라 할 수 있다. '돌'이 가진 단단함과 상처 주고받기의 이미지가
직선적 어법으로 표출된다면, '둥글다'라는 감각 이미지는 부드러운 어
조와 행걸침 기법으로 이어진다. 더 나아가 이런 이중성은 고통과 상처
의 삶이 엄연하게 존재하는 현실과 그것을 넘어서려는 시인의 기대와
의지가 반영된 것으로 읽을 수도 있다.

그런데 여기서 반드시 짚어야 할 문제는 '둥글다'의 의미가 그리 단
선적이지 않다는 점이다. '구르는 돌은 둥글다'는 이 시의 제목에 다음
구절을 포개어 읽어 보자.

> 구르는 것들은 모서리가 없어 모서리
> 없는 것들이 나는 무섭다 이리 저리
> 구르는 것들이 더 무섭다

시적 자아는 '모서리 없다' 혹은 '둥글다'는 감각 이미지에 대해 부드
러움이 아니라 무서움의 감정을 대입시키고 있다. 예사로운 일은 분명 아
니다. 그렇다면 사람들은 '둥글다'고 말할 때 정확히 어떤 모양을 머리에
떠올리는 것일까? 사람마다 차이는 있겠지만 결국은 원과 타원 사이에
있는 어떤 모양일 것이다. 원과 타원은 '둥글다'는 말의 양쪽 기준점이

된다. 원과 타원이라는 두 기준점의 의미를 명확히 하면 '둥글다'는 말의 뜻도 더 분명해진다. 간단히 정의하자. 원은 하나의 정점으로부터 일정한 거리에 있는 점들을 이은 곡선이다. 타원은 두 개의 정점으로부터 거리의 합이 일정한 점들로 이루어진 곡선이다. 두 도형 모두 정점과의 거리에 있어서 일정한 법칙에 정확히 들어맞는 특성을 지닌다. 원과 타원이 우리에게 보여 주는 부드러움이나 완결성은 실상 그것들의 완벽한 거리 유지의 법칙에서 비롯되었음이 드러난다. 날카로운 모서리를 지니지 않은 원이나 타원이 오히려 더 날카로운 내부 법칙을 견지하고 있는 셈이다. 아울러 둥글다는 것은 언뜻 각 개체의 접촉이 부드러운 것 같지만 사실은 각 개체의 접촉 면적이 최소가 되는 특성을 지닌다. 둥근 공이나 구슬들이 서로 부딪쳐 만나는 장면을 떠올려 본다면 이 점을 이해하기는 어려운 일이 아니다. 둥근 것들이 만날 때 그것들은 최소의 공간만을 공유한다. 오히려 모난 것들은 모난 부분만 비낀다면 서로 맞댈 수 있을 만큼 접촉의 면적이 넓다. 이렇게 보자면 '둥글다'는 것처럼 단단한 법칙으로 똘똘 뭉친 말도 없을 것이다. 그 둥근 것들이 무섭다는 시적 자아의 말은 따라서 스스로를 똘똘 뭉쳐 살아가야 하는 삶의 방식에 대한 비판적 인식일 것이다. 둥근 돌들이 구를수록 깊이 잠긴다거나 물먹은 속이 돌보다 단단하다는 진술 역시 같은 맥락에서 이해할 수 있다. 결국 이 시에서의 '둥글다'는 이미지는 결핍이 없는 완전함과는 거리가 상당히 멀다.

> 돌을 던지며
> 돌을 맞으며 사는 게 삶이다 돌을
> 맞아본 사람들은 안다 물을 삼킨 듯
> 단단해진 돌들 돌은 언제나 뒤에서
> 날아온다 날아라 돌아, 내 너를

힘껏 던지고야 말겠다

　무엇보다 "돌을/맞아본 사람"으로서 시적 자아가 감내했을 삶에 대한 절망과 고통이 마침내 '둥글다'는 말의 불완전함이나 부정적 속성에 대한 천착으로 이어졌을 것이다. 이런 맥락에서 "물먹은/속이 돌보다 단단해"라는 내면 토로와 "물을 삼킨 듯/단단해진 돌"이란 표현은 시인이 외부 세계로부터 받은 모멸과 상처를 아물리는 과정의 안쓰러움을 떠올리게 한다. 그런 과정을 거쳐 시적 자아가 생각하는 삶이란 이런 것이다. 뒤에서 날아오는 돌과 화자 스스로 힘껏 던지려는 돌이 교차하는 것, 다시 말해 상처 입음과 상처 입힘의 연속이다. 그 끊임없는 과정 속을 구르는 둥근 돌, 그것은 "61세에 아무 것도 가진 것 없는 한 시인"(「눈물」)의 마음속에서 오랜 시간에 걸쳐 구르고 있는 둥글고 단단한 눈물의 다른 이름일 것이다. 던진다고 던져 버린다고 말하면서도 끝내 그렇게 하지 못하는, 우리 마음속의 그 둥근 것들 말이다.

(『현대시학』, 2002년 12월호)

제**2**부

시+인

종합에의 의지

강은교

1. 강은교 시에 대한, 잘 알려진 불만

인간이 성취해 낸 모든 분야에서 이른바 양쪽의 경계에 선 사람들은 간혹 곱절의 찬사 또는 그보다는 훨씬 자주 곱절의 비난에 휩싸이기 마련이다. 한국 현대 시사에서 강은교 시인이 바로 그런 경우에 해당한다. 1974년에 나온 『풀잎』은 그 증명서 같은 시집이다. 시선집이자 신작 시집인 『풀잎』에서 강은교는 자신의 시를 '허무집'과 '허무집 이후'로 나눠 놓았다. 이 구분은 공교롭게도 지금까지 강은교 시를 양분하는 하나의 기준이 되어 왔다. 등단 6년 만에 낸 두 번째 시집이 한 시인의 '블랙박스'가 된 셈이다. 그 블랙박스를 놓고 제기된 문제들 가운데는 특별히 다뤄 기록할 만한 것들이 있다.

먼저 '허무집'의 시편들에 대해서는 그 개성의 강렬함에도 불구하고 다분히 사변적이며 선험을 통해 직관 혹은 예감하고 있다는 불만이 제기된다(김병익, 「허무의 선험과 체험」). 또 강은교의 초기시에서 허무의 본질은 관념에 있으며, 시인은 삶을 살고 있는 것이 아니라 보고 있다는 느낌을 받는다는 안타까움 섞인 기록도 있다(신경림, 「강은교의 시세계」).

'허무집 이후'의 시편들에 대해서는 서로 다른 맥락에서 아쉬움이 토로된다. 한편에서는 현실 참여적인 후기 시편들이 그 언어적 개성을 잃어 강은교 시인 특유의 시세계라 보기 어렵다고 말한다(박노균, 「강은교론 : 존재 탐구의 시에서 역사적 삶의 시로」). 가령 『소리집』 이후의 시편을 가지고 논한다면 시인으로서의 긴장이 이완되었다고 보는 시각이다(진형준, 「무덤의 상상력에서 뿌리의 상상력으로」). 이 견해에 따르면 강은교 시의 가치는 여전히 '허무집' 부근에 머문다. 그러나 이와는 다른 견해도 있다. 후기시에 올수록 강은교의 창작 방법은 사물에 대한 감각적 조응보다 관념적 결합에 기우는데, 이는 삶의 구체적 현실을 생생히 표현하는 데 다소 부담스럽다는 지적이다(이영섭, 「시의 풍요로운 생명감」). 강은교의 후기 시편들에는 아직도 불투명하고 관념적인 추상의 그림자가 제거되지 않았다는 언급(이영진, 「자비로워진 허무와 탈주의 정신」) 역시 같은 맥락에 속할 것이다.

이렇게 보면 강은교 시는 시인의 의도와는 상관없이 『풀잎』의 '허무집' 부분에 시적 가치를 놓아두려는 견해와 '허무집 이후'의 시편에서 변모된 가치를 찾아내려는 시각 사이에서 기우뚱거리는 것처럼 보인다. 그것은 서로 다른 두 세계의 경계에 선 시인이 감당해야 할 몫이다. 내가 이 글에서 강은교 시에 헌정된 찬사보다는 오히려 불만 사항들을 먼저 확인하는 이유는, 강은교 시에 내재된 경계적 특성과 그 특성들에 대한 종합에의 의지에 더 주목하기 때문이다. 불만은 그것을 채울 가능성이 있는 사람에게는 찬사보다 더 특별한 의미가 있는 법이니까.

2. 개인적 허무와 사회적 책무

강은교의 시적 여정을 돌아볼 때 개인적 허무와 사회적 책무 사이의 화해 혹은 갈등이 전략적인 의식화의 산물이 아니라는 사실은 특별히 강조될 필요가 있다. 시인 특유의 허무 의식의 근원에 독특한 실향감이나 아버지에 대한 애증, 시인의 기대를 배반한 사회 현실에 대한 좌절감 등이 자리한다면, 시인의 사회적 책무에 대한 인식 역시 죽음을 스친 개인적 경험과 거기서 비롯된 삶에 대한 이전과는 다른 생각으로부터 싹튼 것으로 보인다. 강은교 시인에게서 동시에 발견되는 서로 다른 특성들은 전략적 기획의 산물이라기보다는 자생적인 발생 과정을 거쳐 나왔다는 것이다. 시집 『풀잎』에서 '허무집 이후'의 첫머리에 놓인 작품을 보자.

> 저물 무렵 네가 돌아왔다
> 西쪽 하늘이 열리고
> 큰 무덤이 보이고
> 떠나가는 몇 마리의 새
> 食口들은 다시 安心한다
>
> 곧 이불을 펴리라
> 지난 해를 다 바쳐 마련한
> 삼베이불이
> 곳곳에서 퍼지리라
>
> 나는 헌옷을 벗고
> 낡은 피는 수챗구멍에 버린다
> 곁눈질로 우는 피의 기쁨
> 뒤뜰에선 오랜만에
> 꽃잎 떨어지는 소리

마지막 꽃잎도 떨어지고 나면
더 무엇이 살아서 떨어지겠는가
西쪽 하늘이 열리고
네가 돌아왔다
살아있는 것 모두
물이 되도록
물 끝에 거품으로 일 때까지
성실한 너는 또다시 오라.

— 「저물 무렵」 전문(『풀잎』, 1974)

이 시는 죽음 근처까지 갔다가 다시 삶 쪽으로 돌아온 사람의 정황에서 시작한다. 화자인 '나'는 '너'라는 인칭대명사로 지칭되기도 하는데, 그 이유는 이 시의 화자인 '내'가 넘나든 삶과 죽음의 경계가 은연중 인칭대명사의 넘나듦으로 대체되고 있기 때문이다. 그것은 곧 이 세상을 바라보는 시각의 전면적인 교체를 암시하는 것이기도 하다. 굳이 시인의 전기적 사실에 기대지 않더라도 이 시에서의 죽음이 일회적 사건이 아님을 짐작하기는 어렵지 않다. 가령, '큰 무덤'이나 '떠나가는 몇 마리 새'는 상상에서든 현실에서든 이 시의 화자에게는 실제로 존재한 것이나 다름없다. 어떤 방식으로든 그것들이 존재했다는 사실 자체가 이 시에서는 중요하다. 화자가 그것들과 관련된 경험을 쉽게 잊지 못하기 때문이다. 다시 살아 돌아온 화자에 대해 식구들은 마음을 놓지만, 정작 당사자인 화자는 죽음의 기억으로부터 완전히 벗어나지 못한다. 헌 옷을 벗고 낡은 피를 버린다는 진술은 그것이 실제 상황이든 비유적 진술이든 이미 한 번의 죽음을 받아들인 것이나 진배없음을 내포한다. 죽음에 근접한 경험을 통해 화자는 '다시 살아난' 사람이 된 것이다. 그런데 살아 있는 모든 것이 '물'이 된다는 마지막 연의 진술은 첫 시집에 실린 다음 작품과 맥이 닿아 있다.

그러나 지금 우리는
불로 만나려 한다.
벌써 숯이 된 뼈 하나가
세상에 불타는 것들을 쓰다듬고 있나니
萬里 밖에서 기다리는 그대여
저 불 지난 뒤에
흐르는 물로 만나자.
푸시시 푸시시 불 꺼지는 소리로 말하면서
올 때는 人跡 그친
넓고 깨끗한 하늘로 오라.
— 「우리가 물이 되어」 부분(『허무집』, 1971)

  여기서의 '불'은 숯, 뼈의 이미지와 연결되면서 죽음과 관련된다. 그것을 벗어났을 때, 다시 말해 '물'이 되었을 때 비로소 온전한 만남이 가능해진다. 물과 불은 그러나 이때 서로 대척적인 위치에 놓이고 만다. 양자 사이의 넘나듦이나 조화는 아직 상정하기 힘들다. 이런 사정이 두 번째 시집의 「저물 무렵」에 와서 변화를 보인 것이다. 죽음을 스치는 경험을 통해 삶과 죽음의 거리가 그야말로 종이 한 장 차이로 가깝게 느껴진다. 살아 있는 존재가 물이 될 수 있는 것은 따라서 삶과 죽음 사이의 가까워진 심정적 거리에 연유한다. 이 모든 과정은 삶과 죽음의 연속된 체험이라 할 만하다. 이런 체험은 삶과 죽음이 번갈아 돌아간다는 인식으로 이어진다.

다음에 올 때면 그대여
저승에나 갔던 듯 돌아오게
저승이 저 하늘이라면
여기서 하늘이 참 가까우니
별냄새도 조금 나고
바람때도 조금 묻혀서

        山모래 부서지듯 부서지듯
        부끄럽게 부서지며 오게.

— 「回歸」 부분(『풀잎』, 1974)

　　이승과 저승을 오갈 수 있다거나 삶과 죽음이 되풀이된다는 믿음에
서 간과할 수 없는 한 가지 요소는 역설적으로 삶에 대한 강한 애착이
다. 아니 삶 그 자체라기보다는 '온전한 삶'이라 부를 수 있는 어떤 상
태로 자신의 삶을 끌어올리려는 의지이다. 별이 아니라 별'냄새', 바람
이 아니라 바람'때', 그냥 모래가 아니라 '부서지는' 모래처럼 구체적인
감각 대상들을 저승과 이승 사이에 배치한 것도 따지고 보면 그냥 삶이
아니라 온전한 삶에 대한 희구와 관련된다. 다른 사람은 대신할 수 없
는, 지극히 개인적인 죽음 관련 체험을 통해 화자는 자신은 물론 타인
의 삶을 대하는 시각 자체를 바꿔야 한다는 생각에 가닿는다. 그래서
시인은 "아아, 한때/캄캄하던 나/아아, 한때/텅 비어 있던 그대들"(「스스
로를 기억하는 노래」)이라 노래한다. 이때 '캄캄한 나'와 '텅 빈 그대'가
똑같이 문제인 것처럼 보이지만, 더 자세히 보면 근본적인 문제는 화자
인 '나'에게 있다. 화자가 '캄캄하다'는 것은 자신의 개인적인 영역에
국한되는 일이 아니다. '그대들'이라 지칭할 수 있는 타인들에 대한 무
관심이나 무지와 연관되기 때문이다. 개인적인 허무 자체가 크게 문제
되는 것은 아니겠지만, 그 허무가 지나치게 타인들의 삶과 단절된 상태
에서 지속되어 왔다면 심각한 문제가 된다. 그것은 개인적인 허무와 사
회적인 책무 사이에 처한 시인의 갈등이라 할 수 있다. 그 사이에서 시
인은 마치 눈도 아니고 비도 아닌 진눈깨비 같은 존재이다.

        진눈깨비가 내리네
        속시원히 비도 못 되고
        속시원히 눈도 못 된 것

그대여
어두운 세상 천지
하루는 진눈깨비로 부서져 내리다가
잠시 잠시 한숨 내뿜는 풀꽃인 그대여
— 「진눈깨비」 부분(『소리집』, 1982)

무엇이라고 쓸까
어둠 속에서 어둠이 보이지 않는데
빛이 빛을 덮어
눈물이 눈물을 덮어
죽음이 죽음을 덮는데
— 「무엇이라고 쓸까」 부분(『소리집』, 1982)

진눈깨비는 눈과 비를 사이에 두고 존재의 전이가 가능한 대상물이다. 하지만 진눈깨비를 바라보는 주체의 시각에 따라 사정은 달라진다. 진눈깨비는 경우에 따라 눈도 비도 될 수 있지만 때로는 눈도 아니고 비도 아닌 답답한 존재로 남을 수도 있다. 앞에 인용된 시가 바로 후자의 경우를 가리킨다. 세상이 어두워 진눈깨비가 내리는지 아니면 그 반대의 형편인지 이 시에서 그 선후 관계를 따지기는 힘들다. 다만 부정적인 상황인 것은 틀림없다. 이런 정황은 그 다음에 인용된 시에서도 크게 다르지 않다. 어둠 속에서 어둠이 보이지 않는다거나 빛, 눈물, 죽음이 각기 동어반복되는 지극히 암담한 국면이다. 거기서 시인은, '무엇이라고 쓸까' 고민에 빠진다. 그것은 문학적 주제의 갈등이며 동시에 시인의 실존이 걸린 문제이다. 시인은, "정말 무엇이라고 쓸까/아무도 없는데/저 혼자 문이 열렸다 닫힌다"고 이 시를 끝맺는다. 이 대목에서 시인의 외로움을 읽어내는 것은 손쉽지만 역시 그것만으로는 미심쩍은 일이다. 질문을 하나 던져 보자. 시인 곁에는 정말, 아무도 없었는가? 아마도 이런 형태의 질문으로부터 나름의 대답을 얻기까지 한 사람의 시인으로서 많은 모색이 있었으리라.

> 나는 여기서 개인적인 차원의 인간 문제와 역사적 혹은 사회적 차
> 원의 인간 문제가 있음을 애기하고자 한다. 이 두 관계는 어쩌면 하
> 나로 보이지만, 하나로 들여다보려고 할 땐 많은 모순된, 서로 등을
> 대고 앉은 이율배반적인 괴리 현상을 느끼게 된다. 이것은 변증법적
> 인 관계나 상호 보완적인 관계도 아니다. 표현하자면 자율적이고도
> 통제적인 관계이다.(「시의 현실과 삶의 현실」, 『누가 풀잎으로 다시 눈뜨
> 랴』, 문학세계사, 1984, 216쪽)

시인의 산문과 시가 반드시 일치하는 것은 아니다. 산문은 오히려 일종의 알리바이 구실을 할 위험도 있다. 다만 분명한 사실은 인용문에서와 같은 자기 질문을 거쳐서 시인이 전에는 보지 못했던 것들을 보기 시작했다는 점이다.

> 비 내리는 장터에 모여앉은
> 너희들을 본다.
> 옹기종기 쓰레기더미 위에 엎딘
> 너희들을 본다.
>
> 비바람에 푸른 살 찢기우고
> 목숨 꽂은 언 땅에서도 쫓겨나
> 오직
> 탐욕의 비늘 낀 손 기다리는
> 아아 너희들
> 동강난 뿌리.
>
> 너희들은 울고 있다.
>
> — 「배추들에게」 부분(『소리집』, 1982)

어쩌다 끌려왔는지,
넘실대는 핏물이야
가까이 누운 저 노을 속에 던져넣고
아마도 누군가의 밥상 위에서
찌개로 보글보글 끓기를 기다리는 너,
펼친 양 지느러미엔
파리떼들 오 파리떼들만 잔뜩 매달려.

말해다오
이제 보는 세상은 어떤가
거기 좌판 위에 걸려 있는 하늘에도
춤추며 바람은 불어가는가
허옇게 뒤집어진 눈
해안선 같은 입이여

— 「어허, 도미」 부분(『소리집』, 1982)

    배추와 도미는 모두 일상에서 자주 접하는 대상들이지만 또한 쉽게 지나칠 수도 있는 것들이다. 거기에서 시인은 새로운 것을 본다. 배추의 눈물을 보고, 좌판 위에 올라 있는 도미의 허옇게 뒤집어진 눈을 본다. 물론 이전과는 다른 각도에서 본다. 배추는 이제 푸성귀가 아니라 자신의 살을 찢기우다시피 하고 살던 곳에서도 쫓겨난 사람들 같다. 도미도 이젠 한 마리 물고기가 아니다. 제 살던 곳으로부터 끌려나와 피 흘리며 희생되는 어떤 사람들일 수도 있다. 자신의 의지와는 상관없이 절체절명의 위기에 처해 '허옇게 뒤집어진 눈'으로 바라보는 세상은 어떻게 보일까. 우리가 인식하지 못했을 뿐 이미 존재해 왔던 또 하나의 세상을 발견하는 것은 결국 또 다른 삶의 방식을 알게 되는 일이다. 문제는 알고 있는 것과 그것을 실제로 행하는 일은 서로 평행선만 긋기 십상이라는 점이다. 자신의 삶의 궤도를 바꾸거나 아예 그 궤도에서 내려서려는 용기가 필요하다. 실제로 그것을 행하는 일은, 우리의 가까운 지난 시대가 증명하듯 하나의 크나큰 모험이다. 다만 시인으로서는 자신의 가장 확실한 존재 증명을 작품 안에 새겨 둘 뿐이다.

> 이제 스미리,
> 언제나 핏물 넘치고 넘쳐
> 저물녘이면 시뻘겋게 해 져가는
> 이 땅에 스미리.
> 안개 밟고 가는 이들이여
> 발걸음들은 가볍고 가벼워
> 한 올 실바람에도 자주 흩어져 버리는 이들이여.
> — 「이제 스미리」 부분(『소리집』, 1982)

이 땅 '위에' 발을 디디고 서는 것이 아니라 땅 '속으로' 아주 스며들 겠다고 화자는 말한다. '위에'가 아니고 '속으로'다. '이 땅'이라는 전체와 한 개인으로서의 화자가 통합할 수 있는 방안을 암시하는 대목이다. 여기서 '스미다'라는 동사의 쓰임을 눈여겨볼 필요가 있다. '스미다'는 사전적으로 '물, 기름 따위의 액체가 배어들다'는 뜻 말고도 '마음속 깊이 느껴진다'는 또 다른 의미를 지니고 있다. 곧 '스미다'는 대상들 사이의 운동의 방향성과 심정적 상태라는 양 측면이 모두 고려된 시어이다. 시인의 말마따나 '자율적이고도 통제적인 관계'에서 비로소 두 대상이 하나로 합쳐져야 한다. 또한 '스미다' 같은 액체 상태의 움직임을 상정할 때 비로소 "한 올 실바람에도 자주 흩어져 버리는" 성긴 기체 상태와 같은 한계를 극복할 실마리가 분별될 것이다.

> 바람소리 두엇이 달려오기에
> 반갑게 맞이하네
> 바람소리 두엇을 방에 들이려니
> 바람소리 서넛이 따라 들어오네

바람소리 서넛을 방에 들이려니
바람소리 대여섯이 따라 들어오네

끝이 없네

너희들 여기 있었구나
수천 날 그리 울면서
여기.

— 「벽 속의 편지 : 바람소리」 전문(『벽 속의 편지』, 1992)

화자가 잇따라 방에 들이는 것은 엄밀히 말해 바람이 아니라 바람 '소리'이다. 왜냐하면 화자와 바람 사이를 가로막는 유형무형의 '벽'이 있기 때문이다. 그 장벽을 넘기 위한 방편이 '소리'를 취하는 것이다. 그러나 바람소리를 화자의 방에 들이는 것만으로는 화자와 바람 사이의 벽이 사라지지 않는다. 이때 필요한 것이 '울음'을 공유하거나 혹은 인식하는 일이다. 울음은 앞서 살펴본 「이제 스미리」에서 피가 땅에 스미듯 화자와 바람 사이에 액체 상태로 스며든다. '울다'라는 동사는 대상들을 액체 상태로 만들어 융합시키는 구실을 하는 셈이다. 이처럼 대상물들이 화자의 안으로 스며들어 서로 하나가 된다는 시적 상상은 등불이 시적 자아의 내부에 들어와 산이 되고 바다가 된다는 시적 발상과도 유사한 것이다.

등불 하나가 걸어오네
등불 하나는 내 속으로 걸어들어와
환한 산 하나가 되네

등불 둘이 걸어오네
등불 둘은 내 속으로 걸어들어와
환한 바다 하나가 되네

모든 그림자를 쓰러뜨리고 가는 바람 한 줄기
— 「등불과 바람」 전문(『등불 하나가 걸어오네』, 1999)

등불은 어둠을 밝히거나 삶을 경건하게 비추는 존재라는 점에서 이 시의 화자가 지향하는 삶의 가치를 환기한다. 그러나 동시에 등불은 바람 한 줄기에도 위태롭게 흔들릴 만큼 나약한 속성을 지닌다. 그 나약함이 이 시에서는 화자인 '나'와 등불 사이에서 친화성을 형성하는 계기가 된다. 이때 주시할 것은 등불의 움직임이다. 등불은 화자의 외부에서 어둠을 밝히는 것이 아니라 화자의 '속으로' 들어온다. 화자의 내면에 아직도 불 밝혀서 살펴야 할 것들이 남아 있다는 뜻일까? 여하튼 등불 하나, 둘이 화자의 내면에 들어와 산이 되고 바다가 되는 과정은 곧 낮고 작은 개체들이 모여서 하나의 큰 장을 이루는 삶의 이치에 가닿는다. 시인은 아마도 개인을 통해 비로소 의미를 지니는 사회나 역사를 더 신뢰하는 듯하다. 강은교의 시세계를 개인적 허무의 심연으로부터 사회적 책무의 인식에 이르는 직선상의 변화로 파악해서는 곤란한 이유가 바로 여기 있다. 강은교 시의 진정한 가치는 인식의 진화론적 발전으로 환원될 수 없는 어떤 지점에 있다. 그 지점에서 우리가 감지하는 것은 개인적 허무와 사회적 책무 사이에서 진동하는 시인의 의식이며, 그 의식이 지향하는 균형 혹은 종합에의 의지이다.

3. 모더니즘의 기법과 리얼리즘의 세계관

지금까지 큰 조명을 받지는 못했으나 간과해서는 안 될 것이 강은교 시인의 창작 방법과 세계관의 문제이다. 시인이나 작가에게 있어 세계관이란 현실에 대한 기본 태도인 동시에 그의 예술적 견해를 결정하며, 나아가 창작 방법을 선택하는 관점이다. 강은교 시인은 시 작품 못지않게 많은 분량의 산문을 발표하고 또 본격적인 논문도 여러 편 썼다. 이 글들 가운데 특별히 모더니즘과 리얼리즘에 관련된 시인의 논의를 추출한다면 우리는 강은교 시인의 창작 방법이나 세계관에 직핍할 수 있을 것이다. 시인의 다음 언급은 이 같은 논의의 출발점이 된다.

> 현재를 가장 현재적으로 표현하려는 시도는 항상 벽에 부딪힌다. 리얼리즘의 시도도 아직 시에서는 그리 성공적이지 못하다.
> 모더니즘도 '모던……'이라는 시의적절한 이름을 가졌음에도 세계의 모든 모더니즘에서부터 김기림·김수영의 모더니즘에 이르기까지 현재에서 일탈하는 패배의 운명을 보여주고 있을 뿐이다.
> 우리는 현재를 살고 있음에도 현재를 표현하지 못하고 있다. 가령 꽃이 피어 있는 사태에 부딪혀서도 그 꽃의 현재를 노래하지 못하고 있다.(「꽃은 통일이다」, 『젊은 시인에게 보내는 편지』, 문학동네, 2000, 215쪽)

모더니즘이나 리얼리즘 모두 '현재'를 제대로 표현하거나 노래하지 못했다는 것이 강은교 시인의 진단이다. 사실, 모더니즘과 리얼리즘은 근대 이후 자본주의 문명 사회를 배경으로 주체와 객체 사이에 벌어지는 모순과 갈등을 텍스트에 수용하려 했다는 점에서는 동일하다. 다만 그것의 문학적 발현 방식에 있어서 방향성과 태도가 서로 다르다. 모더니즘이 주체와 객체 사이의 분열과 충돌을 그려내는 일에 더 관심을 기울인다면, 리얼리즘은 주체와 객체의 교섭과 통일이라는 궁극의 목표를 더 중요시한다. 가령 1930년대 후반기 한국문학에서 모더니즘이 역사에 대한 종말론적 감각을 내세워 당대의 역사를 치유 불가능한 파편화된 역사로 파악한 반면, 같은 시기의 리얼리즘은 마르크시즘의 공식화된 역사 발전 단계설에 입각한 일직선적인 시간관에 바탕을 두고 당대를 역사적 극복의 대상으로 인식했다.

이 같은 차이는 작가의 창작 방법이나 서술 방식에도 마찬가지로 적용된다. 이를테면 모더니즘 작가들은 단인칭적이거나 복합 인칭적인 서술을 많이 사용하는데, 그 이유는 그들이 보여 주고 강조하고자 하는 것은 사회의 다면성이기 때문이다. 모더니즘 작품의 주인공들에게는 사회에 적응하지 못한 독립된 개별 주체의 성격이 자주 부여된다. 이 또한 같은 이유 때문이다. 이에 반해 리얼리즘 작가들은 전지적이며 명확한 서술자를 선호하는데, 그 이유는 그들이 사회 내부의 총체성을 반영하려 애쓰기 때문이다. 리얼리즘 작품의 주인공에게 사회 계급이나 집단을 대표하는 전형적인 인물상을 요구하는 것도 같은 이유에서 비롯한다. 리얼리즘이란 결국 미학적 방법론이기 이전에 인간의 사고 구조를 반영하는 세계 인식 방법이다. 리얼리즘의 전체 윤곽을 제대로 파악하려면 기법 이면에 존재하는 보다 근원적인 세계관이나 역사 의식 등을 전제해야 한다. 이런 사정은 모더니즘의 경우에도 마찬가지다. 이와 관련된 강은교 시인의 언급을 다소 길게 인용해 보자.

> 최근 50여 년 동안 시는 언어의 실험실이라는 명제에 너무 집착되어 있었고, 개인의 관찰과 사고에 지나치게 절대성을 부여하고 있었다. 시 속에 서구 상징주의와 초현실주의가 차용되면서부터 시는 그 기교면에선 많은 발전을 이루게 되었지만, 반면 시의 사회적 관계를 상실하게 되어 갔다.(「인간을 위한 사랑의 시학」, 『누가 풀잎으로 다시 눈뜨랴』, 문학세계사, 1984, 195~196쪽)

> 오늘날 우리 시대의 커다란 과오는 테크닉에 지나치게 얽매여 있다는 것입니다. 모든 것이 분리되면서 인간도 테크닉의 도구로 전락하여 개인은 모래화, 원자화되어 가고 있으며, 모든 문화적 기능은 테크닉을 합리화시켜 주는 화장품 역할을 하고 있습니다.(「자유를 위한 문학」, 앞의 책, 206~207쪽)

우리의 시문학사는 박용철이 '최고의……'를 고집하던 시절부터
이상한 말(고정된 말)의 면사포를 쓰지 않을 수 없었고, 그 면사포는
결국 안이냐 밖이냐의 어설픈 절망문학을, 결국 분단문학을 탄생시
켜 오지 않을 수 없었다는 것을 말이다.(「흐르는 물 같은 문학의 본질」,
『순례자의 꿈』, 나남, 1988, 419~420쪽)

시인이 먼저 문제삼는 것은 정도를 벗어난 언어 실험과 '테크닉'이며
또한 그것들이 지나치게 파편화된 개인의 영역에 한정되었다는 점이다.
모더니즘이란 용어를 명시적으로 사용하지는 않았으나, 서구 상징주의
와 초현실주의를 언급하는 대목은 모더니즘 비판으로부터 그리 멀리
있지 않다. 특히 박용철로 지칭된 이른바 시문학 동인들의 문학사적 공
과를 평가하는 부분은 강은교 시인의 문학관의 일면을 잘 드러낸다. 시
문학 동인들은 시와 현실의 연결 고리를 끊어 버렸기 때문에 '분단문
학'을 낳았다는 것이다. 그렇다면 현실과의 연결 고리를 끊지 않는, 다
시 말해 현실과 항상 어떤 끈을 유지하는 문학이란 어떤 것일까.

될 수 있는 대로 깃털을 빼는 것, 색동칠도 물론.
지극한 고도(高度)의 숙련으로 이들을 치장한 뒤 사멸(死滅)시키는 것
ㅡ 그리고도 남는 것, 그것의 외로운 비상(飛翔)을 목적하지 않으면 안
된다.
예술의 즐거움, 예술의 단순성이란 여기에 있다.(「몇 가지 원칙 : 삶과
문학을 위해」, 『순례자의 꿈』, 나남, 1988, 410쪽)

현실과의 연결 고리가 아닌 '깃털'이나 '색동칠' 같은 것, 그리고 앞
서 인용한 글을 참고한다면 지나친 '테크닉'을 넘어서야 한다는 지적이
다. 이 단계에서 성취한 단순성에 시인은 특별히 주목한다. 그 단순성
은 무기교 그 자체를 말하는 것이 아니다. 기교를 가했으되 그 기교를
'사멸'시킨 이후에도 남아 있는 어떤 고도의 단계, 그것이 바로 시인이

말하는 단순성이다. 아마도 이 단순성은 다음 인용문에 나오는 "동시대의 객관적 현실을 나타내는 특수한 반영"으로서의 리얼리즘에 연결될 때 그 의미가 더 명확해질 것으로 보인다.

> 우리는 모든 예술은 인간의 삶과 삶의 행위가 사회와 생생하게 상호작용하는 서로의 관계를 통해서 '동시대의 객관적 현실을 나타내는 특수한 반영'이라는 리얼리즘의 방법론에 한층 흥미를 느끼게 된다.(「문학과 현실」, 『순례자의 꿈』, 나남, 1988, 440~441쪽)

> 우리 문학은 우리 문학 속에 나타난 왜곡된 현실 내용과 모습을 지양하는 뜻에서라도 우리의 문학 전통 속에 리얼리즘 문학의 선진적 방법을 주체적으로 수용·접목시키는 작업이 이루어져야 한다.(앞의 글, 445쪽)

리얼리즘의 방법론에 대한 시인의 지지는 매우 선명하게 나타난다. 인간과 인간을 연결시켜 주는 하나의 방법으로서, 또 개인과 사회 사이의 상호작용의 통로로서 시인은 리얼리즘에 큰 기대를 걸고 있다. 더 나아가 시인은 우리의 문학 전통에 리얼리즘의 문학 방법을 도입하자는 의견을 내놓기도 한다. 앞에서 모더니즘의 방법론에 대해 비판적 의견을 강하게 피력했던 사실에 비추어 볼 때는 리얼리즘 쪽으로 치우치는 듯도 하다. 그렇다고 리얼리즘에 대한 시인의 기울어짐이 그렇게 단선적으로 진행되어 온 것은 아니다. 이를테면 시인이 다른 글에서 "역사적 진실이 확대된 공동 체험의 기본적인 자세를 갖추기 위해서는 삶의 실체를 볼 수 있는 눈과 그 실체 속에 자신을 동일화시킬 수 있도록 모든 사사로운 이익들을 초월해야 한다고 믿고 있습니다"(「자유를 위한 문학」)라고 했을 때, 그 말은 이른바 세계관과 창작 방법 사이의 모순이 아니라 연관 관계를 강조하는 입장을 취한 것이다. 이는 진보적 세계관이 자동으로 진보적 작품을 만들어내는 것은 아니라는 점, 또 반동적 세계관이 일괄적으로 반동적 작품을 만들어내는 것도 아니라는 점, 오히려 반동적 세계관이 특정한 경우에는 진보적 기능을 수행할 수도 있다는 루카치의 한결 유연해진 주장을 환기하는 것이기도 하다. 그러나 아무래도 모더니즘과 리얼리즘에 대한 강은교 시인의 견해를 포괄적으로 드러낸 글은 그녀가 1988년에 쓴 박사학위논문 「1930년대 김기림의 모더니즘 연구」가 아닌가 한다.

강은교는 이 논문에서 김기림의 모더니즘 운동을 실패한 문학 운동으로 규정하고 있다. 김기림이 주도한 1930년대 모더니즘 운동은 1920년대의 시가 극복하지 못한 감상성과 정치주의를 넘어서려는 대체 문학 이념으로 등장했다. 그러나 자기 현실을 부정한 관념적 세계주의, 새롭고 신기한 것만을 지나치게 추구한 전위 의식, 그리고 이론과 방법의 괴리 등으로 말미암아 그 가능성만을 제시했을 뿐 실천을 통한 결실은 남기지 못했다는 것이다. 그럼에도 여기서 내가 강은교의 논문을 새삼 언급하는 이유는 이 논문이 전적으로 모더니즘 비판에 머물지는 않았기 때문이다. 이 논문의 마지막 부분은 김기림이 주창한 '모더니즘과 사회성의 종합'에 할애된다.

> 그가 이처럼 새로운 한국시의 전망으로서 '모더니즘과 사회성의 종합'을 주장하게 된 동기는 한국 시단의 기교주의적 말초화 현상을 극복할 수 있는 길은 오로지 그것뿐이라고 생각했기 때문일 것이다. 그 주장이 현실적으로 어떤 성과를 거두지는 못했다 할지라도 침체된 한국 시단을 살려내고 시단의 병폐를 건전하게 회복시켜야 한다는 일종의 사명감과 또 당시의 시대적 상황의 절박함을 감안해 볼 때 그의 주장은 매우 의욕적인 것이었고 또한 하나의 방향을 제시한 것임에는 이론의 여지가 없다.(「1930년대 김기림의 모더니즘 연구」, 연세대학교 대학원 박사학위논문, 1988. 2, 121쪽)

문학사가 기록하고 있는 것처럼 김기림이 내걸었던 '모더니즘과 사회성의 종합'은 그 주장의 실체를 보여 주지 못한 채 1930년대 한국 시단의 성격과 한계를 상징적으로 나타내는 제언에 그치고 말았다. 김윤식이 언급했듯 모더니즘이 전개되지도 않은 풍토에서 벌써 그 결함을 지적하고 '전체로서의 시'를 주장한 일 자체가 때 이른 것이었는지도 모른다. 그러나 강은교가 주목하고 있듯 김기림은 분명 하나의 방향과 가능성을 제시해 놓았으며, 우리 현대 시사는 아직 진행형이다. 김기림이 두 세대 전에 말해 놓은 모더니즘과 사회성 혹은 모더니즘과 리얼리즘의 종합은 아득하기만 한 것일까. 또한 강은교의 이 논문은 자신의 시와 과연 별개일 수 있을까.

4. 강은교 시에 대한, 덜 알려진 기대

강은교 시에 대한 불만 속에는 이미 그만큼의 기대가 포함된 것이었다. 그 기대 속에서 내가 가장 먼저 떠올리는 이름은 김수영이다. 사실, 강은교의 시를 읽으면서 개인과 사회, 모더니즘과 리얼리즘 같은 명제들을 곱씹을 때마다 나의 뇌리에 감광된 것은 '런닝구'를 입고 비스듬히 턱을 괸 김수영의 퀭하니 사람 마음을 뚫고 지나가는 듯한 눈빛이었다. 1960년대에 이르러 그 이전 시대 모더니즘의 한계를 넘어 비로소 대표적인 참여 시인으로 부상한 시인, 문학사는 김수영을 이렇게 기록한다. 그런 김수영이 유작으로 남긴 「풀」과 강은교의 「숲」, 「일어서라 풀아」 같은 작품들을 함께 읽는 일은 즐겁다. 하지만 그보다 더 설레는 경험은 강은교의 또 다른 작품에서, 어느 날 고궁을 나오다가 비틀거리는 김수영의 환영과 마주치는 일이다.

'왜 나는 조그마한 일에만 분개하는가'로 시작되는
어느 시인의 말은
수정되어야 하네

하찮은 것들의 피비린내여
하찮은 것들의 위대함이여 평화여
— 「그대의 들」 부분(『벽 속의 편지』, 1992)

짧게 줄여 말하자면, 김수영은 지나치게 대의명분에 매달린 것이 아닐까? 위에서 패러디된 「어느 날 고궁을 나오면서」는 물론 「그 방을 생각하며」나 「육법전서와 혁명」, 「푸른 하늘을」 같은 작품들을 읽어 보면, 김수영은 마치 뚜렷한 대의명분 없이는 혁명을 꾀할 수 없다고 말하는 것처럼 들린다. 반면 강은교는 혁명은 일상의 사랑이며 낮은 것, 작은 것으로부터 비롯된다고 거듭 말하는 것 같다. 위에 인용한 「그대의 들」은 물론이고 같은 시집에 수록된 「벽 속의 편지: 그날」이나 『등불 하나가 걸어오네』에 실린 「빗방울 하나가」 연작 등을 읽어 보면 이 차이는 더 분명해진다. 시작 초기에 빠져들었던 김수영으로부터 곧 벗어났다는 강은교의 고백도 이와 무관치 않을 것이다.

김수영에서 벗어난 강은교가 보여 준 시적 행로는 개인과 사회 혹은 모더니즘과 리얼리즘의 경계에서 도드라진 것이었고, 나는 그 행로의 한 굽이에서 김기림이 세워 둔 '모더니즘과 사회성의 종합'이라는 허황하면서도 매력적인 이정표를 하나 더 본 셈이다.

(『시작』, 2002년 가을호)

상식과 깨달음, 허구와 진실 사이에서 진동하는

김광규

　김광규 시는 상식과 깨달음 사이에서 진동한다. 상식에 가까워졌을 때는 느리게, 깨달음에 가까워졌을 때는 빠르게. 그 진동으로 둔중하거나 경쾌한 자신만의 소리를 낸다. 소리 가운데는 그 구조가 보이면 지루하게 들리는 소리가 있고, 구조가 보이는데도 좋게 들리는 소리가 있다. 김광규 시의 소리는 그 구조가 보여도 독자들을 지루하게 만들지는 않는다.

　김광규 시는 또한 허구와 진실 사이에서 진동한다. 그의 시에서 일인칭 화자인 '나'는 곧이곧대로 시인 김광규가 아니라 허구의 인물인 경우가 더 많으며, 허구의 일상을 통해 시인이 말하려는 것은 삶의 진실이다. 그러니까 김광규 시는 상식과 깨달음이라는 인식 범위와, 허구와 진실이라는 진술 방법이 서로 맞물리는 세계를 독자들에게 펼쳐 보이고 있는 셈이다.

　그러나 김광규 시가 진동하지 않을 때도 있다. 당위의 사실을 평면적

으로 진술할 경우이다. 이런 경우를 하나, 둘, 세어 나가야 할 만큼 그
사례가 많지 않다는 것은 분명 시인과 독자 모두의 행복이다. 대부분의
경우 독자들은 그의 시에서 예기치 않았던 어떤 깨달음을 얻는다. 잘
알려진 작품을 예로 들어 보자

> 머리는 이미 오래 전에 잘렸다
> 전깃줄에 닿지 않도록
> 올해는 팔다리까지 잘려
> 봄바람 불어도 움직일 수 없고
> 토르소처럼 몸통만 남아
> 숨막히게 답답하다
> 라일락 향기 짙어지면 지금도
> 그날의 기억 되살아나는데
> 늘어진 가지들 모두 잘린 채
> 줄지어 늘어서 있는
> 길가의 수양버들
> 새잎조차 피어날 수 없어
> 안타깝게 몸부림치다가
> 울음조차 터뜨릴 수 없어
> 몸통으로 잎이 돋는다
>
> — 「4월의 가로수」 전문(『아니다 그렇지 않다』, 1983)

일상적이며 상식적인 차원에서 진행되는 화자의 진술은 독자들에게
매우 익숙한 경험적 사실을 전한다. 도로 양옆에 심어진 가로수가 사람
들의 시야를 가리지 않도록 그 가지를 쳐내는 작업은 현실적으로 필요
하며 또 합당한 일이기도 하다. 우리들은 그런 작업 광경을 익히 보아
왔으며, 또 그 결과로 잔가지를 모두 버리고 몸통만 남겨진 가로수 곁
을 별다른 생각 없이 지나쳐 왔다. 시인은 이 평범한 일상에 문제를 제
기한다. 작품의 제목을 보면 문제의식의 근원이 '4월'이라는 점을 짐작할

수 있다. 시인 김광규의 시정신의 근원이 4 · 19 체험이라는 매우 중요한 사실을 이 작품은 암시하고 있다. 가로수가 아니라 사람들의 비판 의식이 마비되고("머리는 이미 오래 전에 잘렸다"), 실천력도 흔적 없이 사라진("팔다리까지 잘려") 부정적인 정황이 지극히 일상적인 사건을 통해 제시된 것이다. 이처럼 자동화된 일상 속에 잠재되었던 비판 의식이 일상의 한 순간을 비집고 나올 때, 그것은 깨달음의 형식을 띠기 마련이다. 김광규의 시가 감정에 호소하기보다는 인지에 충격을 가하는 시작 방법을 주로 택하는 것도 바로 이 때문이다.

> 구름 한 점 없이
> 파란 가을 하늘은
> 허전하다
> 땅을 덮은 것 하나도 없이
> 하늘을 가린 것 하나도 없이
> 쏟아지는 햇빛
> 불어오는 바람
>
> 하늘을 가로질러
> 낙엽이라도 한 잎 떨어질까봐
> 마음 조인다
>
> 얼마나 오랫동안
> 저렇게 견딜 수 있을까
> 명령을 받고
> 싹 쓸어 버리기라도 한 듯
> 구름 한 점 없이
> 파란 가을 하늘은
> 두렵다

— 「가을 하늘」 전문(『크낙산의 마음』, 1986)

우리나라의 가을 하늘은 애국가의 한 구절에도 등장할 만큼 매우 인상적인 것이 사실이다. 이때 가을 하늘이 높고 푸르다는 것은 상식적인 차원의 자연 현상이지만, 그것이 '애국가'의 한 부분으로 편입되면서 미적이라기보다는 차라리 이데올로기적인 하늘이 된다. 그런 하늘에 대해 시인은 "구름 한 점 없이/파란 가을 하늘은/허전하다"고 운을 뗀다. 나중에 가서는 아예 "구름 한 점 없이/파란 가을 하늘은/두렵다"고 끝을 맺는다. '아름답다'는 상식과 '허전하다'는 문제 제기와 '두렵다'는 깨달음까지, 이 시는 실로 다양한 인식 층위를 보여 준다. 물론 이 시의 가치는 다양한 인식 층위 그 자체에 있는 것은 아니다. "낙엽이라도 한 잎 떨어질까봐/마음 조인다"거나 "명령을 받고/싹 쓸어 버리기라도 한 듯"과 같은 구절을 통해 환기되는 개인적, 사회적 차원의 삶에 대한 새로운 인식이 이 시에서는 더 중요하다. 겉으로 완벽한 듯 보이는 삶이라도 그것이 실제로는 자기 강제적인 불안과 타율적인 명령에 의해 지탱된다면, 오히려 그런 삶을 두려워해야 한다는 깨달음이 이 시에 들어 있다. 이 같은 깨달음이 너무 거창하게 들린다면, 다음의 경우는 또 어떠한가.

두 돌이 가까워오자 아기는
말을 시작합니다
엄마
아빠
물……
강아지는 뭉뭉이
고양이는 야우니
그 다음에는
시여……
싫다는 말입니다

벌써
세상이
싫다니요

— 「시여」 전문(『처음 만나던 때』, 2003)

이 시의 표면에서 먼저 읽히는 것은, 갓 말을 배우기 시작한 어린아이에게도 세심한 주의를 기울이는 화자의 태도이다. '뭉뭉이'나 '야우니' 같은 말은 사회적인 약속으로서의 언어 이전에 자연 발생적으로 존재하는 본원적 언어의 형태를 보여 주는 예들이다. 시인 역시 본원적 언어에 대한 본능적 동경을 지녔으리라. 그런데 본원적인 언어 대신 '강아지'나 '고양이'처럼 인위적으로 구획된 언어를 사용해야 비로소 뜻이 통하는 사회야말로 이 시의 아기가 "시여"라며 부정하는 대상인지도 모른다. 화자는 이에 대해, "벌써/세상이/싫다니요"라고 반응한다. 화자의 이 말에서 특별히 주목해야 할 것은 부사어 '벌써'의 쓰임이다. 표면적으로 '벌써'는 외부 세계에 대해 부정의 뜻을 표현할 수 있을 만큼 성장한 어린아이에 대한 가벼운 놀람의 의미를 나타낸다. 하지만 더 중요한 것은, '벌써'라는 부사어가 뒤에 이어지는 '싫다'라는 말을 기정사실화한다는 점이다. 우리는 이 시의 화자가 이 세상의 삶에 대해 '싫다'고 말할 만큼의 비판적 인식 태도를 지녔다는 사실을 미루어 짐작할 수 있다. 어린아이의 말 배우기를 앞세운 이 짤막한 시를 통해서 우리는 현실에 대한 화자의 비판적 태도뿐만 아니라 이 세상에 편만한 부정성을 새삼 깨달을 수 있는 것이다.

그런데 김광규 시에서는 이러한 깨달음이 시인 자신으로 인정되는 일인칭 화자의 테두리를 벗어나서 진술되는 경우가 많이 발견된다. 허구적 인물과 극적인 상황을 설정해 작품을 이끌어 나가는 것 역시 김광규 시의 두드러진 특성이다. 다음 작품은 시인 혹은 화자의 실제 경험과 허구적인 설정이 뒤섞인 경우이다.

> 이 세상에서 일어나는 일을 모두 알 수는 없다. 그 가운데는 꼭 알
> 아야 할 일도 있고, 또 몰라도 될 일도 있을 것이다.
>
> 아버지는 할아버지로부터 물려받은 농토에 공장을 짓고 최신 전자
> 제품을 생산해냈다. 어머니는 늙은 시부모를 모시려 하지 않았다. 아
> 버지가 번 돈으로 골동품을 수집하고, 부동산을 매입하고, 투자 금융
> 회사에 드나드느라고 어머니는 너무 바쁘다는 것을 나는 몰랐었다.
>
> 한 반에 70명이나 되는 어린이들을 제 자식처럼 돌보면서 열심히
> 가르쳐 준 국민학교 때 선생님을 지금도 잊을 수가 없다. 선생님은
> 슬하에 5남매를 두었는데, 모두가 중고등학교를 중퇴하고 말았다.
> 성적이 나빠서가 아니라, 돈이 없어서 그랬다는 것을 나는 몰랐었다.
> — 「이 세상에서 일어나는 일」 부분(『크낙산의 마음』, 1986)

이 세상 모든 일을 알 수는 없다고 시인은 작품의 도입부에서 말하고 있지만, 작품 안에서 벌어지는 일은 물론 예외다. 작품 내부에서 시인에 의해 선택된 사건은 어떤 경우라도 시인에 의해 해석된 사건일 수밖에 없기 때문이다. 해석의 타당성 여부는 그 이후의 문제이다. 위의 시에서 우리가 주목하는 것 역시 해석의 문제가 아니라 사건과 인물의 허구성 문제다. 예를 들어 둘째 연에 나오는 아버지와 할아버지, 어머니는 현실에 실제로 존재할 수도 있지만 그들이 실존 인물이라고 단언할 수만도 없다. 무엇보다 둘째 연의 화자인 '나'와 시인이 반드시 일치한다고 볼 수 없기 때문이다. 반면 셋째 연의 경우에는 사정이 다르다. 초등학교 시절의 선생님에 대한 기억이 만일 꾸며 낸 이야기라면, 그 뒷부분에서 진술되는 나머지 사실들에 대한 신뢰도가 급격히 떨어지기 때문이다. 우리가 보통 '사실'이라고 부르는 것 중에는 물리적인 차원

에서 존재 여부를 따지면 그만인 물리적 사실뿐 아니라, 어떤 사람이 어느 때 어떤 대상에 대해서 어떻게 생각하거나 느꼈는가 하는 심리적 사실도 있다. 셋째 연에서 고려해야 할 것이 바로 심리적 사실이다. 소설과는 달리 시에서의 심리적 사실은 전적으로 허구일 수는 없다. 작품 전체의 진실성 문제가 불거지기 때문이다. 이 같은 딜레마를 벗어나는 한 가지 방법은 작품 속 이야기가 이차적인 자료라는 점을 미리 독자에게 알리는 것이다.

> 늙은 동창끼리 만나서 아내는
> 잡담이 길어진 모양이었다
> 방위병으로 복무하는 아들 녀석은
> 당구장에서 돌아오지 않았고
> 재수생 딸아이는 제 방에서
> 심야 음악 프로를 듣고 있었다
> 잠들지 않은 사람이면
> 혼자 있고 싶은 시간
> 어둠 속에 한 남자가 깨어 있었다
> 은혼식을 앞두고
> 머리가 희끗희끗한 남편
> 자전거와 수영을 가르쳐 준 자상한 아빠
> 산업훈장을 받은 모범 중소기업인
> 한 사람이 9층에서 몸을 던졌다
> 먼저 가서 미안하다
> 한마디만 남겨놓고
>
> ― 「토막 기사」 전문(『물길』, 1994)

산업훈장까지 받은 모범 중소기업인이 투신자살한 사건을 다루고 있는 이 작품은 신문기사를 차용했음을 그 제목에서 밝히고 있다. 시인은 짤막한 토막 기사에 불과한 그 사건에 주인공의 아내와 아들, 딸을 등장시켜 허구적인 상황을 설정해 놓았다. 한 가정의 남편이자 아빠이며 중소기업인이라는 일인 다역의 힘든 역할과 함께 '어둠 속의 한 남자'로서 그가 느꼈을 절대적 고독을 부각시키려 가족들 각각의 사정을 그럴듯하게 재구성한 것이다. 그런데 이 경우에는 신문기사에 바탕을 두었다는 사실을 제목을 통해 독자들에게 미리 알렸기 때문에, 허구적 상황 설정에 따른 진실성 문제가 발생하지 않는다. 허구가 진실을 추구하는 방편이라는 점이 독자들에게 자연스럽게 받아들여지는 것이다. 특히 다음 작품은 마치 소설에서처럼 시점의 다양한 활용을 시도하고 있어 주목된다.

그날은 눈이 내렸다
동네 꼬마들은 길바닥에서 신나게 미끄럼을 타고 눈싸움을 했다. 막내아들도 그 가운데 있었다. 하기야 어려서는 노는 것이 일이다.

큰아들은 데이트를 하려고 자동차를 몰고 나갔다.
아버지의 병이 오래갈 것 같았으므로, 자동차는 이제 자기 것이 된거나 마찬가지였다.
다만 아버지의 치료비 때문에 용돈을 마음대로 타낼 수 없는 것이 문제였다.

시집간 딸은 아버지 문병을 하고 병원에서 돌아오는 길에 법무사 사무실에 들러서 재산 상속 비율을 알아보았다.
친정집 서재에 진열된 골동품도 상속의 대상이 되는지 물었다.
저렇게 고생을 하실 바에야 차라리 일찍 돌아가시는 것이 낫지 않을까.

어머니는 썰렁한 빈집을 지키고 있었다. 아무 일도 손에 잡히지 않았다. 전화벨이 울릴 때마다 가슴이 두근거렸다.
아직도 오래 혼자서 살아갈 준비를 해야만 했다. 혼자서, 그렇다, 혼자서.

　　찹싸알떡, 메밀묵 사아려. 골목길을 도부치는 겨울밤 행상의 목소
　리는 예나 이제나 똑같았다.
— 「눈 내리는 날」 전문(『물길』, 1994)

　이 작품은 각 연에 가족 한 사람씩을 배치하는 구성을 취하고 있다. 막내아들로부터 큰아들을 거쳐 딸, 어머니에 이르기까지 한 사람 한 사람이 각각의 연에서 중심 인물에 해당한다. 이들 가족을 한데 묶어 놓은 사람은 병원에 입원해 있는 아버지다. 그 아버지를 중심으로 서로 다른 방향으로 움직이는 가족들의 마음을 드러내 독자에게 보여 주는 것이 이 작품의 기본 얼개이다. 여기서 흥미로운 것은 그 시점이다. 첫 연에 나오는 막내아들만 제외하고, 그 나머지 식구들은 각 연에서 일종의 초점 화자이다. 때문에 전체적으로 보면 이 시는 복수 화자를 채용한 소설 작품과 매우 흡사하다. 삶의 총체적 진실에 접근하려는 장치로 소설 작품에서 채택되곤 하는 복수 화자의 기법을 도입한 것이다. 가령, 셋째 연에서 "저렇게 고생을 하실 바에야 차라리 일찍 돌아가시는 것이 낫지 않을까."라는 생각은 시인 자신의 것이 아니다. 이 부분의 초점 화자인 '딸'의 생각이다. 마찬가지로 마지막 연의 "찹싸알떡, 메밀묵 사아려. 골목길을 도부치는 겨울밤 행상의 목소리는 예나 이제나 똑같았다."라는 대목에서, 겨울밤 행상의 목소리가 '예나 이제나 똑같았다'라고 생각하는 것은 시인이 아니라 어머니다. 만일 이 부분이 과거형 시제가 아니라 '똑같다'라는 현재의 논평으로 종결되었더라면, 이는 분명 시인의 직접적인 개입으로 보아야 한다. 그러나 '똑같았다'라는 과거 시제는 과거로부터 현재까지 지속되는 어머니의 경험에 초점을 맞춘 서술로 볼 수밖에 없다. 시인 자신은 작품에 직접 개입하지 않은 채 각각의 인물들의 입장에서 객관적으로 자신들의 내면을 토로하는 기법을 택한 것이다. 그리하여 겨울밤 행상의 목소리는 예나 이제나 똑같지만 가족

들의 마음 씀씀이는 예전 같지 않다는 안타까운 사실이 독자들에게 더 입체적으로 전달된다. 이 작품은 김광규 시에서 소설의 시점을 도입하여 허구의 기법을 효과적으로 활용한 대표적인 사례로 꼽을 만하다. 그런데 김광규 시인의 작품 가운데는 극적인 상황 자체만을 단도직입적으로 제시한 나머지 다소 거칠게 마무리된 시편도 있다.

> 9회 말 만루에 4번 타자가 나섰다.
> 가족들은 잠깐 텔레비전 화면으로 눈을 돌렸다.
> 임종을 앞둔 환자의 눈꺼풀이 파르르 떨리며 바싹 마른 입술이 달싹거렸다.
> 상속에 관한 유언을 남기려는가. 아들딸들은 일제히 아버지의 얼굴 위로 귀를 모았다.
> "……아, 안타라도 한 개……" 환자의 목소리는 들릴락말락했다.
> 그때 타격음과 함께 야구공이 높다랗게 치솟아 펜스를 넘어갔다. 와아, 관중들의 환호가 침울한 병실을 가득 채웠다. 말하자면 역전의 순간이었다.
> 경기 종료와 함께, 텔레비전 스위치를 꺼버렸을 때, 환자는 이미 운명한 뒤였다.
>
> — 「펜스를 넘어」 전문(『물길』, 1994)

아버지의 임종을 앞둔 병실의 정황과 9회 말 만루에 4번 타자가 등장하는 텔레비전 속 상황이 오버랩되어 있다. 아버지의 임종보다는 아버지가 남길 유산과 야구 중계방송에 더 마음이 쏠려 있는 자식들의 어처구니없는 행태가 있는 그대로 제시된다. 아니 여기서 '있는 그대로'라는 표현에는 문제가 있다. 있는 그대로인 것처럼 시인은 객관적인 서술 시점을 유지하지만, 이 시에서 그 정황 자체의 진실성 여부는 검증할 수 없기 때문이다. 한마디로 이 시에 그려진 정황은 작위적이다. 우연으로 받아들이기에는 지나치게 교묘하다는 말이다. 시인의 의도가 어조를 통해 직접 드러나지는 않았으나 허구적인 설정 자체를 통해 이미 시인의 과도한 개입이 감지된다는 것이다.

김광규 시에서 빈번하게 사용되는 허구의 기법을 간추려 보면 주로 다음의 경우에 해당한다. 먼저, 주제를 효과적으로 전달하기 위해 소재나 사건 자체를 꾸며 내는 경우이다. 또 작품 전체의 구성상 소재나 사건을 부분적으로 변형하는 사례가 있다. 그리고 각 사건들 사이의 인과관계를 재설정하는 방법을 사용한 작품도 발견된다. 그러나 어떠한 경우라도 시 장르의 속성에 비추어 시적 자아의 진실성 자체에 부정적인 영향을 미치는 허구의 도입은 재고해야 할 것으로 보인다.

이와 관련해 덧붙이자면, 김광규의 시세계에 잠재된 유토피아 의식은 반드시 이 세상에 없는 이상적이거나 허구적인 어떤 상태만을 가리키는 것은 아닌 듯하다. 이 세상 곳곳에 보편적으로 존재함에도 불구하고 우리가 잊거나 외면하고 있었던 그 어떤 것의 진정한 가치를 다시 인식하게 되었을 때, 순간적으로 빛을 발하는 정신의 상태야말로 그의 시가 우리에게 제공하는 유토피아인지도 모른다. 당위의 사실을 평면적으로 진술할 때 그의 시는 진동하지 않지만, 깨달음에 가까워졌을 때 그의 시가 독자의 뇌리에서 강하게 진동하는 것도 같은 맥락 때문이라 할 수 있다.

이제 한국 현대시의 역사가 100년을 넘어섰다. 실로 많은 시인들이 나타났다 사라졌으며, 또 태어나고 있다. 그러나 상식과 깨달음 사이, 허구와 진실 사이에서 김광규 시인처럼 독특하게 진동한 사례는 없었다. 우리 현대시의 역사에는 꼭 김광규 시인이 들어가야만 채워지는 자리가 있다. 거기서 김광규의 시는 아직도 독자들을 향해 진동하고 있다.

(『열린시학』, 2006년 봄호)

적요 속의 파문, 그리고 구멍에 관한

김명인

김명인 시인의 여덟 번째 시집 『파문』(2005)에서 제목을 이루는 '파문'은, 이 세상 모든 존재들이 살아 있음을 증명하는 신호이자 그 존재들이 상호 소통하는 언어이다. 개인의 기억과 상상이 미칠 수 있는 범위 내에서 시간과 공간을 가로지르며 파문을 내는 모든 존재들은 의미론적으로 살아 있다고 말할 수 있다. 또한 온전하게 살아 있는 모든 존재들은 서로 소통해야 한다. 이 같은 시인의 인식을 함축하는 말이 바로 '파문'이다.

> 방금 도착하는지 청둥오리 몇 마리
> 철버덩, 저녁의 계곡 저수지에 내려와 앉는다
> 파문이 저쪽 기슭까지
> 고단한 종착을 알리러 갔다
> 내 몸에 번지던 주름도 저런 물살이었을까
> 내내 비워둘 줄 알았던 수문 근처 밥집
> 작은 트럭이 서 있고 사람 몇 그 마당에 일렁거린다
>
> ― 「고복저수지」 부분

청둥오리 몇 마리가 계곡 저수지에 내려앉는 행위는 단지 물리적 차원의 현상이 아니다. 그것은 시적 자아를 둘러싼 대상들에 대한 존재 확인이자 자신의 존재에 대한 새로운 인식의 계기가 된다. "도착"이나 "종착" 같은 의도를 내포한 시어가 청둥오리들을 마중하는 것도 그러고 보면 자연스럽다. 청둥오리의 존재를 드러내는 신호는 계곡 저수지에 새로 생기는 파문이다. 이어 파문은 저수지라는 공간을 벗어나 시적 자아의 내면에 가 닿는다. 그 파문을 받아들이며 시적 자아는 깨닫는다. 자신의 몸에 생겨나는 시간의 주름살들은 청둥오리가 계곡 저수지에 방금 만들어 낸 물살처럼 살아 있음의 신호라는 것을. 존재 증명의 신호로서 파문의 흔적을 몸과 마음에 끊임없이 새겨 나가는 것이 바로 우리 삶이라는 것을.

이어지는 시행에서 사람들의 기척을 "일렁거린다"고 물살의 언어로 묘사하거나, 둘째 연에서 '산그늘'을 통해 저수지와 산의 만남을 그리는 데서 더 나아가 셋째 연에서 새끼 청둥오리와 시적 자아가 세상일에 대한 막막함이라는 공통 정서로 하나가 되는 것은 결국 소통의 과정으로서 파문의 확대라 할 만하다. 여기서 짚고 넘어가야 할 것은 이 같은 파문의 바탕으로서 '적요'가 시적 자아의 내면에 자리한다는 점이다. 파문을 드러내서 말하는 배경에는 한 사람의 개별자로서 시인이 감내하는, 고요하고 쓸쓸한 정서가 잔잔한 물낯을 이루고 있다.

> 바다가 너무 넓어서
> 한 칸 낚싯대로 건져 올릴 물고기 아예 없으리라
> 줄을 드리우자 이내 전해져온 이 어신은
> 저도 외톨이인 바다 속 나그네가
> 물 밖 외로움 먼저 알아차리고
> 미끼 덥석 물어준 것일까
> 낚싯대 쳐들자 찌를 통해 주고받았던 手談

툭 끊어져버리고
미늘에 걸려온 것은 외가닥 수평선이다
외로움도 지나치면 해종일 바닷가에 서서
수평선에 이마 닿도록
나도 한 마리 마음물고기 따라나서지만
드넓은 바다 들끓는 파도로도
더는 제 속내 펼쳐 보이지 말라고
자욱하게 저물고 있는, 저무는 바다
그 파랑 속속들이 헤매고 온 물고기 한 마리
한입에 덥석 나를 물어줄 때까지
나 아직도 바닷가에 낚시 드리우고 서 있다
어느새 바다만큼 자라 내 앞에서 맴도는
물고기 한 마리 마침내 나를 물고
저 어둠 한가운데 풀어놓아줄 때까지

— 「외로움이 미끼」 전문

낚시는 잔잔한 적요의 물낯을 뚫고 들어가 파문을 내는 행위이다. 시적 자아는 외로움이라는 미끼를 지녔기에 비로소 이러한 낚시를 할 수 있다. 낚시 도구 중 하나인 찌는 물 바깥의 시적 자아와 물속의 물고기가 내는 파문을 공통의 언어로 번역하는 장치이다. 외로움을 배경으로 시적 자아와 물고기는 하나가 되거나 아예 서로의 위치를 바꾼다. 시적 자아는 스스로 미끼가 되어 물고기가 "한입에 덥석 나를 물어줄 때까지" 파문을 내며 기다리는 것이다. 시인은 낚시를 통해 물고기를 잡으려는 게 아니라, 오히려 물고기에게 자신이 잡힘으로써 세상의 구속으로부터 풀려나기를 바란다. 그것이 시인이 즐기는 낚시이고, 주로 낚시와 관련된 작품으로 이 시집이 채워진 까닭이다. 물론 이번 시집에서 낚시는,

> 책 몇 권에 두어 벌 내의 꾸려 들고
> 사람을 피해
> 　　(내가 그들을 피해서? 그들이 나를 피해서?)
> 비 끝 안개가 골짜기 가린
> 대둔사 입구 낙원장에 스며들어
>
> 　　　　　　　　　　　　　　— 「오동나무 배」 부분

에서처럼 혼자만의 시간을 가지려는 또 다른 행위로 변형되어 나타나기도 한다. "지상에서는 무료만큼/값싼 포만 또한 없을 것이니!"(「무료한 체류」)라는 시인의 말도 같은 맥락으로 이해할 수 있다. 이 지점에서 '낚시'로 표출되는 시인의 행위가 번잡한 세상에 대한 진정한 의미에서의 자유 찾기인지 아니면 일탈이나 회피에 머물고 마는 것인지를 문제 삼을 수도 있겠다. 그러나 나는 다른 각도에서 해석하려 한다. 김명인 시에서 '낚시'는 존재의 적요 속에서 시적 자아가 살아 있음을 확인하는 동시에 타자와 소통하기 위한 파문을 만드는 상징행위라고 판단되기 때문이다. 다만, 이번 시집에서 이 같은 '적요'와 '파문'의 근원으로서 '구멍' 이미지에 대한 시적 관심이 매우 강해졌다는 점은 지적해 둘 필요가 있겠다. 다음 작품을 보자.

> 언젠가 맨홀에 들어 전선을 잇다가
> 질식사한 배전공을 알고 있다
> 갱도가 무너지자 석탄 더미에 파묻힌 광부들
> 발굴이 되었을 때
> 삭도는 이미 끊긴 뒤겠지만
> 도대체 어떤 허방들이 더 큰 구덩이 속으로
> 끝도 없이 눕혀지면서
> 그때마다 머리 위로 맨홀 뚜껑이 닫히는 소리를
> 무심코 듣게 되는가
> 블랙홀 저쪽의 캄캄한 어둠이

　　　　　세차게 너를 잡아당긴다

— 「구멍」 부분

　도입부에 느닷없이 맨홀에 갇혀 죽은 배전공과 갱도에 파묻힌 석탄 광부들의 죽음 이야기가 나온다. 시인으로서는, “너는 파헤친 저탄 더미에도 없고 망가진/연장 곁에서도 보이지 않”았던 체험(「坑木」, 『東豆川』, 1979)이나 “광산의 인부로 취업이 되어/중석광을 캤”던 경험(「그해 광산」, 『푸른 강아지와 놀다』, 1994)으로부터 나온 시적 설정이겠지만, 독자들로서는 배경 지식이 준비되지 않은 채로 맞닥뜨리는 구절이기 십상이다. 이런 상황에서 독자들에게 결정적인 영향력을 발휘하는 것은 작품의 제목이다. ‘구멍’이란 제목을 접하는 순간 독자들이 머릿속에 떠올린 상념들이 결국은 이 시 읽기의 실질적인 출발점이 된다.

　이어서 시인은 삶의 도처에 도사린 또 다른 형태의 구멍인 ‘허방’들과 그 허방으로 말미암아 생기는 더 큰 구멍을 제시해 놓았다. 여기서 “머리 위로 맨홀 뚜껑이 닫히는 소리”는, 먹고살기 위해 파야 하는 현실의 구멍이 메워져 죽음이라는 더 큰 구멍을 만드는 불가항력의 힘을 드러내는 구실을 한다. 독자들은 이 대목에서 눈에 빤히 들여다보이던 일상의 사건들이 불가항력적이며 아울러 불가지적인 현상으로 갑자기 낯설어지는 것을 추체험한다.

　그런데 시인은 사람의 운명이 걸린 그 중요한 소리를 “무심코” 듣게 된다고 진술한다. 이 부분에서 ‘무심코’라는 시어는 아무런 뜻이나 생각이 없다는 사전적 의미에 한정되지 않는다. 개인에게 결정적인 사건이나 운명은 자신의 의지와는 상관없이 닥쳐오며, 그래서 삶이란 예행 연습을 걸쳐 천천히 완성되는 그런 성질의 것이 아니라는 시인의 세계 인식 태도를 드러내기 때문이다. 다음 시행에서 ‘블랙홀’을 언급한 것 역시 일개 인간으로서 투명하게 알거나 경험할 수 없는 영역에 대한 두려움을 은연중 내비치는 것으로 보인다. 작품의 후반부에 이르러 시인은 비로소 시 창작의 모티프를 드러낸다.

> 나는 지금 下棺의 둘레에 섞여서
> 슬픔을 한 구덩이 속으로 쓸어 넣는
> 산 자들의 의식을 지루하게 지켜보지만
> 새로 덮은 구덩이조차
> 누가 맨홀처럼 아뜩하게 꺼뜨리는지
>
> 그가 죽었다
> 지상의 구멍 하나 저렇게 메워지고 있다

아는 사람의 장례식에 문상객으로 참석한 경험이 이 시를 낳았을 거라 짐작하는 일은 어렵지 않다. 그런데 이 대목에서 제기되는 의문은 장례 절차 가운데서도 슬픔의 절정이라 할 하관 행위를 지켜보면서 이 시의 화자가 왜 지루함을 느끼는가 하는 점이다. 일차적으로는 "슬픔을 한 구덩이 속으로 쓸어넣는/산 자들의 의식"에 초점을 맞춰 해석을 시도할 수 있다. 한마디로 그것은 살아 있는 사람들의 편의에 맞춰 의식화되어 버린 슬픔에 대한 은근한 반감의 표현일 것이다. 이렇게 이해하더라도 의문은 남는다. 지루함을 느끼는 것은 그렇다 쳐도 시인은 왜 그 사실을 구내여 작품의 문면에 노출시켰을까? 마지막 두 행의 사뭇 진지한 어조와 비교할 때, 지루하다는 감정 표출은 이 시의 정조와 전혀 어울리지 않는데도 말이다.

이와 관련해 참조할 수 있는 김명인 시인의 다른 작품으로 시집 『길의 침묵』(1999)에 수록된 「무료의 날들」이 있다. 이 작품의 끝부분엔 이런 시구가 나온다. "무료의 날들, 슬픔도 엿듣고 보면/너무나 사소한 것들!" 이 구절에서 요체는 '엿듣는다'는 표현이다. 남의 말을 몰래

가만히 듣듯, 슬픔도 자신의 것이 아니라 마음속에서 몰래 남의 것이라 인정해 놓고 떨어져서 보면 사소하고 때로는 지루할 수밖에 없다. 그렇다면 시인의 진정한 관심은 평소 알던 사람의 죽음 그 자체가 아니라 그 죽음을 통해 새로 인식하게 된 '구멍'에 가 있는지도 모른다. 시인은 이 시의 마지막 행에서 "지상의 구멍 하나 저렇게 메워지고 있다"는 사실에 초점을 맞추었는데, 사실은 그것도 시적 자아의 내면에 어떤 '구멍'이 생겨나 있음을 거울처럼 반사하는 것은 아닐까. 의식적이든 무의식적이든 시인은 이런 사정을 드러내기 위해 맨홀과 갱도를 거쳐 무덤의 구멍까지 에둘러 왔다. 그러니까 '구멍'은 이 작품에서 죽음의 원인이나 계기에 그치는 것이 아니라, 여러 부류의 죽음을 통해 비로소 인식하게 된 궁극의 어떤 정황을 지시한다는 것이다. 예컨대 시집 『길의 침묵』에 실린 「구멍」이란, 같은 제목의 다른 작품에서 시인은 이렇게 진술한 바 있다.

모든 구멍은 이미 하나의 구멍으로 캄캄하게
허기져 있는지,
어젯밤 살별 하나 구멍 속으로
순식간에 스러지는 것을 지켜보았다
세상 밖 우물 속으로
가라앉는 것이라 생각했다
죽음도 우주의 바닥에
닿는 것은 아니리라, 수없이 받아 안고도
캄캄한 우물,
퍼내는 것은 시간이 아니라 퍼내도 퍼내어도
바닥 없는 구멍이 고여 있는
들쥐들의 고요한 맨홀 앞에 서서
허공을 비춰보면 첨벙, 누구나 깊어져서
다시 한번 망설여야 한다
여기, 하나의 구멍이 있다 하자
얼굴처럼 밋밋하고 죽음처럼 캄캄한,

위의 작품이 더 확연히 보여 주듯 김명인 시에서 구멍은 캄캄하게 허기진 길이며, 또한 죽음으로 통하는 길이다. 그 구멍은 더 나아가 죽음마저도 바닥에 가 닿을 수 없는 세상 밖 우물에 비유된다. 이번 시집에서도 "저 우물 속으로/두 번 다시 두레박을 내릴 수는 없다/넋을 비운 몸통만/밧줄도 없이 바닥으로 곤두박일 뿐"(「우물」)에서처럼 죽음에 연결된 구멍 이미지가 나타나며, "방금 떨어져 내린 맨홀 속에서 다시 빠져나오려는/그 사람"(「맨홀」)에 대해 시인이 느끼는 동질감이 표출된다. 아울러 시인은 "고래 뱃속을 묘지로 선택한 멸치가 그러하듯/외로운 주검들은 한참 더 꾸불거리면서/굴속 같은 캄캄한 식도를 지나가야/비로소 빈 몸이 되어 우주 어딘가에 안착할 것이다"(「가다랑어」)라고 노래한다. 여기서 구멍은 존재 전이를 위한 실제적이고도 상징적인 통로 역할을 한다.

바로 이 지점에 김명인 시의 행보를 예측하는 이정표를 새로 세워야 한다고 나는 믿는다. 시적 자아가 도저한 적요 속에서 파문을 만드는 것이 김명인 시의 발생론적 역학이라면, 그 태생적 힘이 구멍 이미지를 통해 형이상학적 탐구로 더 나아가는 것은 본질론적 역학이라 할 수 있겠기 때문이다. 이번 시집의 첫머리에 실린 작품 「꽃뱀」이 이 같은 역학 구도를 암시적으로 드러내면서,

> 꽃뱀 스쳐산 절벽 위 캄캄한 구멍은
> 하늘의 별자리처럼 아뜩해서
> 내려가도 내려가도 바닥에 발이 닿지 않는다

라고 한 것은, 그래서 더욱 공교롭게 읽힌다.

(『현대시학』, 2005년 9월호)

꽃을 벗어나는 가시연꽃

김선우

1

김선우는 대자적 여성의 인식 내용을 즉자적 목소리로 담아낸다. 그녀는 한 어머니의 딸이자 미래의 어머니로서 자신이 '여성'이라는 사실을 늘 잊지 않는다. 이 점에서 그녀의 시가 담고 있는 것은 대자적 여성의 의식이다. 그럼에도 그 의식을 독자에게 강요하거나 낯설고 딱딱한 논리로 덧칠하지 않는다.

김선우 시의 화자는 대부분 시인 자신으로 짐작되는 일인칭의 젊은 여성이다. 그 화자는 종종 독자나 외부 현실에서 독립한 그 스스로의 존재인 양 자신의 이야기에 빠져들곤 한다. 이 점에서 김선우 시의 어조는 즉자적이다. 시인은 자신과 어머니를 포함한 여성들의 삶을 투명하게 드러낼 뿐 다른 것은 의도하지 않은 것처럼 보인다. 그럼에도 그녀의 시는 대자적 여성으로서의 인식 내용을 즉자적 목소리에 담아 그 어떤 페미니즘 이론보다 더 설득력 있게 독자의 가슴과 머리를 파고든다.

지금껏 우리 '여성시'는 당사자들인 여성 독자는 접어두고라도 그녀들의 동반자여야 할 남성 독자들에게까지 공감을 전이시킨 경우는 많지 않았다. 그러나 김선우 시인은 여성적 삶에 대한 인식 능력과 전이 능력을 함께 갖춘 드문 예에 속한다. 첫 시집『내 혀가 입 속에 갇혀 있길 거부한다면』(2000)과 최근 시편들을 대상으로 그녀의 시세계를 탐색하기로 하자.

2

김선우의 시는 대관령의 험하고 가파른 길을 넘어 우리에게 왔다. 고향을 벗어나거나 그곳으로 돌아갈 때 통과해야만 하는 대관령은 시인에게 현재와 과거와 미래가 겹치는 공간이다. 대관령은 영원한 '옛길'이면서 동시에 지금 여기의 길이다. 그 길의 들머리에, 그녀의 등단작 중 첫 작품인 「대관령 옛길」이 이정표처럼 놓여 있다.

> 때로 환장할 무언가 그리워져
> 정말 사랑했는지 의심스러워질 적이면
> 빙화의 대관령 옛길, 아무도
> 오르려 하지 않는 나의 길을 걷는다
>
> 겨울 자작나무 뜨거운 줄기에
> 맨 처음인 것처럼 가만 입술을 대고
> 속삭인다, 너도 갈 거니?
>
> ― 「대관령 옛길」 부분

누구든 자신의 사랑을 의심한다는 것은 그만큼 현실적 삶이 크게 위기에 처했음을 뜻한다. 시적 화자는 아무도 오르려 하지 않는 "대관령 옛길"을 걸으며 현실로부터 일정한 거리를 두고 과거와 미래를 함께 생각한다. 시적 화자는 아마도 소중한 대상의 부재에 시달리는 것 같다. 추운 겨울 제 허물을 겹겹이 벗으며 "뜨거운 줄기"를 노출하는 자작나무는 시인의 안타까운 속내를 드러내는 분신이다. 인용된 부분보다 앞에서 '얼음꽃'이 '화주(火酒)'로 변하는 강렬한 감각 이미지가 제시된 것은 이러한 사정을 반영한다. 무인격 존재인 자작나무에게 "너도 갈 거니?"라는, 부재에 대한 절실한 안타까움을 토로할 수 있는 공간이 바로 '대관령 옛길'이다. 이 대관령을 동쪽으로 넘으면 시인의 고향이 나온다. 저 멀리 산비탈의 밭이 보이고 예순여섯 나이에 몸져누운 어머니가 계신다.

> 비탈진 밭에서 젊음을 혹사시킨
> 산간 마을 여인의 성기는 비탈을 닮아간다는,
> 세간 속설이 내 마음에 천둥 소낙비 뿌려
> 어머니 몸을 닦아드리다 온통 내가 젖는데
> 경성드뭇한 산비알
> 열매가 꽃으로 씨앗으로 흙으로
> 되돌아가는 소슬한 평화를 보았네
> 부끄러워 무릎을 끙, 세우는
> 어머니의 비알밭은 어린 여자아이의
> 밋밋하고 앳된 잠지를 닮아 있었네
> 돌아갈 채비를 끝내고 있었네
>
> — 「내력」 부분

일하기는 혹독하게 힘든 데 반해 소출은 적은 "비탈진 밭"은 어머니의 고된 삶을 대변한다. 하지만 그것은 고향을 떠나 버리면 그만인 외부 현실에 지나지 않을 수도 있다. 이에 비해 시인의 모태이기도 한 "어머니의 비알밭"은 언젠가는 드러나고야 말 몸의 내력이다. 몸의 근원에 새겨진 흔적, 몸이 스스로 하는 말이 어찌 거짓일 수 있으랴. 이러한 몸의 진실 앞에서 시인은 커다란 심적 동요를 겪지만 마침내 "소슬한 평화"를 말하기에 이른다. 열매가 거꾸로 꽃이 되고 씨앗이 되어 다시 흙에 묻힌다는 인식 전환 속에서, 어머니의 몸이 다시 그 본원인 흙으로 돌아가는 일은 지극히 자연스러워진다. 그 과정을 시인은 마치 비탈밭의 소슬한 흙을 맨손으로 움켜쥐듯 감각적으로 묘사하고 있다.

여성으로서 부대껴야 할 고된 현실을 여성의 몸을 통해 감각적으로 그려내는 것은 김선우 시의 개성이다. 김선우는 몸의 언어로 시를 쓴다. 그녀는 최근 발표한 「神의 방」(『현대문학』, 2000. 5)이란 작품에서도 먹고 배설하는 일이 한가지로 행해지는 '거룩한 방'이 바로 몸이라고 노래한다. 페미니즘 이론가인 엘렌 식수스가 「메두사의 웃음」에서 "너 자신을 써라. 너의 육체에 귀를 기울여야 한다. 오직 그때만이 무의식의 광대한 자원들이 솟구쳐 흘러나올 것이다."라고 주장한 것처럼 말이다. 김선우의 아름답고도 슬픈 시편 가운데 하나인 「어라연」에서도 어머니의 몸은 감동적으로 묘사된다.

> 상원도 정선
> 어라연 계곡 깊은 곳에
> 어머니 몸 씻는 소리 들리네
>
> ― 자꾸 몸에 물이 들어야
> 숭스럽게스리 스무살모냥……
> 젖무덤에서 단풍잎을 훑어내시네
>
> 어라연 푸른 물에 점점홍점점홍

    ─ 그냥 두세요 어머니, 아름다워요

    어라연 깊은 물
    구름꽃 상여 흘러가는
    어라연에 나, 가지 못했네

─「어라연」 전문

　산과 산 사이에 깊이 패어 들어간 어라연 계곡은 여성적 상징 체계에 속한다. 또한 어머니가 몸을 담그고 있는 어라연 계곡의 "깊은 곳"은 여성의 성기에 해당한다. 그런데 그곳에서 몸을 씻는 어머니는 '몸에 자꾸 물이 든다'고 말한다. 어라연 계곡의 물과 어머니의 물이 한데 합쳐지는 것이다. 그래서 어라연 계곡에도 어머니의 몸에도 단풍이 연지곤지 점점이 찍힌다. 어머니의 몸은 아름다운 이름의 계곡 어라연(魚羅淵)을 닮아 가고 끝내는 계곡의 흐름과 하나가 된다. 아름다운 꽃과 사람의 힘으론 어쩔 수 없는 죽음이라는 대조적 이미지가 함께 담긴 마지막 연은 역설적으로 어머니 몸에 대한 화자의 애정을 더욱 절실하게 만든다. '구름꽃 상여 흘러간다'라는 표현은 하늘이 그대로 비치는 계곡의 물에 구름처럼 흰 유골 가루를 뿌리는 일을 연상시킨다. 이 작품에는 과거 혹은 미래의 죽음과 관련된 화자의 슬픔이 잘 갈무리되어 있다.

　시인은 또 다른 작품에서 죽음을 준비하는 어머니의 목소리를 전한 바 있다. "내 죽은 담에는 늬들 선산에 묻히지 않을란다/깨끗이 화장해서 찹쌀 석 되 곱게 빻아/뼛가루에 섞어달라."(「엄마의 뼈와 찹쌀 석 되」) 시인의 어머니는 왜 '선산'에 고이 묻히는 것을 거부하는가? 그것은 어머니와 아내, 여자라는 이름으로 평생 강제되었던 자신의 '몸'을 더 이상 받아들이지 않기 위해서이다. 그녀의 몸은 자신의 진정한 몸이 아니라 가부장제 사회에서의 어머니, 아내, 여자로서 허구화된 몸이기 때문이다. 이러한 어머니들에 대한 딸의 심리는 일반적으로 자기 모순성을 띤다. 어머니의 삶이 아무리 보잘것없고 고통스런 것이었더라도 딸은 일단 같은 여성으로서 공감하는 태도를 취한다. 이와 동시에 딸의 또 다른 내면에는 어머니와 같은 삶은 되풀이하지 않겠다는 반감이 자리한다. 그런데 어머니와 딸 사이의 이런 공감과 반감을 화해시키는 것은 바로 모성의 원리다. 가부장제하의 모성은 대부분의 여성들에게 고통과 박탈감을 주고 남성 지배를 정당화하는 빌미가 되기 십상이지만, 그런 상황에서도 모성적 경험은 나름의 대안을 제시할 수 있기 때문이다. 어찌 보면 모성은 여성의 되풀이되는 한계이자 가능성이다.

> 이상도 하지, 자살이란 말이 떠오른 건. 꿈 없는 길, 인간에 절망한 그녀의 자살의지가 낙뢰를 불러들였는지도 몰라. 부러진 가지, 그녀가 매달았던 열매 속에서 피흘리는 엄마들이 걸어나왔다.
>
> — 「어미木의 자살 1」 부분

> 그랬지 저 눈동자, 허공을 발라내어 아직 따뜻한 살점 당신 숟가락에 얹어주고 싶었지만 바리, 내 어머니, 죽음은 한 쌍으로 날아들더라 저승을 헤매어 구해온 영약은 기진한 그네의 희보얀 젖줄기가 아니었을까 바리, 피곤에 지쳐, 불어터진 젖을 아비에게 물리고 한잠 곤히 든 저 겨울나무의 쐐기풀 같은 육신이 아니었을까 생이라는 이름의 죽음이 더 지독하더라. 거듭거듭 제 죄로 죽을병에 걸려 앓아눕는 아버지, 이제 그만 죽어주세요. 달같이 벗은 자작나무 온몸에 열꽃이 돋아 꽃잎을, 하혈을, 마지막 꽃잎을, 강물처럼 쏟아내는 범이 오고 있었는데
>
> — 「어미木의 자살 2」 부분

바리 설화는 가부장제 사회에서 억압된 여성 의식의 산물이라 볼 수 있다. 기존 질서의 상징인 아버지로부터 버림을 받았으나 도리어 그를 살려내기 위해 고단하고 긴 여행을 떠난 여자, 아버지를 살릴 약을 구하기 위해 9년 동안 마음에도 없는 남편의 수발을 들고 일곱 명의 자식까지 낳아야 했던 여자, 마침내 이승에서는 병을 고치는 무당으로 남고

저승 세계에서는 원귀들을 인도하는 신이 된 여자, 그녀가 곧 바리가 아니던가. 김선우는 바리 설화에서 무엇을 보았는가. 그녀는 바리에게서 이율배반적인 모성을 읽어낸다. 그것은 "피흘리는 엄마들"의 인간에 절망한 자살 의지에도 불구하고 "불어터진 젖을 아비에게 물리"는 모습으로 표현된다. 시적 화자의 어머니이자 시인 자신이기도 한 바리가 목숨을 걸고 저승을 헤매 구해 온 영약이 "그네의 희보얀 젖줄기"였다는 것이다. 이 대목에서 나는, "여성 내부에는 최소한이라도 약간의 어머니의 젖이 존재한다. 그녀는 하얀 잉크로 글을 쓴다."는 엘렌 식수스의 말을 떠올리지 않을 수 없다. 바리의 '지극한 모성'에도 불구하고 거듭 죄를 짓고 그로 인해 죽을병에 걸려 앓아눕는 그녀의 아버지는 시적 자아를 거듭 배반하는 현실이나 마찬가지다. 그래서 시인은 소망한다. "아버지, 이제 그만 죽어주세요."라고.

시인은 또 「물속의 여자들」이란 작품에서 바리의 주술적인 힘을 빌려 '이승을 혼자 거닐다 온' 여성들인 명성황후, 황진이, 허난설헌 등을 한데 불러모은다. 같은 여성으로서 그녀들과 공감대를 유지하고 싶기 때문이다. 특히 젊은 여성 화자와 늙은 할머니, 바람난 어머니가 본능적인 몸과 여성성으로 동질감을 이룬다고 노래하는 다음 작품은 눈여겨볼 만하다.

> 늙은네들만 모여앉은 오후 세시의 탑골공원
> 공중변소에 들어서다 클클, 연지를
> 새악시처럼 바르고 있는 할마시 둘
> 조각난 거울에 얼굴을 서로 들이밀며
> 클클, 머리를 매만져주며
> 그 영감탱이 꼬리를 치잖여 ─ 징그러바서,
> 높은 음표로 경쾌하게
> 날아가는 징·그·러·바·서,

　　거죽이 해진 분첩을 열어
　　코티분을 꼭꼭 찍어바른다
　　봄날 오후 세시 탑골공원이
　　꽃잎을 찍어놓은 젖유리창에 어룽어룽,
　　젊은 나도 백여시처럼 클클 웃는다
　　엉덩이를 까고 앉아
　　문밖에서 도란거리는 소리 오래도록 듣는다
　　바람난 어여쁜, 엄마가 보고 싶다

— 「봄날 오후」 전문

　이 시에 등장하는 세 부류의 여성인 할머니들, 어머니, 화자는 모두 그녀들대로의 이중성을 지닌다. 먼저 할머니들은 '늙음/젊음'의 대조적 정서를 동시에 발산한다. 그것은 보통의 가치관으로 볼 때 다소 추하게 느껴질 수도 있는 이중성이다. 하지만 "높은 음표로 경쾌하게/날아가는 징·그·러·바·서"라는 감각적 표현을 통해 독자들은 할머니들에 대한 화자 혹은 시인의 우호적인 태도를 금세 짐작할 수 있다.

　화자의 바람난 어머니는 '여성성/모성'의 이중성을 드러낸다. 한 여자가 바람났다는 것은 여성성의 적극적인 표현이지만, '어머니'가 바람을 피운다는 것은 현실적으로 모성의 저버림을 전제로 한다. 여성성과 모성은 이처럼 윤리를 잣대로 해서는 온전하게 공존하기 힘들다. 그럼에도 화자는 "바람난 어여쁜, 엄마"라고 부른다. 어머니가 어여뻐서 바람난 것이 아니라 바람이 났음에도 '불구하고' 어여쁜 어머니라는 말이다. 여기서 '바람난 여자/어여쁜 어머니'라는 모순을 받아들이는 화자의 이중적인 의식이 드러난다. 통상의 관념이나 가치관으로 볼 때 받아들이기 어려운 화자의 이러한 이중적 태도가 이 작품에서는 매우 자연스럽게 읽힌다. 왜 그럴까?

　무엇보다 시인이 설정해 놓은 시적 장치가 은밀히 그 힘을 발휘하기 때문이다. 매우 극적으로 구성된 이 작품을 자세히 뜯어보면, 마치 연극의 무대 장치처럼 "꽃잎을 찍어놓은 젖유리창"이 작품 한가운데 배치되어 있음을 발견할 수 있다. 그 유리창을 사이에 두고 할머니들은 클클 웃으며 몸단장을 하고, 젊은 화자는 스스럼없이 "엉덩이를 까고 앉"는 것이 가능해진다. 이때 그 유리창에 찍혀 있는 '꽃잎'이라는 시니피앙은 할머니들이 원하고 화자가 지닌 젊음의 아름다움을 지시한다. 또 "젖유리창"에서의 '젖'은 그녀들 모두가 공유한 몸의 일부분으로서 여성성을 대신한다. 이런 시적 장치가 작품 속의 화자와 등장인물 사이는 물론 독자들과도 공감대를 형성한 자리에서 '바람난 여자/어여쁜 어머니'를 받아들이는 화자의 이중성이 자연스레 수긍될 수 있는 것이다. 이 작품은 여성성과 모성의 현실적 모순을 극복하는 힘이 근본적으로 '여성의 몸'에 내재한다는 점을 잘 보여준다.

3

　여성과 남성이 종속과 지배라는 불평등하고 억압적인 관계 속에서 성역할을 수행하는 것을 '성의 정치'라 부르며 비판했던 케이트 밀레트의 작업은 이제 고전이 되었다. 그런데 우리에게 고전은 대부분 잘 정제된 지식으로만 떠돌 뿐 제대로 내면화된 예는 드문 것 같다. 젊은 여성 화자의 도발적이며 감각적인 성 이야기를 통해 왜곡된 이성 관계의 지형도를 진솔하게 드러낸 다음 작품이 더 돋보이는 것도 부분적으로는 그 때문인지 모른다.

　　옛 애인이 한밤 전화를 걸어왔습니다
　　자위를 해본 적 있느냐
　　나는 가끔 한다고 그랬습니다

누구를 생각하며 하느냐
아무도 생각하지 않는다 그랬습니다
벌 나비를 생각해야만 꽃이 봉오리를 열겠니
되물었지만, 그는 이해하지 못했습니다
[……]
꽃대에 깃드는 햇살의 감촉
해토머리 습기가 잔뿌리 간질이는
오랜 그리움이 내 젖망울 돋아나게 했습니다
얼레지의 꽃말은 바람난 여인이래
바람이 꽃대를 흔드는 줄 아니?
대궁 속의 격정이 바람을 만들어
봐, 두 다리가 풀잎처럼 눕잖니
쓰러뜨려 눕힐 상대 없이도
얼레지는 얼레지
참숯처럼 뜨거워집니다

— 「얼레지」 부분

　　이성의 성에 대한 배려가 호기심의 수준을 넘지 못할 때 그 혹은 그
녀는 '옛 애인'의 상태를 벗어나지 못할 것이다. 이성의 성을 "쓰러뜨려
눕힐" 때 그밖의 모든 것은 자동적으로 뒤따라 올 것이라는 고정관념은
아직도 건재한 것 같다. 그것은 상대 이성의 독자성을 인정하지 않는
태도이다. 이런 성적 고정관념에 대응하여 시인은 '바람난 여인'이란
꽃말을 지닌 얼레지를 끌어온다. 시인은 사물의 질서, 우주의 원리를
뒤바꾸는 새로운 인식 내용을 보여 준다. 바람이 꽃대를 흔드는 것이
아니라 오히려 꽃대 속의 격정이 바람을 일으킨다는 것이다. 누가 나서
서 이것을 전면 부인할 수 있을까. 자신이 항상 "꽃대"를 흔든다는 고
정관념에 빠진 '옛 애인'들만 빼고. 이 시의 표면에 드러난 젊은 여성
화자의 자극적 언행에 주의를 빼앗기는 것은 분명 치우친 독법이다. 다
음 작품 역시 입 속에 갇힌 '혀'의 이미지를 통해 몸의 일그러진 자유와

그로부터의 탈출을 예비하고 있다.

　　나는 날마다 그를 죽일 궁리를 합니다 비대해져 살갗이 몸에 맞지 않게
된 그는 쪼가리 살갗을 들고 매일 내 방으로 옵니다 나는 그의 몸피에 새로
난 살갗을 재봉질하지만(언제부턴가 나는 이 일로 생계를 꾸려가지요) 그의
몸은 가속으로 거대해져 갑니다 숱한 살갗을 어디에서 벗겨 오는지 알 수
없지만 언제나 싱싱한, 피냄새가 묻어 있습니다…… 오늘밤 나는 그를 죽일
겁니다 그는 내게 남은 마지막 진피를 원할 테지요 달콤한, 자장가를 부르
며 사타구니 살갗을 벗겨내겠지요 내일이면 그는 핑크빛 합성피부를 가져
와 손수 박음질해 줄 겁니다 리드미컬한, 노동요를 부르며, 나는 보너스를
받겠지요 한아름 붉은 동백꽃도 받을지 모르겠습니다……

　　나는 또 한 번 그를 죽였습니다
　　나를 고소할 수 있는 법정은 어디에도 없습니다 내 혀는, 그의 입 속에,
비굴하고 착하게 갇혀 있으니까요.
— 「만약 내 혀가 입 속에 갇혀 있길 거부한다면」 부분

　이 작품의 그로테스크한 상상력은 영화 「양들의 침묵」과 닮았다. 「양
들의 침묵」은 젊은 여자들의 살갗을 벗겨 모아 그것으로 자신의 ‘몸’을
만들어 성전환을 이루려는 연쇄 살인범과 심리적으로 불안정한 상태인
풋내기 여자 수사관, 그리고 사람의 몸을 먹는 정신 이상의 천재적 범
죄자 등을 내세워 현대인의 심연에 내재한 이상심리적 광기와 그 병폐
를 드러냈다. 위에 인용된 김선우의 시에서는 나날이 비대해지는 자신
의 몸을 덮기 위해 남들의 살갗을 벗기는 ‘그’가 등장한다. ‘그’의 거듭
되는 괴기스런 폭력에도 불구하고 화자는 오히려 ‘그’를 돕는 일로 생
계를 유지한다. ‘그’를 죽이겠다는 화자의 결심은 매일 되풀이되지만
그것은 상상에 불과하다. 화자의 자유 의지를 표상하는 ‘혀’는 다름아
닌 ‘그’의 입 속에 들어 있기 때문이다. 화자는 ‘혀의 달콤한 구속’과
‘피비린내 나는 자유’ 사이에서 갈등하고 있는 것이다.

이러한 상황은 마치 '바리'가 그녀의 아버지에 대한 모성적 애정과 여성적 증오 사이에서 내면의 불화를 겪는 것과 흡사하다. "방울과 칼을 주렴 아가야/요령 소리를 내며 나뭇잎 혼절하게 흔들리던 그 밤에 내가 씹어삼킨 메마른 혀는 어느 눈동자에 박힐 칼이었을까"(「어미木의 자살 2」)에서, 삶이라는 굿판을 벌이는 바리는 살아 있는 귀신인 아버지를 향해 던져야 할 칼을 끝내 던지지 못한다. 바리가 "씹어삼킨 메마른 혀"는, "그의 입 속에, 비굴하고 착하게 갇혀 있"는 시적 자아의 혀와 다를 바 없다. 또 매일매일 남의 살갗을 벗기는 '그'는 "거듭거듭 제 죄로 죽을병에 걸려 앓아눕는 아버지"의 몸바꿈에 지나지 않는다. "만약 내 혀가 입 속에 갇혀 있길 거부한다면"이라는 제목이 드러내는 몸의 자유에 대한 시인의 열망이 큰 만큼, 아니 그 이상으로 현실이라는 괴물 역시 만만치 않다. 드문 경우이긴 하지만 김선우 시의 일인칭 화자들이 꿈이나 상상을 통해 동성애적 일탈에 빠져드는 것은, 이렇듯 힘겨운 현실에 대한 무의식 차원의 대응이라는 각도에서 조명될 수 있다.

> 다음날 그녀는 다시 왔지만 나를 알아보지 못했다
> 희망을 갖는 것이 얼마나 치명적인 약점인지 아느냐,
> 몇 마디 욕지거릴 씹어뱉고 독주를 들이켜더니
> 화장을 고치고 나가버렸다
> 내 가슴에 선명한 입술자국,
> 붉은 씨방을 열고 백일홍 꽃잎 떨어져내렸다
>
> —「술잔, 바람의 말」 부분

들어왔지만 들어온 게 아닌, 마주보고 있지만 비껴가는 슬픈 체위를 버려…… 탄성을 가장하지 않아도 되는 잘 마른 밀짚 냄새, 허물어진 흙담 냄새, 할머니 수의에서 나던 싸리꽃 향기, 오월의 가두에 흩어지던 침수향을 풍기며 그녀가 뼛속까지 스며들어왔다

모든 시공이 얽혀 있는, 단 하나의 모서리로 그녀가 돌아간 뒤, 자궁에서

빠져나올 때 맡았던 바닷물 냄새가 난다고 생각하며 나는 천천히 잠에서
깨어났다

— 「산청여인숙」 부분

　두 작품에서 동성애는 모두 현실의 허위 의식에 문제를 제기하는 모
티프로 작용한다. 첫 번째 작품에서 '그녀'는 희망을 갖는 것은 힘이 아
니라 오히려 약점으로 작용한다고 말한다. 이때의 희망은 물론 거짓 희
망을 가리킨다. 지난밤 화자와 사랑을 나눴던 그 여자의 욕지거리는 가
치관이 전도된 현실에 대한 날카로운 냉소이다. 두 번째 작품에서 '슬
픈 체위'와 '가장된 탄성'은 현실에 자신을 적응시키려는 자기기만 행
위를 가리킨다. 그런데 이 작품에서 시인은 동성애적 꿈에서 깨나는 것
을 어머니의 자궁에서 빠져나오는 일에 비유하고 있다. 동성애적 꿈과
어머니의 자궁을 동일시하는 이 비유 구조 속에는 아드리안 리치가 「강
제적 이성애와 레즈비언의 존재」라는 글에서 묘파한 레즈비어니즘의
기원이 담겨 있다. 여성들은 같은 여성인 어머니의 자궁으로부터 출생
하고 또 그 어머니에게서 최초의 동성애적 애착을 느낀다는 것이다. 김
선우의 시에서도 여성 화자나 인물들의 동성애는 본원적으로 모성애와
연결된 것으로 보인다.

> 앞가슴으론 말랑말랑한 거북알 하나쯤
> 더 안을 만하게 둥글어져
> 파도의 젖을 빨다가 내 젖을 물리다가
>
> 포구에 떠오르는 해를 보았으면
> 이제 막 생겨난 흰 엉덩이를 까부르며
> 물장구를 쳤으면 모래성을 쌓았으면 싶더라
> [……]

> 붓다도 레닌도 맨발의 내 어머니도
> 아픈 날은 이렇게 온종일 방바닥과 놀다 가려니
> 처녀 하나 뜨거워져 파도와 여물게 살 좀 섞어도
> 흉되지 않으려니 싶어지더라
>
> ― 「포구의 방」 부분

시인은 '어머니 바다'의 돌출된 형태인 파도를 '젖'으로 묘사한다. '내'가 파도의 젖을 빠는 행위는 모성에 대한 갈구를 드러낸다. 그런데 동시에 '내'가 파도에게 젖을 물리는 행위는 다분히 동성애적이다. 이 시에는 모성애와 동성애가 묘하게 섞여 있다. '포구의 방'은 이 작품의 배경이자 제목으로서 시적 화자에게 여성으로서의 개인적인 안정감과 집단적인 동질성을 함께 제공하는 공간이다. 요컨대 그 방은 여성들의 가슴과 둥근 배와 자궁의 다른 이름이다. 여기에 "포구에서 떠오르는 해", "이제 막 생겨난 흰 엉덩이" 등의 갓난아이 이미지는 작품 전체에 모성적 분위기를 환기시킨다. 끝부분에서 화자가 "처녀 하나 뜨거워져 파도와 여물게 살 좀 섞어도/흉되지 않으려니 싶어지더라"고 떳떳하게 말하는 것은, 이런 분위기에서 자연스러워진다. 젊은 여성이 자신의 성욕을 드러내는 것을 금기시하는 사회에서도 모성 본능만큼은 허용되기 때문이다. 그래서 또 다른 시적 화자는, "아이를 갖고 싶어/새로이 숨쉬는 법을 배워가는/비디풀 같은 어린 생명을 위해/숨을 나누어 갖는/둥근 배를 갖고 싶어"(「입춘」)라고 노래하는 것이다. 이렇게 볼 때 '모성'은 그 접근 방법에 따라 페미니즘적 시쓰기에서 훌륭한 '전략'이 될 수 있을 듯하다.

4

새로운 세상이 올 거라는 꿈이 절대적 힘을 발휘하던 시절이 우리에게도 있었다. 몇몇은 그 꿈에 '혁명'이라는 이름을 붙이기도 했다. 그 당시 많은 사람들에게 주목받았던 '운주사'라는 절이 있다. 천년 동안 누워 있던 와불이 일어서는 날이면 마침내 새세상이 열릴 것이라는 전설을 간직한 운주사는 실재하는 공간이기에 앞서 하나의 상징이었다. 황석영의 저 유명한 소설 『장길산』이 터를 잡은 곳도 바로 운주사다.

그러나 '혁명'은 끝내 오지 않았고, 많은 사람들은 '혁명의 종가'가 무너지는 것을 먼발치에서 바라볼 수밖에 없었다. 김선우 시인은 그 정황을 "우울한 내상의 날들"(「헤모글로빈, 알코올, 머리칼」)이라 표현한 바 있다. 이처럼 혁명의 가능성이 멀어졌다고는 하지만 지금보다 더 나은 삶을 추구하는 인간의 의지마저 사라질 수는 없는 법이다. 시인이 새삼 운주사를 찾은 것은 바로 그 때문이다.

> 가시연꽃을 찾아 단 한 번도 가시연꽃 피운 적 없는 운주사에 가네
> 참혹한 얼굴로 나를 맞는 불두, 오늘 나는 스물아홉살.
>
> [……]
>
> 참 따뜻하구나, 물속에 잠겨 곧 피가 돌겠구나
> 걷지 못하는 부처님 귀에 대고 속삭였네 달리다쿰, 달리다쿰! 누가 자꾸 내 귀에 대고 소녀여 일어나라, 일어나라! 하였지만,
>
> 운주에 눕네 엄마를 기다리다 옷장 속에 숨어 홀로 든 낮잠처럼, 오늘 나는 아홉살.
> 낮꿈 밤꿈 지나 새벽꿈에 이른 나는 새끼손가락만큼 작아졌네 더욱 넓어진 바닷속에 누워 바라보네 동해 깊은 물, 어머니 몸속 어딘가 묻혀 있던 구근에서 꽃대가, 생살 — 물의 살을 찢고 솟구쳐오르는 것을, 핏덩어리 꽃송어리 — 태양이 뜨는 것을
>
> 온 바다에 가시처럼 박혀 흔들리는, 문둥이 부처님들 사이에 누워

울었네 울지 못했네 출생 이후 나는 잠들기 시작하였으니 꽃을 벗어
나고 있는 가시연꽃을 끝까지 바라볼 수 없었으니.

— 「雲柱에 눕다」 부분

달리다쿰(소녀여 일어나라)! 아무리 반복해서 외쳐도 운주사의 와불은,
'나'는 스스로 일어나지 못하고 있다. 또한 시인이 제 아무리 가시연꽃
을 보고 싶어하더라도 운주사에 있지도 않은 가시연꽃을 실제로 볼 수
는 없는 일이다. 현실적으로 모두 불가능한 소망들이다. 그러나 불가능
한 만큼 역설적으로 시적 화자의 소망은 더욱 강렬해진다. 마치 그 소
망에 삶의 모든 것을 걸기라도 한 것처럼.

이 작품에서 화자가 긴 잠에 빠지는 것은 꿈속에서라도 그 소망들을
이루기 위한 시적 장치이다. 화자가 누워 잠이 드는 바닷속은 곧 어머
니의 품이다. 스물아홉부터 열아홉을 거쳐 아홉으로 화자의 나이가 점
점 줄어들고 마침내는 새끼손가락만해졌다가 "핏덩어리"로 다시 태어
나는 것을 보라.

"동해 깊은 물"은 어머니의 자궁 속에 든 양수이다. "물의 살을 찢
고", 다시 말해 자궁의 양막을 찢고 다시 태어나고 싶은 것은 화자 자
신이다. 그렇지만 시인은 "핏덩어리 꽃숭어리 — 태양"으로 표현된 '가
시연꽃'이 그 역할을 대신하게 했다. 운주사의 와불들 역시 "문둥이 부
처님"이라 표현된 가시연꽃으로 환생한다. 시적 화자의 모든 소망들이
"꽃을 벗어나고 있는 가시연꽃"이란 구절에 집약되고 있는 것이다. 결
국 시인에게 가시연꽃이란 한 여성으로서, 더 나아가 한 인간으로서 자
신의 한계를 스스로 극복한 존재를 가리킨다.

시인은 이 작품의 끝부분에서 '출생 이후 나는 잠들기 시작하였다'고
말했다. 또 '가시연꽃을 끝까지 바라볼 수 없었다'고 고백한다. 시인의
부끄러운 내면 상태를 읽을 수 있다. 그렇지만 나는 시인에게 가시연꽃

에 주목하기 앞서 가시연꽃의 오랜 진화의 과정을 떠올려 보라고 말하고 싶다. 시인 자신이 최근 다른 작품에서 "뱀은 다리를 몸속에 가두는 데 일억 년이 걸렸다"(「달디단 진물」, 『시와시학』, 2000. 여름)는 점을 언급했듯이. 자신의 현존재를 벗어난다는 것은 사실 얼마나 힘들고 오랜 시간이 필요한 일인가!

　나는 마지막으로 오랫동안 내 입 속에 갇혀 있었던, 그녀의 아름다운 노래를 입 밖에 내고 싶다.

　　　살다보면 그렇다네 내 혼이
　　　다른 육체에 머물고 있는 느낌
　　　그마저 사랑해야 하는 때가 온다네

— 「사랑의 거처」에서

(『문예연구』, 2000년 가을호)

삶이 가벼울 수 없는 까닭

맹문재

1

시와 삶을 한자리에서 이야기하면서도 떳떳할 수 있다면 시인이나 평론가 모두 행복할 것이다. 그런데 이 행복은 왜 우리들로부터 멀리 있는가? 무엇보다 시인은 그의 삶이 못내 겸연쩍을 것이고, 평론가는 그의 시가 끝내 마음에 걸릴 것이다. 시와 삶을 따로 떼어 말하는 일이 익숙해진 풍토에는 나름의 이유가 있다. 그러나 단순히 논란과 시비를 멀리하기 위해 시와 삶을 분리한다면 거기에는 동의할 수 없다. 시와 삶을 함께 말할 수 있는 기쁨은 설령 논란과 시비를 곁에 두더라도 나로서는 마다할 수 없는 것이다.

맹문재 시인은 지난해 한꺼번에 여남은 편의 시를 발표하는 지면에 이런 말을 덧붙였다 : "나는 도시 전체가 제철소가 돌아감에 따라 움직이는 포항에서 20대를 보냈다. 그곳에 있는 공고에서 학창시절을 보냈고, 졸업 후 곧바로 제철소에 취직해 7년간 일했다. 나는 그곳에서 다른

사람과 잘 어울리지 않는 성격으로 변할 정도로 외로웠고 괴로웠고 절
망했다. 그렇지만 나는 그곳에서, 사회의 계층을 여실하게 보았고 힘없
고 가난한 사람들이 살아가는 삶의 의미를 깨달았다." 같은 잡지의 다
음 호에 나는 그의 시편들에 대해 작품론을 썼다. 그때 나는 시인의 그
말들을 의도적으로 멀리했다. 시인의 삶의 이력이 그의 시에 어떠한 후
광이 되어서는 안 된다고 생각했기 때문이다. 물론 그 생각은 지금도
크게 바뀌지 않았다. 다만 맹문재 시인의 경우, 그의 시의 뿌리를 제대
로 더듬기 위해서는 그의 삶을 전적으로 멀리할 수는 없다는 사실을 받
아들일 뿐이다. 이번 시집에서 맹문재 시인의 시와 삶의 남다름을 속
깊이 담아 둔 작품을 고르라면, 나는 이 작품을 꼽겠다.

> 개울가에서 아픈 몸 데리고 있다가
> 무심히 보는 물속
> 살아온 울타리에 익숙한지
> 물고기들은 돌덩이에 부딪히는 불상사 한 번 없이
> 제 길을 간다
> 멈춰 서서 구경도 하고
> 눈치 보지 않고 입 벌려 배를 채우기도 하고
> 유유히 간다
> 길은 어디에도 없는데
> 쉬지 않고 길을 내고
> 낸 길은 또 미련을 두지 않고 지운다
> 즐기면서 길을 내고 낸 길을 버리는 물고기들에게
> 나는 배운다
> 약한 자의 발자국을 믿는다면서
> 슬픈 그림자를 자꾸 눕히는 나의 몸
> 물고기들이 무수히 지나갔지만
> 발자국 하나 남지 않은 저 무한한 광장에
> 나는 들어선다

> ― 「물고기에게 배우다」 전문

이 세상 어디에도 길은 없다고 이 시의 화자는 말한다. 맞는 말이다. 이 시인에게 세상의 매끄럽게 포장된 길은 그가 걸을 수 있는 길이 아니었을 것이다. 대신 그는 실제 삶에서든 시에서든 끊임없이 자신의 길을 스스로 내는 것으로 보인다. 첫 시집에서 다양하게 표출되었던 그의 시적 관심과 시도가 이번 두 번째 시집까지 이어진 것은 그러니까 새삼스런 일이 아니다. 서로 탱탱한 긴장을 유지해야 할 시와 삶 사이에서 그는 여전히 새로운 길을 만들어 내고 있는 것이다. 그런데 이 시인은 또한 자신이 만든 그 길이 고정된 틀이 되어서는 안 된다고 생각하는 듯하다. 물고기가 끊임없이 길을 내고 또 그 길을 버리듯, 시인은 그의 헛된 욕망의 발자국 하나 남기지 않는 시의 영토에 들어서려 한다. 당신이 지금 막 생각하듯, 결코 쉽지 않은 일이다. 따라서 그로서는 인용된 시에서처럼 물고기들로부터 배운다고 말할 수밖에 없었을 것이다. 이제 나로서는, 그의 새 시집에 내장된 많은 길을 풀어헤쳐 눈에 보이는 몇 가닥 길을 낼 차례이다.

2

세대별 주민등록표의 내용과 형태를 그대로 시 안에 끌어들인 「지상에서의 방 한 칸」 같은 작품은 맹문재 시인에게 있어 예외적인 경우에 속한다. 물론 그의 시적 방법이 서술 또는 묘사의 양쪽을 모두 지향하며, 그의 작품들에서 빛나는 부분은 대부분 적절한 묘사 지향에 의존해 온 것은 부인할 수 없는 사실이다. 하지만 아무래도 그의 시의 본령은 직간접 체험에 바탕을 둔 삶의 과정이나 사건을 일상적 어법을 통해 그려낸 서술 지향의 시편들에 있었기 때문이다.

「지상에서의 방 한 칸」은 비록 이 시집에서 예외적인 기법의 작품이지

만, 나는 오히려 이런 작품을 통해서도 이 시인의 자기 정체성의 뿌리를
더듬을 수 있다고 생각한다. 시인이 예외적인 기법을 도입하면서까지 표
현하려 한 것은 과연 무엇일까? 그것은 곧 '지상의 방 한 칸'을 찾아 뿌리
뽑힌 채 떠돌고 있는 힘없고 가난한 사람들에 대한 관심과 애정일 것이다.
아니, 관심이나 애정이란 말만으로는 이 시인이 지닌 자기 정체성의 근원
을 제대로 설명하지 못한다. 가령, 이 시인은 이제 철지난 구호쯤으로 오
인되곤 하는 '노동'이란 말을 마치 자신의 존재 증명처럼 간직하려 한다.

시인은 노동대책회의가 있어서 간다면서
호텔의 커피숍을 손가락으로 가리켰다 그리고는
내게도 초청장을 보냈는데 못 받아봤느냐고 했다
나는 그가 거짓말을 한다는 것을 알고 있었지만
저는 자격이 안 됩니다라고
공손한 웃음을 보였다

시인과 헤어져 다시 공중전화를 향해 걸어갔다
그러다가 멈추고 말았다
어디에 전화를 걸어야 할지 생각나지 않은 것이다

노동에 건다고 했는데, 노동에……
누구에게 걸어야 하는지, 왜 걸어야 하는지 생각나지 않았다
시인을 따라 커피숍에 들어갈 수도
공중전화를 걸기 위해 계속 갈 수도 없었다

눈이 날리기 시작했다
수많은 사람들이 지나가는 길 위에서
나는 우두커니 서 있었다

노동이라는 말이 눈발 속에서 뿌옇게 떠올랐다
　　　　　　　　　　　　　　　　　　　　　　— 「뿌리」 부분

　유명한 민중시인이 호텔의 커피숍에서 열리는 노동대책회의에 참석한다는 설정은 다소 작위적이지만 그 자체로서는 문제적이다. 이에 대해, 시대가 변했다고, 그런들 좀 어떠냐고 눙치며 넘어갈 수도 있을 것이다. 하지만 이 시에서 시인이 제기하는 문제는 그리 간단치 않아 보인다. 여기에 설정된 상황은 자신의 뿌리를 잊은 민중시인에 대한 비판에 머물지 않고 시적 자아의 존재의 뿌리에 대한 물음으로까지 이어지기 때문이다. '노동'에 전화를 건다는 기발한 발상이 눈 내리는 거리에서 우두망찰 서 있는 화자의 자아 정체성에 대한 심각한 물음으로 급전할 때, 독자가 느끼는 것은 곤혹스러움이다. 처음 이 작품을 읽으며 이 시의 화자가 지닌 고지식한 태도를 내심 비웃었을 독자에게 되돌아오는 날카로운 물음, 지금 당신의 뿌리는 어디 있는가?

> 텔레비전 뉴스가 은하수만큼이나 쏟아져 내리는
> 쓸쓸한 중국집
> 나는 짬뽕 국물까지 마신다
> 마당을 쓸던 빗자루를 던져두고
> 텔레비전 앞에서
> 바뀐 식성을 유지하는 것이다
>
> 이 저녁 나의 식성은 나의 것이 아니다
>
> 　　　　　　　　　　　　　　　　　— 「식성에 대하여」 부분

　이 시의 화자가 지금 자장면을 줄곧 먹다가 짬뽕이 좋아진 자신의 식성을 탓한다고 오해할 사람은 없을 것이다. 화자는 식성의 변화를 입에 올리고 있지만 그의 내심에는 스스로의 정체성에 대한 아픈 물음이 자리한다. "이 저녁 나의 식성은 나의 것이 아니다"라고 할 때, 그 말은 곧 현재 자신의 정체성에 대한 강한 문제 제기가 되는 것이다. "요즘의 바쁜 시간에 대하여/불만을 하는 순간/짜장면 한 그릇 사먹을

돈이 없던 때가/내 등을 후려친다"(「내가 버린 시간」)고 토로할 때도, 자신의 뿌리에 대한 인식은 현재의 삶에 대한 죽비 소리가 된다. 과거의 삶이 굴레가 아니라 죽비 소리가 될 수 있는 예는 의외로 많지 않다. 맹문재 시의 긴장은 그 표현뿐 아니라 그의 시에 장전된, 자신의 정체성에 대한 끝없는 물음 그 자체에서도 비롯되는 것으로 보인다.

3

자신의 정체성에 대한 맹문재 시인의 물음이 마침내 외부 세계를 향할 때, 그의 가장 강한 화살은 천박한 자본주의적 속성을 꿰뚫으려 한다.

> 젊은 여자가 주머니에서 동전을 꺼내
> 호미질을 시작할 때
> 나는 저녁 삼아 먹고 있던 컵라면 속에서
> 김치를 찾고 있었다
> 명령이라도 수행하는 듯 사내는 전신주처럼 서서
> 그 여자의 손을 비춘다
> 몇 조각 안 되는 김치를 휘저으며 찾던 나는
> 나무젓가락으로 내 그림자를 집어
> 그들의 옆에 세운다
> 여자가 호미질을 딱 멈추고
> 사내를 올려다본다
> 과연 저들은 터널을 벗어나는 것일까
> 사내는 아무 일 없었다는 듯
> 파놓은 부스러기들 긁어모아 휴지통에 던진다
>
> — 「복권과 김치」 부분

복권이야말로 과정은 무시해도 좋고 그 결과만이 중요한 물신주의의 한 표상일 것이다. 이 시는 젊은 남녀가 함께 편의점에 들어와 복권을 사서 읽는 장면을 제삼자의 시점에서 그려내고 있다. 화자는 그들 남녀의 행동에 대해 이렇다 저렇다 논평하지 않는다. 그저 컵라면 속 김치와 그들의 복권을 오버랩시키는 구성을 취할 뿐이다. 여기서 시적 자아의 내면을 읽어 내는 키워드는 '호미질'과 '휴지통'이다. 시인은 왜 복권을 읽는 여자의 행위를 굳이 '호미질'이라 했을까? 무엇보다 그녀의 복권 읽는 행위가 논밭에서의 호미질처럼 생산적이며 건강한 일이 되기를 바랐기 때문일 것이다. 복권에 미래를 거는 그들 남녀가 무의미한 삶의 반복이라는 터널을 벗어날 수 있기를 시적 자아는 마음속으로 빌었으리라. 그러나 논밭에서 김을 매거나 감자와 고구마를 캐던 호미질과 그 여자의 '호미질'이 결국 판이한 뒤끝을 남기는 것은 물론이다. 결과가 판정되고 나면 아무 일 없었다는 듯 그 과정의 흔적들을 휴지통에 버리는 삶의 방식, 이것이야말로 자본주의가 우리에게 은연중 강요하는 '명령'인지도 모른다. 시인이 또 다른 작품에서, "사람들은 그 꽃의 붉은 입술만 떠올릴 뿐/모른다, 암꽃술 속에 자라고 있는//큰 가시 하나를"(「가시」)이라 노래했을 때, 일차적인 과녁이 된 것은 인간 관계를 자본 관계로 변질시키기 십상인 이른바 다단계 판매 방식이다. 그런데 이때의 '가시'는 한 개인의 문제에 국한되지 않는 '자본주의의 가시'로서 보편적인 의미를 띤다. 시인이 보기에, 자본주의의 가장 큰 가시에 해당하는 것이 바로 '이자'다.

　　　　이 도시에서 나를 유인하는 건
　　　　이자 클럽이다

　　　　클럽 회원들은 팔을 걷어붙이고
　　　　땀 흘리지 않는다
　　　　기름 묻은 작업복 대신 품위 있는 정장 차림으로
　　　　팁도 거절한 채 여유로운 미소를 지으며

나를 부르는 것이다

—「利子 클럽」 부분

그를 따라가는 나와 같은 사람들이
개미떼처럼 길을 메우고 있다
고양이가 등을 쭉 펴 기운을 차리고 앞으로 나아가듯
나는 신발 끈을 고쳐 매고 따른다
그는 나의 용기 있는 결정과 충실한 걸음과
건강한 다리를 칭찬하고
휘파람을 툭툭 차며 앞선다
나는 어느새 진땀을 흘린다, 나는 망설이지 못한다

—「利子」 부분

이자는 현대의 경제학에서 자본 용역에 대한 정당한 보수를 가리키는 개념이 되었다. 하지만 고대와 중세에는 동서양을 막론하고 이자 이론의 핵심이 이자의 도덕적인 정당화에 있었다. 그만큼 이자는 비윤리적인 것으로 간주되었기 때문이다. 예컨대 아리스토텔레스는 화폐를 비생산적인 것으로 생각했고, 중세의 학자들도 고리대금에 대해 반감을 지니고 있었다. 사회적인 생산물은 모두 노동으로부터 나온다고 보았던 마르크스에게 이자는 착취물에 지나지 않았다. 기업가의 생산 활동을 위한 자금의 차입이라는 긍정의 측면에도 불구하고 이자는 그 윤리성의 측면에서 아직까지 미해결의 과제로 남아 있는 셈이다. 이자에 대한 맹문재 시인의 문제 제기는 이렇듯 깊은 연원을 지니고 있다.

그러나 이자의 도덕적 정당성에 의문을 제기하더라도 막상 이자의 달콤함은 거부하기 힘든 유혹이다. 팔을 걷어붙이고 땀을 흘리거나 기름 묻은 작업복을 입는 대신 정장 차림으로 여유를 즐기는 것 자체를 마다할 사람은 드물기 때문이다. 그게 현실이다. 이때 땀 흘리지 않고 얻는 부당한 여유가 바로 '이자'라는 것이 시인의 견해다. 이자의 달콤함을

좇아 마치 개미떼처럼 넘쳐나는 사람들과 그 *끄트머리*를 허겁지겁 뒤
쫓고 있는 자신을 문득 발견하는 일은 곤혹스럽다.

> 그러나 터널 속에 뒹구는 낙엽에 불과하다는 것을
> 물 마시듯 깨달았다
> 내가 뛰어넘으려는 것이
> 계단 앞에서 질주하는 이자(利子)들에 탑승하지 못하면서
> 그들의 매연과 클랙슨 소리와 속력에 중독될 뿐이라는 것을
> 나는 인정하고 만 것이다
>
> — 「계단 밟기」 부분

자신이 자본주의의 터널 속에서 하찮게 뒹구는 낙엽에 지나지 않음
을 깨닫는다고 문제가 해결되지는 않는다. 이자는 그것에 대한 우리의
깨달음이나 가치관에 상관없이 존재한다. 자본주의의 꽃이요 가시로서,
이자는 우리를 중독시키고 더 나아가 우리 삶을 강제하려 든다. 어느
단계에서 이자는 더 이상 선택의 문제가 아니다. 이자는 어느 틈엔가
생존의 문제와 직결된다. 더욱이 이자는 그것에 맞설 힘을 지니지 못한
대상들에게는 가차없이 누적되는 특성을 지닌다. "연체 이자에 쫓기는
것"(「별 새끼」)은 이제 더 이상 새삼스런 일이 아니다. 이자는 은연중 우
리가 감당해야 할 삶의 빚더미가 되어 버리는 것이다.

4

우포늪에서 경쟁적으로 기념 촬영하듯 씌어지는 시편들이 아니라면,
우리 삶의 생태적 조건들을 면밀히 추스르는 작품을 흘겨볼 필요는 없을
것이다. 맹문재 시인은 이번 시집에 여러 편의 생태시 흐름의 작품을 싣
고 있다. 이 영역에서 맹문재 시인은 무시 못할 시적 성과를 보여 준다.

나의 시가
한 그루의 나무만큼만 살았으면 좋겠네
플라스틱 스티로폼 시멘트 말고
소나무 참나무 느티나무처럼 창창하게
살았으면 좋겠네
나의 시가 발표되기 위해서는
수십 년은 살았을 한 그루의 나무가
베어질 것이네

그 나무만큼 나의 시가
사람들의 가슴에 들어찼으면 좋겠네
— 「한 그루의 나무를 위하여」 부분

　자신의 시가 발표되는 지면이 결국은 한 그루 나무의 삶을 마감시킨 결과라는 인식이 크게 새로울 건 없다. 대신 이 시의 새로움은 이른바 생태시의 요체랄 수 있는 상생의 원리를 시적 자아의 생활 조건과 긴밀히 연결시킨 데 있다. 한 그루의 나무를 위한답시고 무조건 나무를 베지 않는 것이 능사는 아니다. 나무를 베되 그 나무가 우리에게 그러했듯 우리들도 다른 존재들을 위해 무엇인가를 할 수 있으면 된다. "그 나무만큼 나의 시가/사람들의 가슴에 들어찼으면 좋겠네" 하는 시인의 말은 이 같은 맥락을 지시한다. 이 시인의 시적 관심은 물론, 여기서 머물지 않는다.

안개 속을 들어가자 소문보다 나를 놀라게 하는
빈집들
허연 배를 드러내고 물위에 떠 있으면서도
고통스러워하지 못하는 피라미들처럼
죽은 것이 확실하다
속옷을 막 입기 시작하는 저녁 산을 보고도
흥분하지 못하는 운명들

나도 저들에게 독극물을 먹였구나!

— 「빈집」 부분

'빈집'을 '죽은 피라미떼의 허연 배'에 겹쳐 놓을 수 있는 관찰력과 적절한 묘사에 의해 이 시는 시적 긴장을 유지한다. 그 긴장 속에서 우리 자신들이 이 비극적인 상황에 대한 원인 제공자일 수 있음을 강조함으로써, 이 시는 대부분의 문명 비판적 생태시들이 지니는 무책임성과 일정한 거리를 둔다. 이 시와 함께, 자본주의 사회에서의 경제적·신분적인 수직 상승에의 욕망과 생태 문제를 결부시킨 「엘리베이터에 오르며」, 생태 문제의 수평적 확산을 꼬집은 「고속도로」 역시 같은 맥락에서 읽을 수 있다. 시인은 결국 생태 문제가 자연은 물론 우리 사람들의 생명에도 직결된다는 점을 말한다.

> 자동차 소리에 귀멀고
> 폐가 상하고
> 소처럼 순하던 눈도 버려
>
> 온전한 아이 낳을 수 없는 저 얼굴

— 「정류장 나무」 부분

> 잎 진 앵두나무처럼 앙상한 목에서
> 연탄 가루가 날린다
> 가만히 앉아 저승사자를 기다리라는 바람의 말을
> 다 듣지 않고
> 고개를 흔든다
> 죽도 제대로 소화시키지 못하는 그녀를
> 바람은 왜 자꾸 찔러댈까

— 「검은 민들레」 부분

도심의 매연과 소음 공해에 찌들어 생체 현상에 이상이 생긴 정류장 근처 나무는 곧 우리 사람들의 또 다른 모습이다. 나무가 살지 못할 만큼 심각한 환경에서 사람인들 아무런 문제 없이 살 수는 없기 때문이다. 연탄 가루를 뒤집어쓰고 있는 민들레와 역시 연탄 가루를 들이마시며 연탄공으로 일하다가 진폐 환자가 된 한 여인의 죽음 직전 모습을 효과적으로 중첩시킨 작품에서도 시인의 문제의식은 선명히 부각된다. 환경 문제가 경제 원칙에 의해 뒷전에 밀리는 그만큼 죽음의 그림자는 우리들에게 바투 다가선다는 것이다.

> 물컹물컹한 점액질 속에 박힌 까만 생명들이
> 초콜릿이나 커피처럼 팔린다
>
> 개구리 한살이를 공부하기 위해
> 학교에서 준비물로 내자
> 자식 사랑이 지극한 엄마들 슈퍼마켓으로 달려갔고
>
> 전화를 받은 시골 사람들은
> 용돈이나 벌어보자고 논바닥을 긁어모아
> 서울로 보낸 것이다
>
> 싱싱한 개구리알을 사기 위해
> 슈퍼마켓으로 몰려오는 아이들의 안경이
> 불안하다
>
> —「개구리알 팔리다」 전문

환경 문제의 시작과 끝은 인간의 이기심과 관련된다는 점을 이 시는 잘 보여 주고 있다. 인간의 필요에 의해 생명을 사고파는 행위가 은연중 정당화된 것은 사실 어제오늘의 일이 아니다. 생명을 거래하는 사람들 쪽에서도 나름의 명분은 있다. 이를테면 학교 측에서는 개구리 한살이 공부 때문에 개구리알이 필요하고, 부모들은 자식을 사랑하기 때문에 개구리알이 아니라 그보다 더한 것이라도 구하러 나설 것이고, 시골 사람들은 돈 때문에 개구리알을 그러모은다. 이처럼 각자의 입장에서 정당화된 작은 이기심들이 모여 생명 거래의 현장을 만든다는 것이다. 돈으로 산 개구리알로 개구리의 한살이를 공부하며 자란 아이들은 정작 자신들의 한살이는 어떻게 받아들이게 될까? 최근에는 사람의 난자도 돈을 주고받고 거래하는 일이 생겨났다. 이 시에서 설정된 상황은 따라서 그만큼 시사적이며 또한 문제적이다. 환경 문제 혹은 생태 문제는 개인 차원에서의 실천이 중요하지만, 그와 함께 공동체적 사고가 수반되어야 함을 이 시는 암시하고 있는 것이다.

5

맹문재 시인의 새 시집에 나 있는 여러 길을 돌아보았으니 이제 마무리할 차례다. 나는 마지막으로 그의 등단작 가운데 하나인 「눈」(1991. 10)을 이번 시집에 실린 「첫눈」과 비교해 읽으려 한다. 눈을 중심 소재로 택한 두 작품을 통해 그의 시의 변모 방향을 가늠할 수 있다고 판단하기 때문이다.

개 짖는 소리에
온몸이 뒤틀리고
등뼈까지 바숴지며
하수구로 처박히네
야적장에서도
탄 더미에서도
공사판에서도
소리 한 번 못 지르고
죽어가네

죽어가면서 억울하여
하얗게 달라붙네

— 「눈」 전문

　야근 끝내고 돌아오는 남편을 맞기 위해 사택(社宅) 골목 어귀에 다소곳
이 서 있는 새색시의 스웨터 사이로
　사글세방 연탄이 꺼지고 으슬으슬한 저녁, “이것 좀 먹어 봐.” 불쑥 방문
을 열고 비지찌개 한 그릇 들여놓는 옆방 할머니의 메마른 손 사이로
　신호등이 바뀌기를 기다리는 동안 하늘을 따서 입에 넣고 재잘거리는 횡
단 보도 건너편의 아이들 얼굴 사이로
　오래된 앨범에 끼워진, 중국집 배달을 나갔다가 덤프 트럭에 깔려 죽은
불알친구 동석이의 오토바이 사이로
　“하여간 굶지는 마라, 뭘 해도 몸이 성해야지.” 식당에 일 다니는 막내고
모님의 늦은 저녁 전화 사이로

　몸 달궈 들이박는 저 눈물

— 「첫눈」 전문

　먼저, 「눈」은 온몸이 부서질 듯한 고통과 억울한 죽음, 거기에 따라
붙는 원한이 주조를 이룬다. ‘눈’을 이런 방식으로 바라볼 수도 있구나
하는 생각이 들 정도다. 결국 이 시를 추동하는 힘은 죽음마저 이겨낼
듯 강렬하게 표출된 세상에 대한 억울함이다. 이 시로부터 10년, 지난
해에 발표된 「첫눈」에 오면 시인의 생각이나 주장은 한결 관대해지고
그 표현은 한층 섬세해진다. 그렇다고 이 시인이 자신의 정체성을 잃은
것은 물론 아니다. ‘첫눈’에 대한 구체적이며 감각적인 묘사를 통해서
자기 주변의 어려운 사람들, 새색시―옆방 할머니―아이들―불알친구
동석―막내고모 등의 삶을 번갈아 조명하고 있기 때문이다. 요컨대 이
시는 작품 속 인물들의 눈물겨운 삶을 밝게 비추고 더 나아가 독자들의
마음을 훈훈하게 할 만큼 밝고 따뜻하다. 그 밝고 따뜻한 것을, 나는 이

시가 지닌 빛이라고 말하고 싶다. 시인이 「감꽃」에서 읊었듯, "무한 세월을 안고/할머니가 가신 뒤안길 밝히고 있는/저 감꽃"같이 환한 시의 빛! 나는 그 시의 빛이 특히 자신에게 엄격해 보이는 이 시인이 짊어져야 할 삶의 빛마저 따뜻하고 환하게 비춰 주기를 희망한다.

6

자신의 존재를 드러내려는 시는 넘쳐나지만 타인의 존재를 배려하는 시를 만나기란 여간 어려운 일이 아니다. 맹문재의 시가 돋보이는 이유가 여기 있다. 그의 시는 현란한 말솜씨로 독자들을 끌어들였다가 무책임하게 내팽개치는 대신 단정한 말매무새로 독자의 마음을 곧은 방향으로 이끌어 간다. 이를테면 나는 그의 시집을 곁에 두고 혼란스러웠던 지난 가을을 헤쳐 나왔고 딱딱하고 각진 얼음을 잔뜩 삼킨 듯한 이번 겨울을 버텨 내고 있다. 이때 독자인 나에게 그의 시집은 믿음직한 나침반이자 따스한 난로 같은 것이리라. 이런 사정이 어찌 나에게만 국한된 일이겠는가.

1996년에 나온 첫 시집 『먼 길을 움직인다』와 2002년의 『물고기에게 배우다』에 이어 세 번째가 되는 이번 시집 『책이 무거운 이유』(2005)를 특징짓는 키워드를 꼽아 보자. 지난 시집들에 연결되는 이자, 노동과 함께 이번 시집에서 두드러진 사십대, 가장, 가장자리, 배수진 등의 시어를 거론할 수 있겠다.

이번 시집에 수록된 57편의 작품 가운데 무려 10편의 작품에서 거론될 만큼 '이자'에 대한 시인의 적의는 뿌리깊다. 기업가의 생산 활동을 위한 자금의 차입이라는 긍정의 측면에도 불구하고, 이자는 그 윤리성의 측면에서 아직까지 미해결의 과제로 남아 있기 때문이다. "적이 없는 시대에 연체에 물린 적을 만든다"(「이자가 적을 만든다」)는 시인의 문제 제기는, "주눅 든 마음을 일으켜 세우려고 『전태일 평전』을 읽"(「도둑고양이」)을 만큼 '노동'과 밀접하게 관련 맺어 온 시인의 정체성을 고려할 때 온전하게 이해될 수 있다. 그러니까 "시장의 품이 어머니의 품과 다르게 안길 수 없다"(「품」)는 심정적 차원의 진술로부터, 이자는 감기 바이러스처럼 이 세상에 만연하고 있다(「이자의 감기에 걸린 어린이날」)는 냉철한 발언에 이르기까지, 이번 시집에서 이자 문제에 대한 다양한 접근이 거듭 나타나는 것은 어찌 보면 자연스런 일이다.

또한 이번 시집에서 새로 눈에 띄는 "막차"라는 시어는 '사십대'를 맞은 '가장'으로서 시적 자아가 맞닥뜨린 위기의식을 고스란히 드러낸다. 예를 들어 "가장자리에서 술을 마시며 막차를 걱정하고"(「가장자리에서」), 실제로 "막차로 귀가한 날도 많았다"(「신발」)고 시적 자아는 말한다. 요컨대 시적 자아는 막차 시간이 될 때까지 바깥일에 성실한 사람이지만, 막차를 타고서라도 반드시 집에 들어가야 한다는 원칙을 지키는 믿음직한 가장의 모습을 동시에 보여 주려 한다. 때로 그 모습은, "나는 눈을 감고 한참을 서 있다가/신발을 벗었다/양말도 벗었다/그리고 고양이처럼 손발을 오므렸다//나는 온몸으로 길을 녹이며 오르기 시작했다"(「귀가」)에서처럼 매우 안쓰러운 것이기도 하다. 그럼에도 한 집안의 '가장'에게 허락된 것이 '가장자리'에 불과하다는 사실 역시 엄연한 현실이다. 시적 자아는 자신이 처한 실존의 조건을 상징하는 '가장자리'를 벗어나거나, 아니면 '가장자리'를 꿋꿋이 고집하면서도 자신의 삶을 건강한 노동으로 채우려 한다. 하지만 그 노력은 번번이 그의 자존심에 상처를 입힌 채 끝나고 만다.

시인이 마지막으로 생각하는 것은 '배수진'이다. 그는 이렇게 말한다 "나는 전태일처럼 배수진을 치지 못해/약한 바람에도 복날의 개처럼 끌려다녔고/허수아비처럼 굽실거릴 수밖에 없었다.”(「배수진을 친 집」) 시인의 이 같은 반성은 ‘배수진을 쳐야 길이 생긴다’(「배수진과 원탁」)는 절박한 선언을 이끌어 낸다. 이 선언은, 고속열차에서 술과 안주를 즐기다가 철로에서 일하고 있는 인부들을 발견하고는 “나는 안주를 뱉었다”(「안주를 뱉다」)고 말하는 대목처럼 독자에게는 다소 과격하고 무거운 결론일지도 모르겠다. 하지만 삶을 결코 가볍게 대할 수 없었던 시인의 지난날의 경험(단적으로, 「겨울 저녁을 닮은 단추」에 나오는 “그 겨울 저녁, 나는 사막 같은 지하 작업실에서 담배를 피우며 나를 태우고 있었다”라는 구절을 찬찬히 읽어 보자)으로부터 시인은 자신의 일상은 물론 자신이 읽는 책이나 자신이 쓰는 책 역시 가벼워서는 안 된다는 생각을 지니게 된 것으로 보인다. 또한 책이 무겁다는 사실을 뼈저리게 인식하고 있기에, 그의 생각과 언어 역시 앞으로도 마냥 가벼울 수는 없을 것 같다. 시인의 개성이란, 꾸며서 나타나는 것이 아니라 이처럼 축적되어 이루어지는 것이리라.

(맹문재 시집 『물고기에게 배우다』, 실천문학사, 2002 / 『2006 ‘작가’가 선정한 오늘의 시』)

힘있는 서정시를 위하여

문인수

1. 유년의 집과 길과 끈

'길 위에서 집을 찾는 인간'이란 테마는 동양과 서양, 혹은 옛날과 지금의 구분을 막론하고 수많은 문학예술 작품에서 반복되어 왔다. 인류의 위대한 문학 유산으로 꼽히는 호메로스의 서사시 『오디세이아』는 주인공 오디세우스가 오랜 시련과 방황의 길을 거쳐 마침내 자신의 '집'을 되찾는다는 이야기다. 호메로스 이후로도 동서양의 많은 시인과 작가들이 저마다의 '오디세우스'를 새롭게 창조해 왔다.

오랜 세월을 두고 수없이 거듭되면서도, '오디세우스'가 문학적 창조성을 잃지 않는 까닭은 무엇일까. 그것은, 인간의 삶이 지닌 보편성과 특수성이라는 두 축의 길항 작용 때문일 것이다. 사람은 누구나 자신의 고향으로 되돌아가고 있는 존재라는 통찰은 인류의 보편성을 전제로 한다. 이에 비해, 사람은 저마다 자신의 다리와 의지로 집으로 가야 한다는 명제는 개인적 특수성을 가리킨다. 인류의 보편성과 개인적 특수성이 만나는 자리에서 우리는 문인수 시인의 다음 작품을 읽을 수 있다.

길이 막히거든 노숙을 해봐라.

달빛 아래
나무의 낯선낯선 이파리들이 눈앞을 저어 가면서 가장 먼 별들이 귓
전으로 가슴으로 스며 내리면서 풀벌레 소리들 무수히 번져 에워싸면서
그대 겨드랑이에다가 하염없이 짜넣는
그 달빛이 무엇이 되는지

팔 벌리고 누우면 허수아비 같고
돌아누우면 좀 춥고
몸 웅크리면 섬같이 되어서

날고 싶을 것이다.

달빛 아래
그 어디로 길이 열리는지
먼 타관으로 가서 노숙을 해봐라.
　　　─「세상 모든 길은 집으로 간다」 전문(『세상 모든 길은 집으로 간다』, 1990)

이 작품은 타향에서 삶의 길을 찾는 사람들에게 들려주는 경구의 형식을 취하고 있다. 고향을 떠나온 사람은 낯선 타관에서 기를 펴지 못하거나, 날씨나 풍토가 몸에 맞지 않아 탈이 나기 쉽다. 더욱이 고향을 떠났다는 의식 자체가 그에게는 커다란 부담이다. 이런 처지에 길마저 막혀 버렸다. 이처럼 객지에서 삶의 길을 잃고 방황하는 사람들에게 시인은 뜻밖에도 노숙을 권한다.

이슬을 맞으며 한데에서 잠을 자는 행위는 고향 떠나온 자를 완전히

무장 해제시키는 일이다. 그런데 이 무장해제로부터 새로운 길을 찾는 실마리가 잡힌다는 것이 시인의 역설적인 생각이다. 타향 생활에 적응하기 위해 사람들이 은연중 지니기 쉬운 것이 필요 이상의 방어 본능과 비굴함 혹은 공격성이다. 이런 성향을 무기로 삼아 사람들은 고향 떠나온 삶을 견디는 것이다. 타인을 향하던 그 무기는 그러나 어느 순간엔가 거꾸로 자신을 향하게 된다. 시인이 권하는 노숙은 바로 이 단계에서 과도한 방어 본능과 공격성을 해제하는 역할을 한다. 사람이 자연 속에서 본연의 순수성을 자각할 때, 비로소 자신의 내부에 이미 존재하고 있었던 집으로 가는 길을 되찾을 수 있기 때문이다.

그런데 이 모든 과정을 비추고 있는 것은 다름 아닌 달빛이다. 이 달빛은 저 백제 시대까지 시간을 거슬러 오르내리며 시인으로 하여금 세상 모든 길은 마침내 집으로 향한다는 사실을 거듭 확인하게 한다. 「정읍사의 돌」에서도 시인은 고향의 달빛을 매개로 강렬한 귀소 의식을 이렇게 노래한 바 있다. "벌써 몇 해가 지났건만/그대 여전히 삽짝 밖에 나와 서 있다./그대 뿜어 올리는 먼 달빛으로 보이나니/이 수렁을 지나 돌아가겠다." 고향집을 떠나온 자에게 현실은 한 번 발 디디면 쉽게 빠져나올 수 없는 수렁과도 같다. 그럼에도 그 수렁을 지나 다시 집으로 돌아가야 한다는 시적 화자의 의지에는 변함이 없다.

이렇듯 현실을 수렁으로 인식하고 거기에서 벗어나려는 사람의 의식 깊숙한 곳에 자리하는 것은 과연 무엇일까. 문인수 시인에게 그것은 유년 시절의 고향이다. 시간을 거슬러 유년 시절의 어머니와 아버지와 숱한 그리움의 세계로 돌아가는 것이야말로 문인수 시의 뿌리를 이룬다.

마루 밑으로 장독대로 삽짝 뒤 헛간 속으로
달구지 밑이거나 오동나무 뒤 풀덤불 속 짚볏가리 뒤로
팽팽하게 땡기던 빨랫줄 같은 거.

> 종록아 만효야 희천아 종호야
> 어머니들이 자꾸 불러들이던 저
> 저녁노을 속으로 또
> 팽팽하게 땡기는 빨랫줄 같은 거.
> ─ 「술래」 전문(『세상 모든 길은 집으로 간다』, 1990)

어머니가 유년 시절의 시인을 집으로 불러들이던 그 목소리는 아직도 "팽팽하게 땡기는 빨랫줄"로 시인의 의식을 고향 쪽으로, 어머니 쪽으로 당긴다. 시적 화자는 세상 어디에 있든 자신을 고향으로 이끄는 어머니의 존재를 인식하는 것이다. 이런 정황은, "어머니는 내 양손에다가 실타래의 한 쪽씩을 걸고/그걸 또 당신 쪽으로 마저 다 감았을 때/나는 연이 되어 하늘을 날았다."(「실」, 『세상 모든 길은 집으로 간다』, 1990)고 진술한 것과 같은 의미 영역에 속한다. 또한 그것은, 「칼국수」(『홰치는 산』, 1999)에서처럼 성인이 되어 타향에서 칼국수를 먹으며 어머니와 고향을 그리워하다가 칼국수 가닥을 이어 붙여 고향과 통화하려는 시인의 순수한 발상으로 이어진다. 이처럼 시인을 유년의 고향으로 이끄는 어머니의 모티프는 빨랫줄, 실, 칼국수 등 '끈'의 형태를 띤다. 마찬가지로, 시인과 아버지를 잇는 것 역시 '끈'의 이미지다.

> 하관을 하고 어허, 달구 마쳤다.
> 야트막한 산, 산세 흘러내리는 대로 따라 내려오니,
> 산 아래 오니 오줌 마렵다.
> (아버지!) 붉은 봉분 올려다보며 오줌 눈다.
> 根 끝, 예까지 흘러내리는 산,
> 이 길고 긴, 뜨신 끈이여.
> ─ 「오줌 : 아버지」 전문(『홰치는 산』, 1999)

아버지는 아들의 '뿌리[根]'이므로, 돌아가신 아버지를 땅에 묻는 행위는 곧 자신의 뿌리를 땅에 묻는 것과 같다. 땅에 묻힌 그 뿌리에서는

자신의 근원에 대한 그리움의 싹이 움틀 것이다. 오줌이 마려운 것은 일상에서 자연스런 생리 현상이지만, 이 작품 속에서 그것은 자신의 뿌리를 확인하는 계기가 된다. "根 끝"에서 나오는 것은 생리 현상으로서의 오줌일 뿐 아니라, 시적 화자와 아버지와 고향을 이어 주는 '끈'이다. 또한 그 '끈'은 온기를 간직한 '길'이기도 하다. "오줌발은, 그 길고 긴 뜨신 끈은 어디까지 닿았을까요, 밤중에도 소의 고삐는 이랴, 이랴, 아버지에게 닿아 있었던 걸까요"(「오줌 : 겨울소」)라는 구절은 물론 시집 『홰치는 산』(1999)에 실린 여러 편의 '오줌' 시편들도 같은 이미지의 변주이다. 결국 문인수의 시편에서 반복되는 어머니와 아버지의 '끈'의 이미지는, 유년의 집으로 돌아가는 '길'의 이미지와 일맥상통한다고 볼 수 있다.

2. 빈집 혹은 움직이는 달팽이집

어머니와 아버지와 유년기 추억이 동거하는 '유년의 집'은, 현실의 수렁을 지나야 하는 시인을 위무하는 세계이다. 그렇지만 그곳은 회고적인 자기 안주의 세계라는 한계를 지닌다. 오디세우스가 오랜 시련과 방황을 거쳐 어렵사리 찾은 '집'을, 시인 문인수는 너무도 쉽게 추억하는 것이 아닌가. 무엇보다 현실의 공간에서 자신이 살아갈 집을 찾아야 하지 않을까? 시인 역시 이 점에 대해 일찍부터 고심한 것으로 여겨진다. 시집 『세상 모든 길은 집으로 간다』(1990)에 실린 '빈집' 시편들은 그 고심의 흔적으로 보인다.

싸릿대 삽짝 풀썩 허물어진다 누구요
오두막 헛간채의 삭은 디딜방아가 쿵더쿵 쿵덕 오래 쌓인 먼지를
찧고 있다 누구요

> 봉당에 매달린 솔비 짚소쿠리 함지박서껀 쿵덕쿵 쿵덕 한꺼번에 흔
> 들린다 누구요
> 쪽마루 밑 삽살개 소리도 자지러지게 굴러 나와서 앞마당 수북이
> 강아지풀 개밥풀들이 바람 밑으로 뒷곁으로 달아난다 누구요
> 방문 정지문이 쿵덕쿵 쿵덕 여닫히며 허물어지며 누구요
> 누구요 누구요 누구요
>
> — 「두메, 빈집에 들어서니」 전문

시인 자신이 추억하는 유년의 집이 현실적으로는 '빈집'에 불과한 것이 아니냐는 문제의식이 이 작품의 밑바닥에 깔려 있다. 각 행의 길이를 두드러지게 길게 배치한 것은, 그 빈집에서 무엇인가 살아 있는 것을 찾아내고자 하는 시인의 간절한 희망을 드러내 준다. 그러나 그 희망의 끝에는 "누구요"하는 환청만이 자리할 뿐이다. 자신이 찾아낸 현실의 집에서 "누구요 누구요 누구요" 하는, 시인의 실존에 대한 진지한 자기 질문에 직면한 것이다. 더욱이 "감홍시 몇 개를 파 먹고, 저 까마귀 휘적휘적 물 따라 이 마을을 떠난다"(「두메, 빈집을 떠나며」)라는 구절에서는, '빈집'의 의미 영역이 '빈 마을'로 확대되는 것을 감지할 수 있다.

시집 『뿔』(1992) 이후 최근까지 이어지고 있는 '정선' 시편들 역시 현실 속에서 '유년의 집'을 찾으려는 노력의 한 부분으로 읽힌다.

> 흐린 봄날 정선 간다.
> 처음 길이어서 길이 어둡다.
> 노룻재 새재 싸릿재 넘으며
> 굽이굽이 막힐 듯 막힐 것 같은
> 길
> 끝에
> 길이 나와서 또 길을 땡긴다.

내 마음속으로 가는가

— 「정선 가는 길」 부분(『뿔』, 1992)

정선읍 들어설 때는 뒤돌아보지 마라.
저 쇄재가 자물통같이 철커덕, 저문다.

생각하면 여러 재, 재 넘어 넘어왔다.
조양강 물굽이가 또한 여러 굽이 몸에 차게 감긴다.

돌아눕지 마라, 돌아눕지 마라.
저 소쩍새 밤새도록 재 넘어간다, 못 간다.

— 「정선 1박」 전문(『문학과창작』, 2000. 3)

「정선 가는 길」에서 보이듯, 시인에게 정선을 찾아가는 길은, "내 마음속으로 가는" 길이기도 하다. 정선은 현실에 실재하는 지명인 동시에 시인의 마음속에 추억의 한 공간처럼 자리하는 곳이기 때문이다. "정선읍 들어설 때는 뒤돌아보지 마라"는 설화적 금기를 맨 앞에 내세우고 있는 「정선 1박」에서 이 점은 더욱 분명해진다. 단 하룻밤을 묵더라도 "쇄재가 자물통같이 철커덕" 외부 세계의 힘을 차단하는 공간인 정선은 그만큼 현실성을 상실한다. 소쩍새가 밤새도록 우는 그곳은 슬픔 혹은 한을 머금은 곳이기도 하지만, 현실성이 결핍된 만큼 역으로 시적 화자에게는 위안의 공간이 된다.

그러나 시인에게 진정으로 필요한 것은 회상적인 자기 안주의 세계가 아닐 것이다. 실재하기는 하지만 현실성이 거세된 공간 역시 마찬가지다. 시인은 일찍이 달팽이의 빈 껍질을 들여다보며, "또 엉뚱한 구름이나 낚다가//그대/단칸 움집마저 비웠구나"(「그대 움집」, 『세상 모든 길은 집으로 간다』, 1990)라고 탄식한 바 있다. 아무리 작고 누추한 집이라도 그 안에 사람이 들어 살아간다면 그것은 이미 빈집이 아니다. 더욱이 달팽이집 이미지는 시인의 집 찾기에서 매우 중요한 단서를 내포하고 있는 것으로 생각된다.

> 검은 수렁 한복판을 느릿느릿 간다 저런 절 한 채를 뒤집어쓰고 살 수 있다면…… 동해안 아름다운 길 길게 풀린다.
>
> — 「달팽이」 전문(『뿔』, 1992)

집도 절도 없는 타관에서 '움직이는 집'을 갖는다는 것은 얼마나 근사한 일인가. 그 경지에 이른다면 세상의 모든 길이 집으로 가는 것이 아니라, '움직이는 집'이 가는 모든 곳이 길이 될 것이다. "동해안 아름다운 길 길게 풀린다"는 표현은 바로 이런 정황을 내포할 것이다. 인용시에서는 '집'이 아니라 '절[寺]'로 되어 있어 미심쩍은 데가 없지 않지만, 이 작품은 시인의 집 찾기에서 새로운 경지를 배태하고 있다고 판단된다.

3. 슬픔의 미학을 넘어서

시집 『뿔』(1992)의 해설에서 이하석은 문인수의 시와 가장 잘 어울리는 시인으로 박용래를 꼽고, 문인수 시의 아름다움을 '눈물의 미학'이라 이름했다. 이승하 역시 문인수의 시 「풀뽑기」를 분석하는 자리에서 문인수를 김영랑 이래 김종삼, 박용래, 박재삼 등의 '슬픔의 미학'을 계승하는 시인으로 보았다.(『현대시학』, 1997. 11) 실제로 문인수의 시편들은 밖으로 절제되고 안으로 응축된 서정시의 모범을 보여 주면서, 그 밑바탕에는 슬픔 혹은 한이랄 수 있는 보편적 정서를 담고 있다. 이를테면 「뿔의 뿌리는 슬프다」라는 작품에서 시인은, 단단하고 뾰족해서 어떤 적의를 지닌 뿔처럼 보이는 돌의 밑바닥을 들춰보고는, "슬픔으로

된 뿌리인 것 같다"고 인식한다. 이는 타인의 적의마저 슬픔으로 무화
시키는 법을 체득한 시인의 일면을 드러내는 것이다. 이런 측면에서 이
하석과 이승하가 앞서 행한 평가는 타당하다. 그러나 이 평가들이 문인
수의 모든 시에 적용되는 것은 물론 아니다.

> i) 어느 처마 낮은 대폿집에 들고 싶다.
> 　따순, 분통 같은 방 하나 있었으면 좋겠다.
> 　지분냄새 자욱하여 불콰히 취기가 오른다면
> 　육자배기로, 흘러간 유행가로 질펀 흘러갔으면 좋겠다.
> 　젓가락 장단으로 아, 뚝 뚝 꺾어낸 억수장대비의 북채로
> 　동백 동백 같은, 늙은 작부의 상처 또한 붉게 씹으리.
> 　다시 한 사발, 여자의 과거사를 가득 부어 마시면
> 　지리산, 악산 산 거칠수록 더 여러 굽이 굽이굽이 풀려서
> 　그러나 물이 불어 시퍼렇게 자꾸 깊어가는 섬진강.
> 　저 긴 긴 목울대 치받치며 끄윽 끅 꺾이며 흘러가는 거
> 　보라, 逆鱗 떨며 떨리며 대숲은 섧고
> 　또 섧다 난분분난분분 매화 뿌린다.
> 　　　　　　　　　　　　　— 「매화」 전문(『뿔치는 산』, 1999)

> ii) 지리산 앉고,
> 　섬진강은 참 긴 소리다.
>
> 　저녁노을 시뻘건 것 물에 씻고 나서
>
> 　저 달, 소리북 하나 또 중천 높이 걸린다.
> 　산이 무겁게, 발원의 사내가 다시 어둑어둑
> 　고쳐 눌러 앉는다.
> 　이 미친 향기의 북채는 어디 숨어 춤추나
> 　매화 폭발 자욱한 그 아래를 봐라
> 　뚝, 뚝, 뚝, 듣는 동백의 대가리들.

선혈의 천둥
난타가 지나간다.
— 「채와 북 사이, 동백 진다」 전문(『시안』, 1999. 여름)

위의 두 작품은 공통적으로 '지리산, 섬진강, 북채, 매화, 동백' 등의 중심 이미지를 축으로 시상이 전개되고 있다. 다수의 동일한 중심 이미지가 연작 형태가 아님에도 불구하고 서로 다른 두 작품에서 변주되었다는 점에서 흥미를 끈다. 그렇지만 우리는 같은 이미지를 활용한 두 작품이 산출하는 시적 의미와 효과가 매우 다르다는 데 주목해야 한다.

ⅰ)에서는 무엇보다 늙은 작부의 젓가락 장단에 맞춰 부르는 육자배기나 흘러간 유행가에서 서러움이 묻어난다. 늙은 작부의 삶의 아픔에서 동병상련의 정을 느끼는 화자를 통해 독자는 서러움이나 한의 정조에 쉽게 젖어들게 된다. 그 서러움의 정조는 "물이 불어 시퍼렇게 자꾸 깊어가는 섬진강"처럼 연원이 깊은 것이다. 우리는 이 작품에서 '슬픔의 미학'이라는 기존의 평가를 재확인할 수 있다.

ⅱ)에서는 그러나 사정이 다르다. 삼엄한 지리산 산자락과 유장한 섬진강의 흐름이 만나 이루는 한바탕의 소리마당에서 꿈틀거리는 힘을 느낄 수 있다. 지리산은 고수처럼 앉고 섬진강은 소리꾼이 되어 유장하게 소리한다는 첫 연의 표현은 절묘하다. 더욱이 지리산 같은 고수와 섬진강 같은 소리꾼이라는 설정은, "참 긴 소리"를 하면서도 서러움의 정조에 빠지지 않게 하는 의연함을 예비한다. 떠오르는 달을 보고 소리북이 걸렸다고 묘사한 것 역시 예사롭지 않으며, 숨어 춤추는 북채, 폭발하는 매화, 뚝 뚝 선혈처럼 떨어지는 동백 대가리 등은 서러움을 안으로 응축시키는 동시에 밖으로 힘차게 발산하는 정신의 힘을 느끼게 한다. 그 이미지들이 너무 강렬해 작품 안에서 사람의 체취를 지워 버리는 것은 아닌가 생각될 정도이다. 이 작품은 문인수의 다른 시편들이

보여 주었던 슬픔의 미학을 한 차원 넘어서고 있다. 우리는 이 작품에 '힘있는 서정시'라는 이름을 붙일 수 있을 것이다.

그동안 문인수는 슬픔이나 한의 정조를 통해 길 위에 선 인간의 본원적인 귀향 의식을 시적으로 형상화하는 데 익숙한 솜씨를 발휘해 왔다. 그의 시편들이 독자에게 주는 감동은 상당 부분 슬픔이라는 인간의 본원적 정서에 기반을 둔 경우가 많았다. 그러나 문학의 영역에서 익숙함이란 자칫 잘못하면 상투성에 안주하는 위험을 내포한 것이기도 하다. 그의 시에서 구체적인 생활 체험과 힘있는 서정을 더 기대하는 것은 바로 이 때문이다.

(『서정시학』, 2000년 하반기)

얼음신발로 벼랑 위를 걷는 여자

신달자

　남의 속은 잘 모르는 일이어서 내가 보기에는 신데렐라의 유리구두를 신고 붉은 카펫 위를 폭신폭신 걸어가듯 살아가는 사람들이 있기 마련이다. 그런 사람들에게는 설령 불행이 닥치더라도, 카펫 위에 떨어진 모래알 한두 개를 주워 내듯 간단히 불행은 끝나고 다시 행복이 시작될 것만 같다. 신달자 시인이 바로 그런 경우에 해당하는 인물이다. 적어도 소설과 수필의 영역에서 그녀가 거둔 눈부신 성과에 주목한다면 말이다. 그러나 신달자의 시를 한 번이라도 찬찬히 읽어 본 독자라면 그녀의 작품 속에서 잠시나마 난감했던 기억이 있을 것이다. 무엇보다 일상적 자아와 시적 자아를 명확히 구분하기 힘든 그녀의 작품 속 화자들의 삶은 결코 눈부시지 않기 때문이다. 더 정확히 말하자면, 신달자 시의 화자들은 그녀를 지켜보는 사람들이 자신도 모르게 스스로의 눈을 의심하게끔 만든다. 아니, 반짝반짝 빛나는 유리구두가 아니라 발 시린 얼음구두를 신고 있었다니. 더욱이 카펫이 아니라 벼랑 위를 걷고 있었다니!

　　그렇다면 도대체 그녀는 어떻게 자신의 삶을 지탱해 온 것일까. 아 그러고 보니 1990년에 나온 그녀의 소설 『물 위를 걷는 여자』의 마지막 부분이 생각난다. 일과 사랑 모두 실패했다고 판단한 여자 주인공이 자살을 결행하려다가 마음속으로 외치는 대목이다 : "이렇게 끝나서는 안 된다. 나는 강물 속에 잠겨서는 안 된다. 나는 강 위를 걸어야 한다. 아니 걸어서 날아야 한다." 소설가 신달자가 지어낸 이 외침 속의 집요한 생명 의지는 이제 와서 보니 시인 신달자의 것이었다. 이렇게 말하는 게 잘못일까? 그렇지는 않을 것이다. 가령, 수필가와 소설가로서 신달자의 영광과 상처는 언제든 시인 신달자의 상처와 영광이 될 수도 있기 때문이다. 그런 게 삶이 아닐까. 이번에 발표하는 다섯 편의 신작시는 얼음신발을 신고 벼랑 위를 걷듯 살아온 시인의 내면을 매우 압축적으로 드러낸 작품들이다.

> 가을이 그를 데리고 갔다
> 안간힘으로 겨우 발목을 덮었던
> 이 세상의 가장 따뜻한 옷깃 한 자락
> 하필이면 가을은 더는 구할 수 없는
> 내 심장 한쪽을 가져갔을까
> 대신 얼음신발 하나 두고 갔다
> 그것을 신고 앞으로 나 미끄럽게 살겠네
> 제대로 서 있지 못하고 위태롭게 흔들리겠네
> 가을이 사라진 쪽으로 너를 부르지만
> 이미 소리보다 먼저 내 몸도 앞질러 달아났다
> 아파서 뒤따르지 못한 가슴 한쪽만
> 세상이 다 얼음 위라는 조용한 경종을 듣고 있네
> 어디를 디뎌도 세상은 얼음신발 하나네
> 그러나
> 그대가 우리의 별이라고 하던 그 별에
> 내 두 발에 매달린 얼음신발

업보의 쇳덩어리 다 녹을 때는 닿을까
내 발이 함께 얼음이 되더라도
나 기어이 그 별을 걷고 걸어
생의 가설무대를 허물어 그 별에 다시 짓겠다
이마로 박박 얼음 문질러 화끈한 불꽃 활활 켜고
사라진 가을을 헤집어 너를 찾겠다

— 「얼음신발」 전문

누구든 어떤 대상을 가리켜 '내 심장 한쪽'이라 말할 때는 비장해지는 법이다. 한편으로는 사랑스럽고 또 한편으로는 슬프면서도 그 사랑을 지키고 그 슬픔을 억누를 수 있는 내면의 의지가 그 말 속에는 이미 배어 있기 때문이다. 그럼에도 사람의 힘으로는 저항할 수 없는 어떤 힘에 의해 '내 심장 한쪽'마저 잃게 되는 경우가 있다. 그때, 대부분의 사람들은 절망한다. 서툴게 만들어진 비극의 결말에 선뜻 동의하기 어려운 것처럼, 자신에게 납득할 수 없는 불행이 닥치는 순간 스스로의 삶을 지탱하던 의지와 미덕의 인과 고리가 이제는 끊어졌다고 생각하기 때문이다. 이 같은 상황을 시인은 '얼음신발'로 표현한다. 그 얼음신발을 신을 것인가 말 것인가. 이 선택은 한 사람의 인생관을 극명하게 드러내 준다. 이 시의 화자는 얼음신발을 받아들이는 쪽을 택한다. 그로부터 세상은 온통 얼음덩어리로 변하게 될 것이 분명한데도 말이다. 화자는 이렇게 말하는 듯하다. 어느 경우라도 자신의 생을 살아가는 것 그 자체가 가장 아름다운 능력이다, 라고. 이러한 진술은 그러나 일회적 선언으로는 그 진정성을 얻기 힘들다. 우리 독자들에게는 또 다른 증거가 필요하다.

이 대목에서 신달자 시인의 등단 작품 가운데 「발」 연작이 있었다는 사실은 참으로 공교롭다. 이미 30여 년 전에 그녀는 이런 시를 썼다: "기성화를 샀다/발가락 하나의 통증을 견디며/길드는/발/아픔의 침묵 속에/

헌신하는/발의 진실". 이 작품에서의 '기성화'가 한 세대 후에 '얼음신발'이 되었다. 우리들이 운명이라 부를 수 있는 삶의 어떤 특징적인 경향은 자기 뜻대로 결정할 수 있는 '맞춤구두'가 아니라는 것이 시인의 생각이다. '기성화'에 자신의 발을 집어넣고 아픔을 참아 가며 구두를. 길들이듯, 자신의 운명이란 것을 맞아들여야 한다는 말이다. 지나치게 수동적이라고? 언뜻 그렇게 들린다. 그러나 따지고 보면 그렇지 않다. 「얼음신발」의 마지막 두 문장을 읽어 보자. 두 문장이 각각 "짓겠다", "찾겠다"로 종결된다. 화자의 의지를 나타내는 선어말 어미 '-겠-'이 시의 리듬을 딱딱하게 만드는 대신 시인의 단호한 태도를 거듭 강조하고 있음이 드러난다. 삶이 부단한 선택의 과정이듯 시를 쓰는 것도 이처럼 시의 여러 가지 요소들을 선택해 나가는 과정의 연속이다. 그런 선택을 통해 주체의 의지가 강조되고 또 단련된다. 다음 작품들에서 끊임없이 허공을 떠돌아야 하는 티끌이나, 생명이 깃들기 힘든 폐허 같은 시적 대상물을 통해 시인이 드러내려는 것 역시 이와 무관치 않다.

> i) 지상에 비집고 앉을 자리 하나 없어
>   위로 솟아 떠다니는
>   주인 없는 허공무덤
>   사실은 허공에서도 한자리를 얻지 못하는
>   처절한 슬픔의 입자들
>   누구의 호명도 아예 없는 실종
>   방향 잃은 비행물체의 느린 걸음
>   무게 없는 긴 행렬
>   세상에 그 몸 어디에도 엮어 닿을 곳이 없었구나
>   차라리 바닥을 기었으면 좋았지
>   언제 그 몸을 풀어 완전 소멸에 닿겠는가
>
> — 「부유물(浮遊物)」 부분

    ii) 찬 바람 마른 풀들과 부딪쳐 서로 울음 커지는
       이 폐허.
       이 폐허. 분노의 잡풀 우거져 무섭게 빨리 늙어버리는
       이 폐허.
       이 폐허. 사람은 없고 그림자만 너울거리는
       그림자도 하나씩 숨이 멎어 사라지는
       이 폐허
       그러나 보아라 단절의 침묵이 깊을수록
       시간의 알갱이들이 캄캄하게 누워 있는
       폐허의 가슴에 손을 대면
       만져진다 들린다 나는 너를 느낀다

— 「이 폐허를 보라」 부분

이 세상은 아는 만큼 보이는 것도 사실이지만, 때로 주체와 세계와의 거리가 바투 다가선 경우에는 원하는 만큼 느낄 수 있다는 말이 더 적절할 듯싶다. 작품 i)에서 시인은 지상에서도 허공에서도 제자리를 잡지 못한 채 떠도는 티끌을 보면서 '허공무덤'이란 말을 만들어 낸다. 주목할 것은 그 허공무덤을 꾸미는 또 다른 말들이다. 위에 인용한 부분에서만 '없다'라는 표현이 무려 다섯 번 나온다. '티끌'이라는 시적 대상물을 끌어들여 시적 자아의 내면에 도사린 철저한 부정 의식을 드러내고 있는 것이다. 문제는 여기서 언급된 '없다'라는 표현이 완전 소멸이나 해탈을 의미하지는 않는다는 점이다. 거기에는 아직도 '슬픔'이라는 감정의 입자가 개입하고 있다. 이런 사정은 작품 ii)의 경우에도 마찬가지다. 짧은 시구 "이 폐허."를 반복 배치함으로써 산출된 위기의식과 단절감이 내재되었기에, "나는 너를 느낀다"는 구절이 비로소 설득력을 얻는다. 시적 주체가 자신의 내면에서 원하는 그만큼만 세상은 '느낌'을 허락하는 것 같다. 그 느낌을 증폭하거나 또는 변조하는 일이 곧 시인의 시 쓰기 작업일 것이다.

귀국길
비행기 안에서도 가슴을 틀어 안고
내 가슴의 잎새가 떨어질까
비행기가 흔들리면 푸른 말로 갈아타고
푸른 말이 위태로우면 푸른 하늘을 타고 날았습니다
오 잎새 하나!
무의의 나신으로 나는 수술실에 하나의 잎새로 누웠습니다
친절하게도 내 주치의는
세계 문학전집에서 걸어 나와 푸른 옷을 입은
오 헨리와 베어만 노인 화가가 되어 수술을 했습니다
어머니가 보이데요
어머니가 총감독으로 고향집 텃밭 뽕나무 잎을 들고 있어요
아가야 날개를 다는 수술을 한단다 젊은 엄마의 목소리가 들렸습니다
왠지 마음이 푸르데요
도화 꽃나이는 아니라도 끝물 호박가지도 아닌 나인데
아 어쩌나 젖가슴 째고 잘라내고 꿰매고 호호 불고 나니
입술 꾹 다문
잎새 하나만은 그대로 푸르게 남겼습니다
시리고 아픈 시 한 줄 서늘히 남겼습니다

— 「마지막 잎새」 부분

    이 시는 「마지막 잎새」의 작가 오 헨리가 문필 활동을 시작할 무렵 살았던 텍사스주 오스틴의 옛집을 방문한 이야기에서 출발한다. 그리고 이 시의 도착 지점은 고통과 슬픔 속의 마지막 희망이자 보상인 시 쓰기에 대한 자각이다. 신달자 시인으로서는 자신의 시 쓰기 행위에 대한 존재론적 탐구를 진행하고 있는 셈이다. 그 탐구의 과정에서 독자들은 시인의 내밀한 사정까지 엿보게 된다. 이를 짐작했는지 시인은 일부러, "아가야 날개를 다는 수술을 한단다 젊은 엄마의 목소리가 들렸습니다" 라는 구절을 통해 동화적 분위기를 연출한다. 그럼으로써 "째고 잘라내고 꿰매고 호호 불고" 하는 현실의 충격적 사실들을 완화시키는 한편

시인 자신과 독자들 사이의 거리를 효과적으로 조절한다. 결국 신달자 시인에게는 시 쓰기가 바로 자신의 생의 의지를 북돋우는 '마지막 잎새'였던 것이다. 그런데 오 헨리의 작품에서도 그랬지만 신달자 시인의 이 작품에서도 '마지막 잎새'는 엄밀히 말해 실체가 아니라 하나의 형태이다. 노인 화가 베어만이 그려서 만들었고, 시인 신달자가 노래해서 만들어 낸 의도의 결과물이라는 것이다. 그 '마지막 잎새'는 물론 끈질긴 생명 의지의 등가물이다. 이번 신작시 중에서 마지막에 언급하려 아껴 둔 다음 작품에 나오는 '죽은 소나무' 역시, '마지막 잎새'의 변주에 해당한다.

너무 늦게 왔다

정선 몰운대 죽은 소나무
내 발길 닿자
드디어 마지막 유언 같은 한마디 던진다
발아래는 늘 벼랑이라고
몸서리치며 울부짖는 나에게
몇몇 백년
벼랑 위에 살다 벼랑 위에서
죽은 소나무는
내게
자신의 위태로운 평화를 보여주고 싶었나봐
죽음도 하나의 삶이라고
하나의 경건한 침묵이라고 말하고 서 있는
정선 몰운대 죽은 소나무
서 있는 나무시체는
죽음을 딛고 서서
따듯하고 깊은 목숨으로
내 마음에 돌아와

앞으로 다시 몇몇 백 년
벼랑 위의 생을 다짐하고 있다
그래 너무 늦게 갔다

— 「벼랑 위의 생」 전문

　죽은 소나무가 화자에게 "발아래는 늘 벼랑"이라거나 "죽음도 하나
의 삶"이라고 말하더라는 이 작품의 시적 허용이 독자에게 용인되는 순
간, 이 시의 서술 시점은 일인칭 주인공 시점에서 전지적 작가 시점으
로 확대된다. 이로 말미암아 강원도 정선의 몰운대라는 곳에 실제로 존
재하는 '죽은 소나무'는 이 시에서 하나의 아이콘이 된다. 실제로는 죽
었으면서도 의미론적으로는 살아 있는 도상 같은 존재가 되는 것이다.
"죽음도 하나의 삶"이라는 시구가 이 시에서 얼마나 적절하게 그 의미
를 부려 놓았는가 하는 점이 자연스레 증명되는 셈이다. 그런데 이 시
에서 '죽은 소나무'가 서 있는 자리는 다름아닌 '벼랑'이다. "발아래는
늘 벼랑이라고/몸서리치며 울부짖는 나"에게 이 사실은 적잖은 위안이
며 동시에 크나큰 부끄러움이 된다. '얼음신발'을 신고 벼랑 같이 가파
르고 위태로운 세상을 나 홀로 헤쳐 왔다고 여기고 있던 시적 자아에게
'죽은 소나무'는 일종의 죽비 같은 것이었으리라. 더 나아가 시적 자아
는 '죽은 소나무'를 통해 그동안에는 보지 못했던 새로운 세상을 바라
보았으리라. 벼랑 끝 하늘과 맞닿은 곳에 '죽은 소나무'가 세상을 내려
다보며 아직도 '살아 있다'. 그 새로운 인식의 지점까지 시인은 그리고
우리는 이 시의 결구처럼, "그래 너무 늦게 갔다"고 말해야 할 듯하다.
　이 작품에서 시인은 자신의 개인적 경험의 주관성을 독자들의 보편
적 감성의 영역에 정교하게 삽입함으로써 폭넓은 공감대를 형성했다.
이때 중요한 역할을 한 것은 이미지의 현란한 나열이 아니라 말을 아낌
으로써 역설적으로 얻어낸 서사의 자연스런 압축이다. 바로 이 대목을

우리는 주목해야 하고, 또한 이런 측면에서 이 시는 좋은 시라 할 수 있다. 이 작품은 말을 극도로 아끼면서도 긴 이야기를 유려하게 풀어내는, 신달자 시인 특유의 시작 방법에 대해 많은 기대를 걸게 만든다.

돌이켜보면 1973년의 첫 시집 『봉헌문자』로부터 2004년의 열한 번째 시집 『오래 말하는 사이』와 이번의 신작시에 이르기까지 그녀의 시는 '자아'와 '여성', 또 '가족'의 문제를 통해 독자들의 공감의 영역을 넓혀 왔다. 독자의 한 사람으로서 나는, 그녀의 시세계가 기존의 테두리를 넘어 '우리'의 영역까지 그 공감의 범위를 확장해 나가기를 바라고 있다.

(『시와사람』, 2006년 봄호)

항명과 망명 사이의 불안과 부끄러움

여태천

여태천의 첫 시집 『국외자들』(2006)은 문제적 현실에 대한 항명과 망명 사이에서 머뭇거리는 시적 자아의 내면 기록이다. 시집을 열면 그를 휩싸고 돌던 항명에 대한 불안과 망명에 대한 부끄러움이 행간을 비집고 나온다. 다음 순간 독자들은 그 불안과 부끄러움이 시집 속에 살던 시인의 것만이 아니라 바로 자신의 것이었음을 깨닫게 된다. 먼저, 이 시집에서 돌출하고 있는 국외자 의식을 살펴보자.

종탑에서 빛이 흘러넘치는 때면
나는 이런 말을 곧잘 노트에 쓰곤 했었다
부끄러워하라
부끄러워하라
너무 하얘진 얼굴과
여지없이 들이닥치는 방문과 위로마저

종탑은 낡았고 빛은 희미했다

> 사람들은 가벼운 신발을 신고 이곳을 떠났다
>
> 달콤한 사과처럼 익어가는 시간은
> 그대에게로 가는 엽서에도 있어서,
> 나는 또 이런 말을 기어코 찾아 지우기도 했는데
> 수상한 말들의 씨
> 들키기라도 할까봐 내내 불안했다
>
> 부끄러워라
> 부끄러워라
> 마음의 역병과 저 펄럭거리는
> 희고 누런 빨래들이
> 넘치는 하수구와 집집마다 솟은 굴뚝이
>
> 그리고 내다 버린 저 검은 비닐봉지들
> 수백 년 동안 이곳의 아이들이 그렇게 사라졌고
> 앞으로 부끄럼 없이 걸어갈 것이다

— 「국외자(局外者) 2」 전문

시인의 국외자 의식이 일시적인 감정 상태가 아니라 성장 과정을 통해 형성된 일종의 성향이라는 점을 이 시는 잘 보여 준다. 종탑에서 빛이 흘러넘치던 과거는 물론이고 그 빛이 희미해진 현재에 와서도 시적 자아를 지배하는 것은 여전히 부끄러움이다. 부끄러움의 구체적 원인이야 성장 과정에 따라 달라질 수 있겠지만, 시적 자아의 대응 방식은 크게 변하지 않은 것이다.

여태천 시에서 부끄러움은 구체적 행위가 낳은 결과일 뿐 아니라 또 다른 행위나 상태를 유발하는 원인이기도 하다. 이런 맥락에서 보자면, 일상화된 불안이야말로 근원적인 부끄러움에서 비롯된 여태천 시 특유의 정조라 할 수 있다. 여태천 시의 부끄러움과 불안을 근원적인 정조로 환원시키는 작업은 그러나 이 글이 의도하는 바가 아니다. 근원적인 정조를 일상의 시간과 시적 공간으로 끄집어내는 현실의 기제를 우리는 주목해야 하기 때문이다.

　여태천 시의 화자에게 현실은 어떠한 곳인가. 잠깐 「국외자(局外者) 1」의 한 구절을 참조하자 : "가자, 가자, 이곳만 아니라면/노래 같은 것 부르지 않고, 마음 같은 것 훔치지 않을 것이다". 현실에 대한 도저한 부정 의식을 읽을 수 있다. 위에서, "사람들은 가벼운 신발을 신고 이곳을 떠났다"고 진술한 이유가 드러난다. 더욱이 '그대' 역시 '이곳'을 떠났다. 그러나 시적 자아는 그러지 못한다. '그대'에게 보내는 글을 자기 검열할 만큼 커다란 불안에 휩싸여 있기 때문이다. 화자는 다만, "내다버린 저 검은 비닐봉지들"을 대하듯 비판적 시선으로 자신을 들여다볼 뿐이다.

> 늦은 밤 자신(自身)에 집중하는 동안
> 줄줄거리며 몸의 물이 새더니
> 거울 속의 몸이 납작해졌다 갑자기
> 아무것도 걸치지 않은 몸이 두렵다
> 얼마나 오래 여기 머물 수 있을까
>
> ― 「들여다보다」 부분

　현실을 헤쳐 나갈 자신감 대신 자신의 몸에 대한 두려움이 화자를 엄습한다. 게다가 화자의 깊은 내면에서는 현실을 벗어나고자 하는 욕망과 현실에서 소외될지도 모른다는 불안감이 묘하게 교차하고 있다. 바로 이 지점이 국외자의 자리다. 설령 화자가 그 자리를 바꾸는 것처럼 보이더라도, 그는 단지 '한쪽'으로 쏠릴 뿐이다.

> 그때나 지금이나 스텝이 꼬이기는 마찬가지다
> 그때부터 나는 한쪽으로만 돌았고
> 2라운드가 끝나기 전에 카운터펀치를 맞았다
>
> — 「섀도라이팅」 부분

> 그림자가 희미해진 길 위로
> 툭 툭, 소리를 내며 떨어지는 시간들
> 그 뒤로 점차 한쪽으로
> 그대는 한쪽으로만 기울어질 것이다
>
> — 「그대는 오늘도 안녕한가」 부분

> 바람 때문일까
> 바람은 불지도 않았는데 모든 게 한쪽으로만
> 쏠리고 있었다
>
> — 「마음은 왼쪽으로 흘러내린다」 부분

> 어느 날 갈아타는 곳이 사라졌다
> 종착역이었다
> 아버지가 그랬다
> 그는 잘못 든 길을 끝까지 갔다
> 그러다 몸도 집도 다 잃었다
> 종착역에는 아무런 표식도 없었다
>
> — 「불찰에 관한 어떤 기록」 부분

시적 자아의 마음과 몸은 자꾸 한쪽으로 기울어진다. 그게 아니면 한쪽으로만 빙빙 같은 공간을 맴돌고 있다. 시적 자아의 현실 조건이 온전치 못하다는 증거다. '아버지'의 죽음은 특히 한 번 잘못 든 길이 어디에서 어떻게 멈추는가를 눈앞에서 보여 주었다. 그럼에도 부정적 현실이 강요하듯 떠안기는 일상을 시적 자아는 거부하지 못한다. 가령, "언제까지 쳐다만 보고 있을 거니"라는 힐난 섞인 질문에, "면과 면 사이에 일어난 일은 여전히 기록되지 않았다"(「면과 면 사이에 일어난 일」)라는 국외자의 시각이 도드라진다. 또한, "귀를 막고 눈을 감은 그대는/지금 세상에 없는 도로를 걷고 있"다는 진술도 나온다. 어찌 보면 시적 자아는 스스로를 '초식동물'로 생각하고 있는지도 모른다.

> 마지막까지 살아남은 초식동물은
> 더 이상 갈 데가 없어 무릎을 꿇고
> 긴 눈썹의 눈을 감았다
> 픽, 하는 소리와 함께 거푸집 같은 몸이 잠시 흔들렸다
> 더 흐릿한 건물의 외곽에서
> 마지막의 내부를 찬찬히 들여다보는 가로등
> 그 한정 없이 쏟아지는
> 인공의 불빛에 놀라 깼을 때
> 비를 맞은 아랫도리가 시멘트처럼 굳고 있었음을
> 알고서도 얼른 일어서지 못한
> 그곳이 끝이었다
> 결국에는 출발했던 곳으로 돌아오는
> 종점의 버스들, 나는
> 불빛에 붙잡혀 오도 가도 못하고
> 정지한 듯 움직이는 빗방울을
> 투명한 눈으로 한참이나 쳐다보았다
>
> — 「마지막 초식동물」 부분

가까스로 목숨을 부지해 오던 초식동물이 반항 한 번 못해 보고 살해당한다. 그 끔찍한 일이 '나'의 꿈속에서 일어난다. 초식동물은 '나'의 억압된 자아를 대변한다. 그런 '나'를 싣고 달리는 현실의 버스는 끝내 종점을 벗어나지 못한다. 이때 버스에게는 '내'가 하나의 악몽이다. 아니 '나'의 꿈 밖에 있는 버스 역시 '나'에게는 현실의 악몽을 대변한다. 한 번 발 들여놓은 곳에서 영원히 벗어나지 못하리라는 흑마법에 걸린 것처럼 말이다. 이 작품을 통틀어 보면 꿈속과 현실이 겹치는 이중의

악몽이 동시에 진행되고 있는 셈이다.

여기서 흥미로운 점은 그 같은 악몽에 대처하는 방식이다. 여태천의 시에서 그것은 또 다른 유형의 꿈을 꾸는 일로 나타난다. 고된 현실로부터 망명하려는 시적 자아의 욕망이 드러나는 순간이다. 구체적으로 그 욕망은 이데아나 근원에 대한 회귀와 책에 대한 애착으로 표현된다. 아프리카에서 화석으로 발견된 인류 최초의 여인 '루시'를 그리는 것은 앞의 경우에 해당한다.

> 나는 지금 도시의 어두운 구릉에서
> 보이지 않는 머나먼 적색 별의 끝을 바라보네
> 너무 멀어 별의 말을 들을 수 없는
> 텅 빈 저 하늘을 가로지르는 비행선
> 꽁무니를 따라 인공의 구름이 흐르고
> 그 아래로 천천히 열을 지어 지나가는 사람들
> 끝없이 이어지며 바뀌는 표정들, 아이들, 우는
> 그 틈에서 나도 무릎을 펴고
> 한 번도 걸어본 적 없는 땅 위를 걷고 있을 거야
>
> 복숭아 향기 나는 오렌지색 이층버스를 타고
> 인공의 구릉과 호수를 건너
> 당신이 거닐었던 검은 땅으로
> 비행기, 버스, 밤하늘, 나이아몬드
> 내 입 안에서 굴러다니는 이 새로운 단어들의 감촉을
> 어떻게 전해줄 수 있을까
> 루시, 내 말을 듣지 못하는
>
> — 「루시」 부분

살아 움직이는 여인이 아니라 화석으로만 존재한다는 점에서 '루시'는 역설적으로 이데아의 위치를 확보한다. 부정적이며 불완전한 현실을 벗어나려는 시적 자아의 꿈이 그 대체물을 찾아낸 것이다. '나'와 '루시'

사이를 매개하는, "복숭아 향기 나는 오렌지색 이층버스"라는 매우 감각적인 상관물 역시 눈길을 끈다. 그것은 무엇보다 제의 행위를 환기한다. 사용가치 그 자체보다는 불가능해 보이는 소망을 이루기 위한 상징적인 의미에서의 희생물에 더 가깝기 때문이다. 그런데 우리가 마지막으로 주목할 수밖에 없는 것은 이런 상황이다. "너무 멀어 별의 말을 들을 수 없는" 시적 자아가 "내 말을 듣지 못하는" 루시를 노래하고 있다는 것, 아니 더 정확히는 루시를 노래한 비틀스의 음악을 듣고 있다는 것이다. 그의 마음은 '루시'를 통해 잠시 현실을 벗어났을지 모르나 그의 몸은 오히려 현실의 바닥으로 더 가라앉는 형국이다.

또한 책에 대한 시적 자아의 지속적인 관심은 현실을 들여다보는 창으로서의 책이 아니라 현실에서 빠져나가는 문으로서의 책에 대한 애착이라 할 만하다. 가령 "면과 면 사이에 일어난 일들은 여전히 기록되지 않았다"(「면과 면 사이에 일어난 일」)라고 진술하는 한편, "사람들은 건성으로 저를 읽는 편이죠 서운하지는 않습니다 어디에나 마지막 구원은 있는 법이니까요"(「책을 읽는 일」)라고 막연한 기대를 표출하는 식이다. 현실에서 벗어나려는 시적 자아의 욕망이 책갈피에 스며든 예라 할 수 있다. 현실로부터 망명하려는 이 같은 행위로 인해 시적 자아가 느끼는 부끄러움에 관해서는 이미 앞에서 언급한 바와 같다.

현실의 부정성에 항명하려는 자의 불안 의식이나 현실로부터 망명하려는 자의 부끄러움으로부터 여태천 시인이 벗어나기를, 나는 바라지 않는다. 문제적 현실에 대한 항명과 망명, 그 사이에서 끊임없이 머뭇거리며 불안과 부끄러움에 떨어야 하는 것이 좋은 시인의 첫째 조건이라 생각하기 때문이다.

(『현대시학』, 2006년 5월호)

그때 나는 노자의 '골짜기의 신'을 읽고 있었네

유안진

사람에게는 누구나 두 종류의 이름이 있을 것이다. 말을 깨치기도 전 어린아이였을 때 지어진 이름이 그 하나라면, 말은 물론 글까지 배우고 난 뒤 스스로 또는 남들이 'ＯＯ의 귀재'니 'ＯＯ의 시인'이니 하는 식으로 붙여 주는 이름이 다른 하나이다. 앞의 이름이 대부분 아이의 미래에 대한 부모의 소망을 담은 것이라면, 뒤의 이름은 좀더 복잡한 양상을 띤다. 나중 이름은 앞날에 대한 기대뿐 아니라 과거부터 현재까지 이어진 지아 정체성을 압축적으로 반영하는 까닭이다. 아이 적 이름은 무슨 법적 근거를 만들어서든 고칠 수 있지만 뒤의 이름은 붙이기도 쉽지 않거니와 고치기는 더욱 어렵다. 그 이름에는 결코 짧지 않은 시간에 걸친 한 사람의 삶이 걸려 있기 때문이다. 나중 이름은 그래서 그것을 혀에 올려놓고 궁굴리기에는 너무 무거워 보인다. 이럴 때 우리는 시(詩)라는 말의 사원으로 들어가야 하는지 모른다.

한 오십년 살고보니
나는 나는 구름의 딸이요 바람의 연인이라
눈과 서리와 비와 이슬이
강물과 바닷물이 뉘기 아닌 바로 나였음을 알아라

— 「자화상」 부분

물론 농담이긴 하지만
영계영계 하는 친구들이
업어 키운 막내동생처럼 대견스러워지는
여자 오십의 이 합자연증(合自然症)

누가 들어도 하품할 이 나이에는
반나절은 눈이 쉬고 반나절은 귀가 쉬는
겨울산하가 되고 싶다
세상의 누이가 되고 싶을 따름이다

— 「누이」 부분

　　나이에 대한 자각이 두드러지는 두 작품에서 시인은 스스로에게 하나씩의 이름을 붙이고 있다. 시집 『구름의 딸이요 바람의 연인이어라』(1993)에 실린 「자화상」에서는 '구름의 딸, 바람의 연인'이 되고, 『누이』(1997)의 표제작에서는 '세상의 누이'가 되고 싶다고 말한다. 문장 형태만으로 짐작하자면 앞의 경우는 과거형의 확정된 서술이고, 뒤의 경우는 현재와 미래를 아우르는 희망의 개진이다. '구름의 딸, 바람의 연인'이라는 이름에서 우리는 일차적으로 근원적인 고독과 허무에 대한 자각 또는 자유와 사랑에 대한 시인의 지향을 읽어낼 수 있다. 하지만 이 시에 대해 그런 개념어들은 헛헛하다. 모자란 듯한 그 부분을 채워 주는 것은, "눈과 서리와 비와 이슬이/강물과 바닷물이 뉘기 아닌 바로 나였음을 알아라" 하는 구절이다. 요체는 '물'의 이미지가 변주된다는 점이다. 구름의 딸이며 바람의 연인이라 힘주어 노래하고 있지만, 결국 다양하게 표출되는 시적 자아의 겉모습은 내부에서 출렁이는 물을 담는 하나의 '그릇'에 지나지 않는다. 나이 오십에 그 그릇을 깨뜨리는 것. 그것이야말로 시적 자아의 은밀한 소망이었을 것이다.

이런 맥락에서 보자면 '합자연증'이란 시인의 조어가 더 설득력을 얻는다. 고정화된 그릇 속에 담겨 출렁거리는 데 머물거나 그릇을 치장하는 대신 '자연'이라 이름할 수 있는 어떤 것에 스스로를 내맡기는 일, 그 일에 익숙해진 사람을 시인은 '세상의 누이'라 부르는 것이다. 시집 『누이』에 수록된 「오후」나 「나이 들면」 같은 시편들이 담고 있는 것 역시 이처럼 넉넉한 관조와 포용의 삶이다. 그러나 시인의 자기 규정은 늘 위협받는다. 외부 현실로부터, 또 시인 자신으로부터. 최근의 시집 『봄비 한 주머니』(2000)에서 맨 첫 작품이 시인의 존재에 대한 물음으로 이뤄진 것은 우연이 아니다.

> 아기스님들 자꾸 태어나는 돌에
>
> 경주 남쪽 금오산 절벽마다 기대어 서 계신 마애불상 품에
> 얼굴 파묻고 한없이 한없이 울고 싶은 오늘
>
> 이 무궁한 현재에서
> 오늘은 언제인가
> 나는 또 누구인가 무엇인가.
>
> — 「오늘은 언제인가」 부분

대체 누가 저 딱딱하기만 한 돌로부터 '아기스님' 같은 생명을, 믿음을 빚어낼 생각을 한 것일까. 시간과 공간의 막다른 절벽에 소망을 새기고 불상을 살려낼 생각을 대체 사람 혼자 할 수 있었을까? 시적 자아가 마애불상에 얼굴을 '파묻고' 싶다 말할 때, 불상은 이미 딱딱한 돌이 아니라 말랑말랑한 살을 가진 존재가 된다. 돌처럼 딱딱하기만 한 신이

라면 어떻게 '한없이 한없이 울고 싶은', 자기 내부의 출렁거림에 사로
잡히기 일쑤인 사람의 마음을 느껴 알 수 있겠는가. 심지어 다시 태어
나고 싶은, 하지만 차마 말 못하고 에두르고 있는 시적 자아의 자기 정
체성에 대한 물음을 어떻게 받아들여 줄 수 있겠는가. 따라서 다음 시
편들에서 보이는 '피'의 이미지는 지나치게 강렬한 듯하지만 유안진 시
의 맥락에서 마냥 당혹스럽기만 한 것도 아니다.

> 어렵사리 서럽사리 사노라 사랑하노라, 천년을 묵어도 아니 풀릴
> 원한으로, 꼬리가 아홉 달린 구미호라도 되어, 꽃피는 서낭고개 타
> 고 앉아 캉캉 울었으면, 서리 치는 밤하늘을 피칠하며 새웠으면.
> — 「구미호」 전문

> 이 장엄하고 성스러운 백설의 천지에서는
> 내가, 나 같은 버러지가 감히 할 수 있는 일은 없다
> 다만 그저 동맥이나 썩둑 잘라
> 아아 외마디나 바쳐올릴 수밖에는
> 누구라도 그 누구일지라도
> 제 목숨 바치는 제사밖에는
> 그 영광의 제물로 自願하는 수밖에는.
> — 「눈 쌓이는 밤」 전문

> 따먹으면
> 흑장미 꽃잎만한 핏뎅이를 입에 문 채
> 고 자리서 깔딱 숨넘어간다는 독초의 열매 찾아
> 지석묘 杜鵑塚 공동묘지를
> 늦날 빗속 헤매는 도깨비불티 번쩍일 겨울밤 빗소리에
> 문득 목마른 自殺.
> — 「겨울 밤비」 전문

세 편의 작품 모두 피의 이미지가 극한 상황을 부르고 있다. 「구미호」

에서는 '천년'이라는 관용구로 쓰일 만큼 긴 시간과 '서낭고개'라는 막바지 비탈의 공간, 그리고 '꼬리 아홉'이라는 완성 직전의 주술적 숫자들이 시적 자아가 지닌 원한의 감정을 둘러싸고 있다. 여기에 '캉캉'이라는, 양성모음의 배열로써 다분히 여성적인 느낌을 환기하는 울부짖음이 만만찮은 시적 울림을 이끌어낸다. 그 시적 울림은 '서리 치는 밤하늘을 피칠하는' 동인이 된다. 흰눈과 붉은 피, 밤과 흰눈의 색채 대비가 선명한 「눈 쌓이는 밤」에서는 '피'에 그치지 않고 죽음의 이미지가 등장한다. 그 죽음은 이 시에서 표면적으로는 비극적인 것이 아니라 영광스런 것으로 그려진다. '나 같은 버러지'와 '목숨 바치는 제사' 사이의 의미론적 충돌이 죽음이라는 극한 상황에 감정이 끼어드는 것을 차단하기 때문이다. 이때의 죽음은 그래서 방법적인 것으로 느껴진다. 다시 말해 이 시에서 피의 제의는 목숨 바치는 행위 그 자체를 위한 것이 아니라 그 이후의 다른 상황을 예비한다는 것이다.

「겨울 밤비」에 오면 피와 죽음의 이미지가 문학사적 맥락에 의지하는 한편 드러내다시피 확대된다. 가령, 이 시의 첫 부분은 서정주의 「대낮」에서 "따서 먹으면 자는 듯이 죽는다는/붉은 꽃밭 사이 길이 있어//핫슈 먹은 듯 취해 나자빠진/능구렁이 같은 등어릿길"에 그 시적 상상력의 뿌리를 대고 있다. 서정주의 「대낮」에서 붉은색 이미지는 죽음과 삶을 동시에 나타낸다. 따서 먹으면 죽는다는 '붉은 꽃'에서는 죽음을, 시의 후반부에 나오는 '코피'에서는 "강한 향기"라는 수식어구가 암시하는 원초적 관능이나 생명력을 읽을 수 있다. 이때 주목되는 것은 죽음에 이르거나 피를 흘리는 두 경우가 모두 고통을 수반하지 않는다는 점이다. 죽음에는 "자는 듯이" 도달할 수 있으며, 코피는 "강한 향기로 흐르는" 것처럼 묘사된다. 여기서 우리는 죽음과 삶을 구태여 구분하지 않는 듯한 화자의 태도를 감지할 수 있다. 아니, 어찌 보면 「대낮」의 시인이 그려내는 것은 관능과 죽음, 대낮과 밤, 현실과 영원 같은 상대적 개념들의 혼돈 그 자체인지도 모른다. 유안진 시인의 「겨울 밤비」의 경우, '관능'이 보다 뒤로 물러나는 대신 '피'와 '죽음'이 앞에 나와 있다. 시집 첫머리에서 스스로 던진, "이 무궁한 현재에서/오늘은 언제인가/나는 또 누구인가"라는 실존적 물음에 대한 대답은, 이처럼 아득하게 극한으로 치닫는 양상을 먼저 보여 주는 셈이다.

'피'와 '죽음'이 앞으로 나선 상태에서 극한에 가까운 정황을 보여 주는 유안진의 시세계는 한편으로 스스로의 작품 속에 전환의 가능성을 마련해 둔 것으로 보인다. '피'의 이미지가 봄비를 통해 '물'의 이미지로 전이되는 아름다운 정경이 우리 눈앞에 놓여 있다.

320밀리리터짜리
피 한 봉다리 뽑아 줬다
모르는 누구한테 봄비가 되고 싶어서
그의 몸 구석구석 속속들이 헤돌아서
마른 데를 적시어 새살 돋기 바라면서

아냐 아냐
불현듯 생피 쏟고 싶은 自害衝動 내 파괴본능 탓에
멀쩡한 누군가가 오염될라
겁내면서 노리면서 몰라 모르면서
살고 싶어 눈물나는 올해도 4월
내가 할 수 있는 짓은 이 짓거리뿐이라서.

— 「봄비 한 주머니」 전문

어떤 이는 이 시에서 타나토스의 충동을 읽고 가고, 또 어떤 이는 이 시에서 '살고 싶어 눈물나는 마음'을 읽고 가는 수도 있겠다. 그런 독법이 틀렸다고 할 생각은 없다. 하지만 이 시는 진술된 순서 그대로 읽어서는 그 맛과 의미를 제대로 느끼기 어려운 작품으로 판단된다. 나는 아무래도 '피 한 봉다리'를 '봄비 한 주머니'로 전이시킬 수 있는 시적 상상력을 맨 윗자리에 두고 싶다. 이렇게 마음먹고 이 시를 가만 들여다보면 첫 연은 마치 봄비를 머금은 작은 구름처럼 공중에 떠 있다. 아니, 촉촉한 비가 되어 땅으로 내리는 것만 같다. 그 아래에는, 둘째 연이 꼭 비를 맞고 풀어져 버릴 작정을 한 핏덩이인 양 놓여 있다. "내가 할 수 있는 짓은 이 짓거리뿐"이라는 화자의 말은 이 시에서 곧이곧대로 들리지 않는다. 첫 연에서 '피 한 봉다리'를 '봄비 한 주머니'로 옮아가게 한 빼어난 상상력이 둘째 연의 직서적인 진술들을 압도하기 때문이다. 아니, 압도한다기보다는 흐물흐물 녹아들게 만들고 있다는 표현이 적절하다. 아무튼 이 시에는 서로 다른 방향의 욕망이 혼재되어 있으나 보다 중요한 것은 그런 혼돈 속에서 '피'의 이미지가 '물'의 이미지로 전이된다는 사실이다. 물의 이미지를 통해 유안진의 작품들은 또 다른 영역에서 시적 의미의 물꼬를 트는 것으로 보인다.

> 산을 그리워하면
> 나도 세상도 어디서나 험준한 멧부리가 되어 가로막아 서고
> 물을 그리워하면
> 세상도 나도 강물이 되어 낮은 데로 흘러가
> 바다가 되고
> 마침내는 파아란 하늘도 닮아가는.
>
> ― 「쇼스타코비치의 '맑은 강'을 들으며」 전문

'산'은 이 시에서 상승 지향의 온갖 욕망을 대변한다. 그 욕망으로 인해 시적 자아와 세상과의 불화가 생긴다. 우뚝 솟은 멧부리는 한편으로 삶의 과정을 통해 도달해야 할 근사한 목표를 상징한다. 하지만 다른 한편으로 그것은 시적 자아의 삶을 고단하게 만드는 장애물에 불과하다.

이에 비해 '물'은 표면상 낮은 데로 흐른다는 점에서 목표의 성취와는 거리가 멀어 보인다. 하지만 '물'은 바다나 하늘 같은 새로운 세상으로 나아가는 전제 조건이 된다는 점에 주목해야 한다. 이때 '파아란 하늘'은 '바다'와 서로 화해하며 마주하고 있다는 측면에서 물 이미지의 또 다른 변형이라 할 만하다. 이렇게 보면 여기서 말하는 '산'과 '물'은 서로 다른 삶의 가치관을 함축하는 대상물임을 알 수 있다. 특히 이 시에서 높은 산봉우리가 아니라 낮은 데로 흐르는 물에 대한 시적 자아의 지향은, 시인이 이미 다른 산문에서 피력한 바 있는 노자의 '골짜기 정신'에 대한 관심을 다시 확인시켜 주는 것이다. 시인의 번역문에 잇대어 『노자』 6장을 읽어 보자.

> 골짜기 정신은 죽지 않으니 이것이 신비한 모성이라
> 신비로운 모성의 문이여 천지의 근본이라 이르는 것인저
> 다함없이 이어지고 이어져 있어서 쓰고 써도 노고함이 없음이어니.
> (유안진, 「쓸모없어 호사스런 시와 시인의 정신」, 『나를 매혹시킨 한 편의 시 1』, 문학사상사, 1999, 52쪽)

> 谷神不死, 是謂玄牝.
> 玄牝之門, 是謂天地根.
> 綿綿若存, 用之不勤.

노자는 낮은 것, 골짜기, 물 같은 것을 중요하게 여긴다. 골짜기는 비록 낮고 텅 빈 곳이지만 온 세상의 물이 그곳으로 모여들고 만물을 생성케 하기 때문이다. 유안진 시인이 "골짜기 정신"이라 옮긴 곡신(谷神)은 달리 '골짜기의 신'으로 번역하기도 하는데, 속이 비어 허한 도를 골짜기에 비유한 말이다. 또한 골짜기가 여성의 성기를 상징한다고 보는 이도 있고, 물이 흐르고 바람 불고 구름 일고 초목이 자라는 골짜기의

변화를 도의 조화에 비긴 것이라 보는 이도 있다. 어쨌든 노자가 물이나 골짜기처럼 낮은 데를 향하는 것이나 약한 것, 여자, 텅 빈 것 등을 '도'의 상태로 여기고 있음에 주목해야 한다. 유안진 시인은 노자의 이 말 가운데서 '모성'에 큰 관심을 기울이고 있다. 인간의 생명력뿐 아니라 인간 이외의 미물과 자연의 생명력까지 도맡아 그것들을 자신을 통해 구체화한다는 이른바 대모신 개념도 이에서 멀지 않다. 또한 인용된 산문 다음에 이어지는 구절에서 시인이, 봉우리보다 골짜기를 먼저 찾는 '골짜기 정신'은 남성보다는 여성의 우위를 의미한다고 주장한 것도 같은 맥락에 속할 것이다.

노자가 말한 '골짜기 정신'이 반드시 여성 우위를 뜻하는가는 한번 따져 볼 만하다. 하지만 그것은 이 글의 논지와는 별개의 문제이다. 내가 관심을 갖는 것은 '골짜기 정신'에서 촉발된 듯한 유안진 시인의 노자 사상에 대한 경도가 최근 시에서 더 두드러진다는 점이다. 인위 혹은 인간중심주의에 대한 비판은 물론 인간 이외의 미물이나 자연에서 절대 가치를 읽어내는 것 등이 그 예다.

> 물과 흙과 돌멩이…… 하루살이까지도
> 앞서 태어나신 형님들이시고
>
> 가장 마지막 끝날 끝순간에
> 말째로 지으신 바 사람아
> 가장 잔인하고 흉물스런 짐승아.
>
> — 「사람」 부분

> 문득 너무 오래 사람이었구나
> 아장걸음 걸어오는 새벽 봄비에
> 미리 젖어 촉촉하게
> 사람 아닌 무엇이고 싶구나 오오랜만에
>
> — 「홀림」 부분

「사람」은 성경의 창세기에서 모티프를 취한다. 창조의 마지막 날에 비로소 사람이 지어졌다고 성경은 기록하고 있다. 시인은 그러나 교리에 얽매이지는 않았다. 오히려 성경의 일반적 해석을 뒤집고 있다. 창세기에는 분명 "땅을 정복하라, 바다의 고기와 공중의 새와 땅에 움직이는 모든 생물을 다스리라" 이르고 있지만, 시인이 보기에 인간은 다른 생물을 다스릴 자격을 지니지 못했다. 인간은 차라리 "말째"이며 "가장 잔인하고 흉물스런 짐승"에 지나지 않는다. 인간 중심주의에 대한 이 같은 거부는 "너무 오래 사람이었구나" 하는 부끄런 깨달음으로 이어진다. 그것은 창세기 이래 지속되어 온 인간 중심주의라는 일종의 '홀림' 상태에서 벗어나는 일이다. 그럼에도 사람들의 '인위'에 대한 집착은 끝간데를 모른다.

> 완벽한 사생아(私生兒)로,
> 난생 처음 보는 신생종(新生種)으로 태어나서,
> 태초(太初)의 인류(人類) 같은 조상(祖上)이라도 될 듯,
> 지금쯤 벌써 멋진 이름 하나가 기다리는지도 몰라.
> — 「돌연변이 신생종이 되어」 부분

인간이 저지르고 있는 '인위' 가운데 가장 첨단의 형태를 꼽으라면 아마 유전자 조작일 것이다. 과학 기술의 가치중립성이라는 묘한 논리를 내세워 진행되는 그 흐름을 전면적으로 거부하는 것은 현실적으로 불가능해졌다. 시인의 냉소가 날카롭게 느껴지는 이 시의 어투를 빌리자면, 인간은 자신의 지혜로 말미암아 '돌연변이 신생종'이 되어 가는 것은 아닐까? 노자가 말한 무위가 더욱 귀하게 느껴지는 순간이다.

> 절망과 무지의 언어가 폭포처럼 쏟아지는 세상에는 아는 것이 病일
> 수도 藥일 수도 있어서,

세상은 바늘귀로 보아야 제대로 잘 보이고,
세상은 바늘귀로 들어야 제대로 들리므로

— 「바늘, 바늘귀」 부분

더 뜨겁고 더 극진하고 더 눈물겨워지는
절대적인 말을 위하여
세치 혀를 버리자
신의 방식대로
우리 묵묵하자
인기척도 삼가자.

— 「인기척도 삼가자」 부분

바늘귀처럼 몸뚱이 하나에 귀 하나면 충분하지 않을까. 그럼에도 대부분의 사람들은 너무 많이 달고 살고, 또한 너무 많이 알고 살아서 오히려 탈을 만든다는 게 시인의 생각이다. 노자가 말하는 도는 본질적으로 무위로 이루어져 있으며, 무위는 자연스러움을 가리킨다. 세상에 있는 모든 것이 본성대로 흘러가도록 내버려두고, 인위적으로는 아무 것도 하지 않으면서도 모든 것이 이루어지는 경지를 노자는 궁극의 도로 보았던 것이다. 인용된 시에서 시인은 '절대적인 말'을 위하여 보잘것없는 세치 혀를 버리자고 말한다. 이는 곧 『노자』 맨 앞에 나오는 구절, "도라고 알 수 있는 도라면 그것은 진정한 도는 아니다. 명칭으로써 표현될 수 있는 명칭이라면 그것은 진정한 명칭은 아니다"에 가 닿는다.

너무 많이 배워서
아는 것이 없어져버린 무식의 이 시대를
속도를 섬기며 단맛을 붙좇으며
시간으로 살아와서 탈진한 도시인도

산속에서는 일기를 쓰게 되고

바다에서는 편지를 쓰게 되는
제 자신이 될 수밖에 없지
저절로 가볍게 살고 싶어지지

— 「공간 속에서」 부분

　말로 표현할 수 없는 본질적인 도를 말로 표현해야 한다면 아무리 시인의 언어라도 제자리를 맴돌기 십상이다. 하지만 시인의 직관이 뚫어 낸 길은 인용된 시에서처럼 산이나 바다 같은 자연을 거쳐 자기 자신에게 돌아오는 행로를 보여 준다. 그것이 곧 저절로 가볍게 사는 하나의 삶의 방식이 될 수 있다는 것이다. 사람이 아닌 미물이나 자연에서 절대 가치를 찾으려는 시편들 역시 이 같은 맥락에서 이해할 수 있다.

땅바닥을 기는 쇠비름나물
매미를 꿈꾸는 땅속 굼벵이
작은 웅덩이도 우주로 알고 사는
물벼룩 장구벌레 소금쟁이…… 같은
이들이 떠받치는 이 지구 이 세상을

하늘은 오늘도 용서하신다
사람 아닌 이들이 살고 있어서

— 「용서받는 까닭은」 부분

　이 시를 읽는 이가 몸을 낮추어 탄식할 수밖에 없는 것은 분명 시적 기교의 힘 때문만은 아니다. 이런 종류의 시에는 이미지나 운율 같은 시의 구성 요소를 통해 분석해 낼 수 없는 본원적 힘이 스며 있는 것 같다. 그것은 어쩌면 신성한 존재의 이름은 함부로 부르지 못하게 했다는 먼 윗대의 조상 때부터 인간이 쓰는 말 속에 차곡차곡 쌓여 온 주술적 힘이 작용한 결과인지도 모른다. '하늘'이라든가 '용서'라는 말, 그런 단어들은 아무 자리에서나 함부로 입 밖에 내면 큰일 나는 것이었으리라. 한 세대 혹은 한 생애를 마감할 때 한 번만 들려주고 떠나야 하는 말이었을 것이다. 아직도 용서받지 못한 인간들이 들여다보는 물고기의 한살이는 그래서 차라리 눈부시다.

> 언제적부터 神의 司祭였을라요
> 쪽수도 깊이도 짚어낼 수 없는,
> 신의 말씀 책 속을 헤엄치는 저이들은,
>
> [……]
>
> 罪 지을까 걱정되는
> 손과 발(手足)을 돌려 드리고,
> 혓바닥(舌)과 목소리까지 돌려 바치고,
> 최소한의 입 하나로 가까스로 연명만 하며,
> 말씀만으로 배부를 수 있는 淸貧의 저이들은

— 「물고기」 부분

물고기들이 헤엄치는 물속 자연이야말로 신의 말씀을 담은 경전이라고 시인은 말한다. 인간의 지혜로 시작과 끝을 헤아리거나 첨단의 과학 기술로도 그 깊이를 잴 수 없는 자연이나 우주의 신비야말로 어찌 신의 말씀이 아니겠는가. 이때의 신이란 물론 특정 종교의 신을 지칭하지는 않는다. 이를테면, "깊은 불교 반듯한 유교 그윽한 도교와 정겨운 무속을/죄다 흡수해버리는 자연이여 궁극이여"(「절대 스승」) 할 때의 그 '자연'을 가리킬 것이다. 또한 물고기들이 손과 발이 없거나 말을 하지 못하는 이유가 죄지을까 걱정되어 신에게 그 신체 기관들을 돌려 드렸기 때문이라는 진술은 상식의 허를 찌른다. 세상의 동물 가운데 가장 정밀하고 섬세하다는 손과 발, 그리고 그 어떤 복잡한 악기나 최신의 컴퓨터 음성 합성 장치로도 대신하지 못한다는 성대를 가진 인간이 기껏 죄를 지어 왔단 말인가? 물고기들이 헤엄치고 있는 커다란 물거울 같은 이 시의 밑바닥에는 이런 질문이 적혀 있을 것이다.

유안진 시인의 최근 시편들을 노자의 이른바 '골짜기 정신'에 견주어 읽어 왔는데, 마지막으로 더 주목할 것은 '어린아이'의 이미지다. 시인은, "아이로 돌아갔으면/제 손바닥 크기로 세상을 사는 아이로"(「아이로 돌아가서」)라고 진술하거나, "마침내 아이가 되고 싶다/신선이 되는 법을 보고 배우는 아이들을/거꾸로 스승삼아 배우는/신선들처럼"(「내 공부」)이라 적고 있다. 또 다른 작품에서는 "인생을 너무 알아/슬프고 슬플 때마다/인생을 모르는 어린 신을 생각한다"(「성당 가는 길에서」)라고 노래하기도 한다. 이때의 어린아이나 어린 신은 어느 모로 보나 노자가 말한 어린아이와 관련이 있어 보인다.

『노자』를 잠시 살펴보자. "수컷의 강함을 알고서 암컷의 연약함을 지키면 천하의 만물이 귀착하는 골짜기 같은 존재가 된다. 골짜기 같은 존재가 되면 변함없는 덕이 그에게서 떠나지 않게 되어 어린아이 같은 상태로 되돌아가게 된다."(28장, 김학주 옮김) 앞서 언급한 '골짜기의 신'을 거쳐 마침내 '어린아이'의 소박하고 자연스런 상태로 돌아가야 한다는 것이 『노자』의 핵심 논지이다.

이제 유안진 시인 앞에는 자신이 태어났던 해의 간지가 다시 돌아와 있는 참인데, 나는 그 연륜의 회귀가 그녀의 시에 있어 또 하나의 시작이 되기를 바란다. 손바닥 크기로 세상을 보거나 신의 거울이 되어 주는 아이, 또 인생을 모르는 어린 신으로 표현된 아이는 어쩌면 인생의 간지를 한바퀴 돌아온 시인 자신을 가리키는지도 모를 일이다. 사람에게 있어 어떤 형태의 회귀든 그것은 과거와 똑같은 지점으로의 동심원적 돌아옴을 뜻하지는 않는다. 대신 그 회귀는 나선형의 회전일 것이다. 미세하더라도 끝내 어떤 차이를 만들어 내는.

(『애지』, 2002년 가을호)

종교적 수렴과 시적 확산

최문자

1

　최문자 시인의 삶과 시에서 근간을 이루는 것은 기독교로 대변되는 종교적 세계관이라 할 수 있다. 그녀의 시에 나타난 종교적 세계관은 그 지향성에서 큰 변화를 드러내 왔다. 초기에는 주로 사회 비판의 외향적 성향을 띠다가 점차 자아 성찰의 내향적 공간으로 수렴되면서 그 깊이를 더하는 양상이다. 다음 작품은 최문자의 초기시에 나타난 종교적 상상력의 특성을 잘 보여 준다.

　　그의 몸 된 교회들은 소리나지 않게 첨탑에서 십자가를 끌어내렸다. 풀밭도 아닌 도심의 아스팔트 위에 천천히 쓰러뜨렸다. 대낮인데도 보는 이 없다. 구원받은 자들은 벌써 오래 전부터 침묵하였다.
　　형틀마저 빼앗긴 그리스도가 아무데나 서서 막무가내로 피를 흘린

다. 양들은 모두 神이 되었으므로 그 피로 속죄할 까닭이 없다. 무죄의
神들이 쉽사리 돌문을 열고 나온다. 神이 올라가지 않았던 높이까지
오르려고 날마다 신문에 떠오른다. 無言의 하늘이여.
—「神들」 전문(『나는 시선 밖의 일부이다』, 1993)

　시인이 문제삼는 것은 이른바 외형적 교회주의다. 교회라는 건물의
크기나 물질적인 가치에 구애되어 신의 본질뿐 아니라 인간성에 대한
성찰이 누락된 상황을 비판하고 있다. 이 같은 정황에 대하여 신은 아
무런 응답이 없다. 구원받았다는 사람들 역시 침묵한다. 대신 그들은
매스컴에 등장하여 마치 자신이 신이라도 된 듯 사람들의 이목을 끄는
데 열중한다. 마지막에 나오는 "無言의 하늘이여"라는 시구를 통해 우
리는 시인의 탄식이 매우 절실하다는 점과 함께 시인의 발언이 개인적
차원이 아니라 사회적 차원에서 개진되었다는 사실을 확인할 수 있다.
같은 시기에 발표된 다음 작품에서는 시인의 어조가 냉소적인 경향을
띠기에 이른다.

　　거리에는 빛
　　삶을
　　내버려두는 빛.

　　고드름처럼
　　가슴이 얼어붙어도
　　찌르지 못하는 빛.

　　빛이 메시아인 것을 믿는 이들에게
　　직립으로 번쩍이지 못하고
　　부러져버리는 빛.

　　거리에는

장님들이 웃고 있다.

— 「성탄 전야」 전문(『나는 시선 밖의 일부이다』, 1993)

작품의 제목은 '성탄 전야'지만 그 내용과 어조는 따뜻하다기보다 싸늘하다. 네 개의 연 가운데 앞의 세 연은 모두 부정어로 마무리된다. 시인의 비판 의식이 그만큼 앞에 나선 까닭이다. 마지막 연은 유일하게 긍정문으로 이뤄진다. 하지만 그것도 따지고 보면 부정문이나 마찬가지다. 문장의 주어가 "장님"이기 때문이다. '장님'이란 시어는 두 가지 방향에서 어두운 현실을 지시한다. 현실의 고통을 밝히지 못하는 '빛'의 무력함에 대한 지적이 그 하나라면, 현실의 문제점을 인식하지 못하는 사람들의 어리석음을 환기하는 것이 다른 하나의 측면이다. 어느 쪽을 보더라도 분명한 사실은 이 시에 발현된 종교적 상상력은 외향적인 비판에 초점을 맞추고 있다는 점이다. 그러나 정확히 10년의 시차를 두고 간행된 최근 시집에서는, 이런 사정에 눈에 띄는 변화가 나타난다.

> i) 하나님은
> 　무서운 모종삽을 들고
> 　옴팍옴팍 나를 파서
> 　척박한 몹쓸 땅에
> 　나를 옮겼다. 몇 번이나……
> 　진창에 다시 박히려던
> 　뿌리는
> 　죽을까, 말까? 아슬아슬하게 몇 번이고 망설이다가
> 　어설프게 속잎 꺼내놓고
> 　눈물겹게 구겨진 꽃을 억지로 펴댔다.
> 　내가 자랄수록
> 　그의 삽은 더욱 커진다.

— 「꽃 모종」 부분(『나무고아원』, 2003)

ii) 하나님은
    내가 재가 되기를 기다렸다.
    하루 종일 재가 되고 났는데도
    아직 남아 있는 뭔가 있을까? 하여
    쇠꼬챙이로 뒤적거리며 나를 깊이 파 보고 있었다.
    재가 되지 않고는 세상을 건널 수 없었을 때
    재도 눈물을 흘렸다.
    어제의 재에다
    새로 재가 될 오늘까지 얹고
    독한 잿물을 흘렸다.

― 「눈물 1」 부분(『나무고아원』, 2003)

통사 구조뿐 아니라 의미 구조에서도 두 작품은 중요한 공통점을 지닌다. 주어는 '하나님'이며, 목적어는 '나'다. 특히 작품 ⅰ)에서 '나'는 식물의 이미지를 통해 묘사된다. '나'는 삶의 방향을 직접 틀거나 타인의 삶을 비판하는 일에는 별 관심이 없어 보인다. 작품의 초점이 자기 존재의 확인에 맞춰져 있기 때문이다. ⅱ)에서는 ⅰ)에 비해 '나'의 운동성이 감지되지만, 운동성은 '나'의 존재 전이와 관련되어 있다. 두 작품이 모두 객체가 된 자아에 대한 존재론적 물음에 천착하고 있는 셈이다. 이 점을 앞서 살펴본 시편들과 비교하면 그 차이는 확연하다. 요컨대 종교적 상상력의 방향성이 사회 비판이라는 외향성에서 자아 성찰이라는 내향성으로 바뀐 것이다. 이 변화는 최문자 시인의 삶의 내력과 연관되었을 개연성이 크다. 다만 여기서 내가 꼭 짚고 싶은 것은, 종교적 상상력이 시인의 내면으로 수렴되는 한편으로 시인의 시적 관심은 더욱 확산되었다는 사실이다. 그것이 의도된 것이었든 아니면 자연발생적인 결과였든, 종교적 상상력의 내면화와 시적 상상력의 자유로운 확산은 최문자 시인의 창작 방법론에서 중요한 기제가 되고 있다는 것이다.

2

대부분의 종교와 시는 이 세상이 훌륭하다는 것을, 혹은 이 세상이 훌륭하지 않다 하더라도 적어도 이 우주는 훌륭하다는 믿음을 잃지 않도록 해 준다는 점에서 서로 통하는 일면이 있는 듯하다. 한 시대의 종교는 언제나 다음 시대의 시가 된다는 에머슨의 말도 같은 맥락에서 이해할 수 있을 것이다. 종교적 상상력이 수렴되고 내면화되어 섬세한 시적 상상력으로 이어지는 양상을 잘 드러낸 최문자 시인의 작품을 내보이라면, 다음 시를 꼽을 수 있겠다.

원주, K시인을 따라
옻나무밭에 갔었다.
심장은 놔두고
밑동부터 위로 올라가면서
수십 번 더 그어진 칼금
저건 숲이 아니다.
고통이 득실거리는 겟세마네 동산.
죽을까 말까 머뭇거릴 때마다
다시 메스를 댄다.
심장은 두근거리게 놔두고.

너덜너덜해질 때까지
피를 내주고 있다.
몇 백 년 썩지 않을
힘을 내주고 있다.
옻나무밭에서
수천 개의 못자국을 보았다.
K시인과 함께

— 「옻나무밭」 전문(『나무고아원』, 2003)

　이 시에서는 화자가 K시인을 따라 옻나무밭에 간 것 자체가 일상적 차원의 행위로만 비쳐지지는 않는다. 그 행동에는 얼마간의 의도가 감지된다. 나중의 시쓰기 행위를 은연중 염두에 두고 있었다고 추측되기 때문이다. 예컨대 불필요해 보이는 "K시인을 따라", "K시인과 함께" 같은 일상적 차원의 정보를 통해 강조되는 것은 시쓰기를 생활의 머리맡에 두는 시인들 특유의 사유 방식이다. 이런 맥락에서 우리가 초점을 맞춰야 할 부분은 실제의 일상 공간과 비유적 시적 공간 사이의 넘나듦이다. "옻나무밭"과 "겟세마네 동산" 사이의 거리가 일상의 삶과 종교적 삶 사이의 이질성을 드러낸다면, 두 공간 사이의 비유 구조는 종교적 언어와 시적 언어 사이의 유사성을 보여 준다고 할 수 있기 때문이다.

　일상적 시선으로 보았을 때는 두 공간 사이의 이질성이나 유사성은 하등 문제될 것이 없다. 칠감이나 접착제의 원료인 옻을 채취하는 데는 상처를 적게 주어 나무가 죽지 않게 매년 조금씩 채취하는 경우와 상처를 많이 내어 최대한으로 옻을 채취하고 나무가 죽으면 베어 버리는 방법이 있다. 이 시에서 언급한 것은 앞의 경우이다. 대개 7~10월에 옻나무에 V자 모양으로 상처를 내고, 거기서 수액을 받아 낸다. 시인은 이 광경을 보고 '겟세마네 동산'을 떠올린다. 시인의 종교적 상상력이 작동하는 순간이다. 겟세마네 동산은 예수가 가끔 제자들을 데리고 가서 기도한 곳이며, 십자가에 못박히기 전날 밤에는 홀로 고뇌에 찬 최후의 기도를 올린 곳이기도 하다. 또한 바로 그곳에서 예수는 배반을 당하고 체포되었다. 히브리어로 '기름을 짜는 기구'라는 이름이 암시하듯, 겟세마네 동산은 본디 올리브나무 숲으로서 올리브기름을 짜는 기구가 설치되어 있었다고 전해진다. 화자는 일부러 상처 입힌 가지에서 수액을 짜 내고 있는 옻나무밭을 보면서, '기름 짜는 기구'를 의미하는 겟세마네 동산과 함께 십자가에 못박혀 피를 흘린 예수를 연상한다. "옻나무밭에서/수천 개의 못자국을 보았다"는 구절은 그러니까 수사법상의 과장이 아니다. 그 표현에는 시인이 세상을 바라보고 반응하는 종교적인 감각과 사유 체계가 밀접히 관련되어 있기 때문이다.

이처럼 최문자 시인의 상상력은 종교적 사유의 흔적을 강하게 드러내지만, 동시에 그 경계 안에 머물지 않음으로써 시적 의미망의 확대를 꾀한다는 점 역시 반드시 언급해야 한다. 가령, "고통이 득실거리는 겟세마네 동산./죽을까 말까 머뭇거릴 때마다/다시 메스를 댄다"는 구절에는 예수와 옻나무의 고난뿐 아니라 화자의 일상 체험도 중첩되어 있다. 이 구절에서 그냥 '칼'이 아니라 수술이나 해부할 때 쓰이는 작고 예리한 칼인 '메스'가 등장한 것이 그 단적인 예다. "죽을까 말까 머뭇거릴 때"라는 시구 역시 '메스'와 관련해 화자가 겪은 위기감과 절박함을 강조하는 표현일 것이다. 결국 이 시에는 옻나무와 예수와 화자가 함께 들어 있다. 이 시는 객관적 현실과 종교적 상상력과 시적 감수성이 서로를 억압하지 않으며 유연하게 작동하는 최문자 시의 발생론적 특성을 잘 보여 주는 작품이다. 이를 전제로 우리는 최문자의 시가 슬픔과 상처, 소외, 영원성 등의 세계로 확산되어 나아간 내력을 더듬을 수 있을 것이다.

3

삶의 본원적 슬픔에 대한 인식을 드러낸 시인이 희귀한 것은 물론 아니다. 오히려 슬픔은 모든 시인들의 공통분모라 할 만큼 보편적인 정서이다. 그럼에도 슬픔을 주된 정조로 삼은 최문자 시인의 작품을 다시 언급해야 하는 이유는, 최문자 시의 슬픔이 남다르기 때문이다. 최문자 시에 표현된 슬픔은 정적인 상태가 아니라 동적인 상황을 지향한다. 다음은 그 단초를 드러낸 작품이다.

> 사랑만한
> 슬픈 山이 있었다.
> 오르면 오를수록
> 슬픔이 높아가는 산이 있었다.
>
> 비린내 품은 본능의 숲을 지나
> 굵은 눈물방울로 떨어지는 폭포를 지나
> 찌를 때마다 더욱 엉겨붙는 가시덤불을 헤치면
> 천근으로 내려앉는 절망의 바위.
>
> 숨막힐 듯한 무심한 頂上의 얼굴은
> 무방향으로 돌아앉은 절망의 높이였다.
>
> 슬픔에 놀라지 않으려고
> 융기된 슬픔의 산자락을
> 딛고 또 디디며
>
> 헛발질친 사랑을 등뒤에 두고
> 나는 오른다.
> 줄어들지 않는 슬픔에 오른다.
> ——「슬픔에 오르다」 전문(『나는 시선 밖의 일부이다』, 1993)

이 시에서 특히 주목해야 할 부분은 첫 연이다. 시인은, "사랑만한/슬픈 山이 있었다"라고 적었다. 이 시구는 시인의 시쓰기 행위가 종이 위에서 행해지는 문자 행위에 그치는 것이 아니라 세계를 자기 방식으로 해석하고 또 그것에 대응해 나가는 실천 행위라는 사실을 암시한다. 맨 처음 이 시구는 '山만한 슬픈 사랑이 있었다'라는 일상 어법의 문장에서 출발했을 것이다. 이 문장에서 수식어 '山만한'이 꾸미는 단어는 '슬픈'

과 '사랑'이다. 의미상으로 보면 슬픔도 크고 그만큼 사랑도 크다는 등가 구조의 문장이 된다. 슬픔과 사랑의 크기가 똑같이 부각되는 것이다. 이때 발생하는 문제는, '슬픈'과 '사랑'이 서로 동격이 됨으로써 결과적으로 '사랑'의 실체가 고정된다는 점이다. '山만한 슬픈 사랑이 있었다'라고 말하는 그 순간, 마음속에 들어 있던 사랑은 밖으로 빠져나와 말 그대로 '슬픈 사랑'이라는 의미망에 갇혀 버린다. 때문에 이 문장 다음에는 과거의 사랑에 얽힌 구체적인 사실을 밝히는 것 말고는 기대할 것이 없어지고 만다.

이에 비해 "사랑만한/슬픈 山이 있었다"라는 변형된 문장에서는, '사랑만한'이라는 수식어 자체의 의미가 불분명하다. 때문에 '슬픈'과 '山' 역시 그 의미가 한정되지 않는다. 다만 '山'의 경우에는, 등산의 과정을 시상의 전개 과정과 겹쳐 놓은 이 시의 구성법으로 인해 그 의미가 얼마간 제한된다. 따라서 마지막까지 그 의미가 고정되지 않는 것은 '슬픔'이다. 이 시에서 시인이 궁극적으로 말하려는 것은 '사랑' 그 자체도 아니고 '등산'도 아니며 '슬픔'이라는 사실이 이런 방식으로 드러난다.

일상적 의미에서 등산은 사랑의 슬픔을 견디기 위한 행위였을 것이다. 하지만 어느새 등산 행위는 이 작품의 뼈대로 차용되고, 사랑마저도 슬픔의 배경으로 녹아들었다. 이제 남은 것은 무엇일까. 말할 것도 없이 슬픔이다. 그 슬픔은, 앞서 살펴보았듯 의미가 고정되지 않아 유동적인 슬픔이다. 시적 자아는 그 슬픔에 오르겠다고 말한다. 당면한 문제는 사랑이 아니라 슬픔이기 때문이다. 사랑은 기억 속에 갇혀 꼼짝 않고, 슬픔만이 시적 자아를 따라 움직인다. 마치 제자리에서 굉음을 내며 자동차가 헛바퀴를 도는 것과 같은 상황이다.

한 발자국도 물러날 수 없는 쓸쓸함에다
징그런 수술자국 하나 긋고
어디를 건드려도
눈물 차오르던 고속주행의 후유증
그 후로
자주 멈추는 자동차를 위하여
동맥까지 우울하게 떨려오는 시동을 미리 건다.
쓸쓸한 바퀴의 노동 끝에 묻었다가
지상으로 떨어지는 진흙빛 허무를 내려다보며
사랑만 닳아지는 공회전을 한다.
헛바퀴가 돌아갈 적마다
헛소리를 지르다 제자리에 기절해버리는
그런 아픈 바퀴를
나는 네 개씩이나 달고 다닌다는 사실을
뒤늦게야 알게 되었다.

— 「空回轉」 부분(『사막일기』, 1998)

　　인용 부분의 마지막 구절에서 암시되듯 이 작품에서 자동차는 시적 자아인 '나'와 동일시된다. 잘 달려야 할 그 자동차가 자주 멈추는 이유는 결국 눈물 때문이다. 눈물은 '나'의 눈앞을 가리고 간혹 도로를 벗어나 진흙 바닥에 자동차를 빠뜨리기도 한다. 그럴 때마다 자동차는 공회전을 한다. 사랑 끝의 슬픔으로 생겨난 눈물이 '나'를 헛바퀴 돌게 만드는 것과 같다. 시인은 이런 정황을 "사랑만 닳아지는 공회전"이라 표현한다. 사랑은 속절없는데, 슬픔은 '나'를 휩싸고 돈다. 슬픔은 '나'를 "고속주행"하게 만들었다가 급기야는 "공회전"시키는 셈이다. 이처럼 최문자 시에 나타난 슬픔은 동적이다. 슬픔과 이웃한 감정이랄 수 있는 쓸쓸함 역시 「끝을 더듬다」 같은 작품에서 나타나듯, 시적 자아를 "땅끝마을"까지 움직이게 만든다. 최근 시편에서도 슬픔 혹은 쓸쓸함의 흔적들은 집요하게 나타난다.

> 사과나무 속에도 사과가 들어갔던 흔적이 있다
> 가슴팍에 머리를 처박고 이별을 버티던
> 쑥 들어간 부분
> 사과를 씻어주면 소리 없이 눈물이 고이던 그 자리
> 아, 생각난다
> 단칼에 잘라 먹던 사과의 눈물
> 칼에도 도마에도 묻어 있던 사과의 눈물
> 사과나무가
> 아팠던 자리마다 다시 사과를 배는 것은
> 그 자리에 열린 사과가 더 빨간 것은
> 떠난 사과들의 흔적 때문이다.
> 나무는 그 부분들을 지우지 않고 있다.
> 흔적들이 다 말하도록 내버려두고 있다
> 푸른 눈물이 마를 때까지

— 「흔적들」 부분

과거의 '흔적'이 현재의 존재를 규정하는 심정적 시간 의식이 이 시를 지배한다. 좀더 구체적으로 살피면 "이별", "눈물" 등으로 대변되는 슬픔의 정서가 '흔적'의 밑바닥에 깔려 있음을 발견할 수 있다. 최문자 시에 내재된 슬픔이 마침내 삶의 본원적인 상처나 쓸쓸함에 가 닿아 있음을 짐작하게 해 주는 대목이다. "흔적들이 다 말하도록 내버려두고 있다"는 구절 역시 최문자 시의 화자가 '흔적'의 힘에 의해 움직인다는 점을 뒷받침해 준다. 「나무고아원」 연작에서 두드러지는 소외받거나 상처입은 존재들에 대한 포용 또한 같은 맥락에서 이해할 수 있는 최문자 시의 특성이다. 그런데 지금 여기에 존재하는 상처나 흔적을 더듬는 행위는, 엄밀히 말해 시간의 앞쪽으로 나아가는 것이 아니라 시간의 뒤쪽으로 거슬러올라가 그 근본을 되새기는 일이다. 이는 곧 현재의 순간 속에서 근본 혹은 영원을 감지하는 시적 감수성과 종교적 상상력의 상호작용을 전제로 한 것이기도 하다.

4

　최근 최문자 시인이 발표한 「서쪽산」 연작(『현대시』, 2005. 10)은 '죽음' 혹은 '영원성'에 대한 시적 탐구라 할 만하다. 이 연작은 앞서 살펴본 '흔적'의 시세계에 접맥되면서도 과거와 미래가 현재를 가운데 두고 둥근 고리처럼 이어진 특이한 시간 의식을 보여 준다. 이런 시간 의식은 지울 길 없는 과거의 흔적과 그려내기 힘든 미래 전망이 겹치는 지점에서 현재는 다만 순간에 불과하다는 시인의 인식을 드러내는 것으로 보인다. 물론 최문자 시인이 삶의 슬픔이나 허무를 끌어안는 '죽음'의 미학을 보여 준 것이 이번이 처음은 아니다. 1998년의 시집 『사막일기』에 수록된 「닿고 싶은 곳 1」에서 시인은,

　　나무는 죽을 때 슬픈 쪽으로 쓰러진다.
　　늘 비어서 슬픔의 하중을 받던 곳
　　그 쪽으로 죽음의 방향을 정하고야
　　꽉 움켜잡았던 흙을 놓는다

라고 노래한 바 있다. 슬픔이 '무게'를 지닌다는 발상도 새롭지만, 무엇보다 '죽음'이란 것이 어떤 방향성을 지닌다는 생각이 예사롭지 않다. 죽음은 단순히 삶의 끝이 아니라 삶에 연속된 또 다른 과정이라는 믿음이 감지되기 때문이다. 이와 비교할 때 최근 발표된 세 편의 「서쪽산」 연작에서는 '죽음'이나 '영원'이란 말이 직접 언급되지 않는다. '서쪽산'이 구체적으로 무엇을 뜻하는지도 명확히 제시되지 않았다. 그럼에도 '서쪽산'에 닿고자 하는 시적 자아의 소망은 매우 절실하게 표출된다.

　　배곯은 벌레들이 땅에 구멍을 파고 있는 사이
　　새들은 서쪽산을 넘어갔다.

끝없는 벌판에서, 나도
벌레처럼 詩에다 구멍을 내고 있는 사이
날개 달은 시인들은 서쪽산을 넘어갔다.
이 무거움을 들고
어디까지 따라가야 하는가 생각해 보다가
혼자 남았을 때
이름 없는 나방까지 서쪽산을 넘어갔다.
무거움을 파다가 삽을 놓았다.

오, 지나가고 싶어, 나도
겨울숲을 가로질러
서쪽산으로.

— 「서쪽산 1: 詩」 부분

제목으로 미루어보면 이 시는 일종의 메타시의 성격을 띤다. 자신의 시에 대한 자의식을 고도의 비유어와 꿈속 같은 비현실의 공간을 통해 드러내고 있다. '나/시인들'과 '벌레/날개'가 각각 대조를 이루는 가운데, 그 대조를 더욱 실감나게 하는 것은 '서쪽산'이다. 이 작품에서 '서쪽산'은 하나의 경계 구실을 한다. '날개를 단 시인들'은 이미 그곳을 넘어갔지만 벌레처럼 꿈틀거리는 '나'는 아직 닿지 못한 곳이 바로 '서쪽산'이다. 이쯤 되면 '서쪽산'은 시쓰기의 어떤 경지를 빗대는 것으로 읽힌다. 화자 자신은 쉽사리 닿을 수 없다고 멀찌이 둔 그곳은 따라서 일종의 영원성의 가치를 부여받는다. 그런데 지금까지 발표된 세 편의 연작 가운데 나머지 두 작품에서는 '서쪽산'의 의미 영역이 추상적인 가치의 세계가 아니라 일상의 삶과 인접한 공간으로 설정되어 있다. 다음은 연작의 마지막 작품이다.

그때, 아파트가 꽃잎에게 감금당하던
봄밤, 문 열고 나와 보면

서쪽 하늘이 발그레했다.
연분홍 꽃잎들이 밤새 서쪽산을 넘어왔다
바람 없이도 흑흑거리며 흩날렸다.
내 몸에 제 맘을 대고 부들부들 떨었다.
그 흐느낌만으로 알 수 있었던 분홍색 문장
그 아파트 살 적에
꽃잎이 하던 짓을
그도 따라했다.
그가 서쪽산을 넘어갈 때
나도 꽃잎처럼 몸을 부들부들 떨었다.
흐느낌 대신
연분홍이 다 빠져나간 허연 빛깔로
흑흑거리며 흩날렸다.
꽃잎이 하던 짓을 나도 따라했다.

— 「서쪽산 3 : 꽃잎」 전문

    이 작품을 보면 '서쪽산'이 아니라 '그'가 그리움의 대상이라는 새로운 사실이 밝혀진다. 화자가 살고 있는 아파트 주변을 둘러싸듯 피어난 연분홍 꽃잎은 '서쪽산' 너머에 있는 '그'가 보냈던 사랑의 글로 인식된다. "내 몸에 제 맘을 대고 부들부들 떨었다./그 흐느낌만으로 알 수 있었던 분홍색 문장"이란 구절은 그 글에 담긴 '그'의 마음이 매우 절실했고 또한 격렬했다는 사실을 내비친다. '그'는 그러나 지금 화자 곁에 없다. '그'는 '서쪽산'을 넘어갔기 때문이다. 함께 발표된 「서쪽산 2 : 발」에서,

그에게로 가려면
서쪽산을 넘어야 한다
굴을 뚫고 고속도로를 낼 수 없는
단단한 암반이 턱 버티고 서 있는 산
지하철을 타고 내려서 다시 버스를 타고

> 비포장길을 걸어서 타달타달
> 벌써 10년 이상 걸어왔다

라고 진술한 것으로 보아 '그'가 '나'의 곁을 떠나 '서쪽산' 너머로 간 것은 이미 오래전 일이다. 인용 부분을 보면 '서쪽산'은 비유적 표현일 수도 있지만 현실에 실재하는 어떤 공간일 수도 있다. 그 산 너머에 '그'가 있다. 물론 '그'는 살아 있는 사람처럼 느껴지지는 않는다. 다시 말해 이 시의 화자는 살아 있는 사람을 만난 것이 아니라 그 사람과 관련된 어떤 장소를 찾아간 것으로 보인다. 이 부분은 시인의 개인사와 직접 관련됐을 것으로 짐작된다. 작품 안에 주어진 정보만으로는 그러나 더 구체적인 접근이 불가능하다. 시인이 의도적으로 일상적 정보를 은폐했기 때문이다. '서쪽산' 연작이 공통적으로 꿈속 같은 신비의 분위기를 띠는 이유가 바로 여기 있다.

'서쪽산' 연작에서 은폐된 일상적 정보들로 인해 작품의 의미가 모호해진 것은 부인할 수 없는 사실이다. 이는 지금까지 최문자 시가 보여왔던 기법적 특성과는 변별되는 점이다. '서쪽산' 연작은 타인의 삶을 이해하고 포용하던 그간의 흐름과는 또 다른 지점에서 발원한 작품이기 때문이다. 그럼에도 '서쪽산' 연작은 여전히 독자들을 흡인하는 힘은 지녔다. 개별 작품의 의미에 대한 이해의 차원을 넘어서는 어떤 요인이 독자들을 붙들고 있기 때문이다. 최문자의 시세계가 미정형으로 꿈틀거리는 지금, 그 요인들이 무엇인가를 모두 밝히려는 시도는 분명 무모한 일이다.

다만 나는 앞에서 '서쪽산' 연작에는 과거와 미래가 현재를 가운데 두고 둥근 고리처럼 이어진 특이한 시간 의식이 엿보인다는 점을 언급했다. 시인의 의식 속에서 과거와 미래는 둥근 반지의 몸체처럼 서로 연결되어 있고, 현재는 그 가운데 텅 빈 공간처럼 그 실체가 잡히지 않는

형국이다. 이는 과거의 기억을 통해 현재의 상처를 견디고 미래를 바라
본다는 직선적이며 기능주의적인 시간 의식과는 그 본질을 달리하는
것이다. 그러니까 시인이 말하는 '서쪽산'은 실체가 없는 현실과 오히
려 실체가 있는 듯 인식되는 과거·미래를 방법적으로 구분 짓는 동시
에 그것들을 이어 주는 경계 지역에 붙여진 이름이다. 시인이 그 경계
지역에서 얼마나 더 머물 것인지, 또 지금까지 확산되어 온 시적 상상
력을 어떻게 수렴해 나갈 것인지, 나는 앞으로도 최문자의 시에서 눈을
뗄 수가 없을 것 같다.

(『시와 상상』, 2005년 하반기)

제**3**부

시 + 인 + 들

●눈 온다, 아니 시 온다!

●문학과 예술의 도구론

●전도된 가치관 혹은 날조된 재앙

●고난을 바라보는 몇 가지 시선

●통하였느냐?

●웰빙 시대, 시의 존재 방식

●쿠오바디스 혹은 유비쿼터스

눈 온다, 아니 시 온다!

“지구 위에서 ‘시인’과 ‘정치가’가 실제로 한몸이었던 드물고 귀한 예가 바로 과거의 중국과 한국이다.”

최근 들어 너무 많은 현대시 전공자가 배출되고 시 잡지도 지나치게 많은 것 아니냐는 다른 분야 전공자들의 이야기를 들을 때마다 되뇌는 말이다. 일찍이 조지훈도 ‘시인 정치론’을 갈파한 적이 있지만, 시인이 곧 정치가며 행정가였던 전통은 이제 『중국 미학사』 같은 전공 서적의 책갈피에서나 발견될 뿐이다. 서구 학자들마저 부러움에 찬 시선을 던졌던 그 역사를 이제 와서 갑자기 불러낼 수는 없다. 그럴 필요성에 대해서도 서로 다른 의견이 나올 것이다. 하지만 지금 시와 비평이 놓인 자리를 살피고 시인과 시가 존재해야 할 까닭을 다시 추스르는 데 그런 역사를 머리맡에 둔다는 것은 분명 뜻있는 일이다.

사실, 컴퓨터를 이용한 사이버스페이스라는 욕망 공간이 일상화되고 인간 복제까지 눈앞에 둔 현실에서는 시를 포함한 문학 영역 역시 그에

맞춰 변화를 꾀할 수밖에 없다. 그러나 엄밀히 말해 모든 것이 변해야
만 살아남는 것은 아니다. 생존에 필요한 조건 자체는 오히려 변하지
않는다. 변하는 게 있다면 생존 조건을 충족시키기 위한 방법일 따름이
다. 이 점이 명확히 전제되지 않을 때 어느 분야든 가치관의 혼란에 빠
지고 말 것이다. 이를테면 문학의 경우, 다음 작품에서처럼 '문어'와
'문인'이 헛갈리는 우스꽝스런 일이 생길지도 모른다.

> 저 난해하기로 소문난 문어
> 누군가 다리 하나를 분석하고 있는 중이다
>
> 그러나 몸 안에 꿈틀거리는
> 문장들의 배열을 약간 바꾸자
> 다리는 새롭게 생성되는 풍경들을 잃고
> 몸에서 벗어나는 순간 진부해진다
>
> 이제 몸 밖에서 꿈틀거리는 고리타분한
> 다리 하나를 놓고 몇몇 비평지(批評紙)들은
> '이건 다름 아닌 문어'라고 최종 분석을 마친다
>
> 약간 위험한 듯한 처녀지(處女紙)가 근처를 접근했을 때도
> 몸 안에 기호체계 중 하나를 재빨리 바꾸어
> 울퉁불퉁한 바위벽이 되기도 하는
> 능수능란 저 문어는
>
> 죽기 전까지는 절대로 부패되지 않을
> 화술(話術)을 그 안에 숨기고도
> 함부로 먹물을 쏟아내는 일이 없었다
>
> — 김혜옥, 「문어(文魚)의 말씀」 전문(『애지』, 2002. 봄)

'문어의 말씀'이라는 의도적인 안어울림 조사법에 시인의 뜻은 충분

히 담겨 있다. 변화하는 현실에 자기 위주로 기막히게 대처하는 문인의 한 유형을 '문어'라 부른 것이다. 그 '문어'가 난해하다는 평판은 마치 어떤 점쟁이가 용하다는 소문과 다를 바 없다. 점쟁이가 손님을 불러모으듯 그 '문어'는 자신의 작품을 분석할 사람들을 꾄다. 적당히 어렵게 보여야 그것을 분석하는 사람 쪽에서도 명분이 서기 때문일까? 이른바 '난해시' 모두를 일반화할 위험을 안고 있기는 하지만, 이 시에서 짚고 있는 것은 그 난해성이 교묘하게 의도되었다는 측면이다. 시인뿐 아니라 비평가 쪽의 반응에 대한 표현도 과장되기는 했으나 의표를 찌른다. "몸 밖에서 꿈틀거리는 고리타분한/다리 하나"를 놓고 '이건 다름 아닌 문어'라며 분석을 마친다는 것이다. 꼭 틀렸다고 할 수는 없으나 하나 마나 그만인 수준에서 행해지는 비평에 대한 문제 제기일 것이다. 때로 날카롭고 도전적인 비평가라도 달려들라치면 자신의 몸빛을 환경에 따라 능란하게 바꾸는 문어처럼 스스로를 방어하는 법까지 터득한 시인, 그의 생존에 필요한 것은 시정신이 아니라 처세술일 뿐이다. 나는 이 시에서 표현한 시인과 비평가의 부정적 양상이 실제보다 매우 부풀려졌기를 바라는 마음이다. 현 문단의 이런 문제들을 염두에 두고 김선우 시인의 다음 작품을 읽으면, 시인과 독자의 존재 양상에 대한 또 다른 독법도 가능하다.

> 암자의 겨울 아침은 卵生설화로부터 시작된다
> 계곡 아랫녘엔 老보살의 빨래 방망이질 소리,
> 푸른 강보에 쌓인 갓 낳은 알 하나가
> 목젖 부은 뻐꾹새 울음으로 지상에 내려온다
> 남의 둥지에 슬픔 한 알을 낳아 놓는 순간이
> 한겨울에도 부득불 얼음장 깨고 앉은
> 老보살의 목 쉰 빨래 방망이질 소리로 쏟아진다
> 남의 알을 물어올 수밖에 없었던 자의 치욕이

> 가진 것 없는 어미의 단단한 슬픔이
> 타악, 타악, 후려치는 방망이질 소리로
> 일주문을 때린다 장엄이거나 치욕인,
> 일주문 바같이 시퍼렇다
>
> 찬 돌 위에 쪼그려 우는 뻐꾹새 울음 듣는다
>   — 김선우, 「탁란」 전문(『동서문학』, 2002. 봄)

뻐꾸기 같은 새가 남의 둥지에 자기 알을 낳아 대신 품어 기르게 하는 '탁란'의 습성을 업둥이 모티프와 절묘히 맞물려 놓은 작품이다. 이 시의 한 쪽에는 자신이 낳은 자식을 남의 집에 들여야 하는 어머니의 슬픔이 자리한다. 그 맞은편에는 자식을 낳지 못해 남이 낳은 아이를 데려다 키워야 하는 또 다른 여인의 아픔이 있다. 시인은 이 슬픔과 아픔을 뻐꾹새 울음소리와 노보살의 빨래 방망이질 소리에 실어 노래한다. 타악, 타악, 노보살이 후려치는 방망이질 소리는 곧 독자의 가슴을 울리려는 시인의 진언이 되는 셈이다. 한 행으로 처리된 둘째 연에서 노보살과 뻐꾹새는 찬 돌 위에 쪼그려 우는 존재로서 하나가 된다. 여기서 중요한 것은 쪼그려 우는 행위에서 얼비치는 슬픔 그 자체가 아니다. 서로 다른 처지의 삶과 그 삶에 밴 슬픔들이 서로 삼투하면서 이뤄내는 슬픈 공명의 순간이야말로 이 시의 꼭짓점이다. 두 슬픔이 일생을 두고 상승하다가 어느 한 점에서 만나 이루는 날카로운 각을 이 시는 내장하고 있는 셈이다.

좀더 자유로운 독법이 허락된다면, 이 시에서 남의 둥지에 슬픔의 알을 낳아 놓는 뻐꾹새라는 존재는 곧 시인이 아닐까? 시인이란 자신이 낳은 작품을 독자들의 가슴에 맡기는 '탁란'의 존재일 것이다. 그럼 독자는? 독자는 시인이 낳아 준 그 알을 가슴에 품어 부화시키고 시인의 아픔과 슬픔을 마치 제 것인 양 받아들이는 존재일 것이다. 시인과 독자가 만나 이루는 그 꼭짓점에 이른바 수용미학의 요체가 담겨 있다. 시는 혼자 쓰는 것이 아니라 함께 쓰는 것이다. 시인과 독자, 아니 사람과 사람이 서로의 삶과 아픔을 부비는 그 자리에서 시가 씌어진다.

폭설에 찢긴 마을의 팽나무 가지에
누군가 황토를 짓이겨 바르고
새끼줄로 촘촘히 동여매 준 걸 본다
한때 죽세공이었던 우리 아버지
시린 삼동에 시린 대통을 쪼개다가
그 벼린 대칼에 손가락을 찍히면
벌어진 틈으로 빨간 혀를 내밀던 속살!
삶은 그렇게 오금 떨리는 상처에
늘 날선 댓날 스치는 아픔이었지만
할머니는 그때면 헝겊쪽에 밥풀칠을 해서
그 진저리치는 손가락을 잘 감아 주었다
이른바 褙接이라는 것이었는데
나뭇가지거나 손가락이거나
그 상처를 아물리는 마음은 얼마나 미쁜가
봄이면 팽나무 가지는 다시 잎을 피워
수만 박수갈채로 누군가를 맞을 게다
내 시도 혹여 누군가의 마음을 쓸겠지만
지상의 눈물을 하늘의 별로 바꾸진 않으리
      — 고재종, 「褙接의 시」 전문(『시로 여는 세상』, 2002. 봄)

    최근 들어 귀해진 '시로 쓴 시론'이다. 이런 유의 작품은 누구나 한번 쯤 하는 시도 자체로 끝나 버릴 위험이 있다. 고재종 시인은 그 위험을 좋은 시 쪽으로 밀고 나갔다. 가령, 그는 이 작품 말고도 「첫사랑」(『라 쁠륨』, 2002. 봄)이란 빼어난 시를 함께 발표하고 있어 그의 시론이 말뿐이 아님을 확인시켜 준다. 위에 인용한 「褙接의 시」는 크게 현재, 과거, 미래의 시제 구조로 짜여 있다. 현재의 화자는 폭설의 무게를 견디지 못해 찢어진 팽나무 가지에 누군가 배접을 해 준 것을 발견한다. 이를 계기로 화자는 자신의 아버지와 할머니의 과거 삶을 떠올린다. 대나무 만지는 일을 직업으로 삼았던 화자의 아버지는 자주 손가락에 상처를 입었다. 화자는 그런 아버지를 떠올리며, "삶은 그렇게 오금 떨리는 상처에/늘 날선 댓날 스치는 아픔"이었다고 회상한다. 삶이란 한 번 다친 자리에 거듭 상처를 입는 일이라는 이 시인의 인식 태도는 「첫사랑」에 강조되어 나타나지만 이 작품에서도 예외가 아니다. 그 거듭되는 상처에 대해 할머니가 행하는 배접은 일상성의 범주에 머물지 않고 우리들 삶의 보편적 영역으로 나아간다. 밥이 곧 약이라는 소박한 믿음에 바탕을 두었을 그 치료법은 마침내 고단한 삶을 비끄러매는 효과적 상징이 되는 것이다.

미래의 어느 날 울려 퍼질 팽나무 잎사귀들의 박수갈채는 사람과 팽나무 모두를 향한 것이다. 상처를 아물리는 마음을 통해 사람과 나무 사이의 구별이 사실상 무의미해졌기 때문이다. 시인은 마지막 두 행에서 자신의 시가 있어야 할 자리를 분명히 해 둔다. 한마디로 그가 원하는 시는 삶의 상처를 아물리는 '배접의 시'라 할 수 있다. 초월의 순간이 아니라 눈물 밴 지상의 삶을 끌어안는 곳에 그의 시는 자리하려는 것이다.

고재종 시인의 시론에 동의하면서도 나는 또한 시란 어느 순간 문득 찾아오는 흰눈처럼 가볍고 설레는 기쁨일 수 있음을 부인하지 않는다.

> 강을 건너느라
> 지하철이 지상으로 올라섰을 때
> 말없이 앉아 있던 아줌마 하나가
> 동행의 옆구리를 찌르며 말한다
> 눈 온다

옆자리의 노인이 반쯤 감은 눈으로 앉아 있던 손자를 흔들며
손가락 마디 하나가 없는 손으로
차창 밖을 가리킨다
눈 온다
시무룩한 표정으로 서 있던 젊은 남녀가
얼굴을 마주 본다
눈 온다
만화책을 읽고 앉았던 빨간 머리 계집애가
재빨리 핸드폰을 꺼내든다
눈 온다

한강에는 눈이 내린다.
지하철에 눈이 내린다.
지하철이 가끔씩 지상으로 올라서주는 것은
고마운 일이다.
— 윤제림, 「지하철에 눈이 내린다」 전문(『창작과비평』, 2002. 봄)

　이 시의 묘미는 '눈 온다'라는 한마디를 네 번 반복하면서, 밑도 끝도 없는 설렘을 지하철 안의 모든 사람들에게 퍼뜨리는 데 있다. 아니, 이 시는 그 기분 좋은 설렘을 이 시를 읽는 독자들에게까지 '전염'시키고 있다. 이런 점에서 이 작품은 좋은 시다. 쉽게 읽히면서도 공감의 영역이 큰 시를 만나는 기쁨은 사실 그리 흔치 않다. 가만 보면 이 시에서 그 즐거운 전염이 이뤄진 것은 눈이 뜻밖에, 지하철을 탄 사람들의 눈에 허를 찌르듯 달려들었기 때문이다. '오늘의 날씨'에서 충분히 알려지고 나서 내린 눈이라면, 도로 막힐 걱정을 앞서게 하는 눈이라면 즐거움과 설렘은 사람들 사이의 무거운 분위기를 비집고 들지 못했을 것이다. 인간 존재의 무거움과 시의 위의를 멀리하지 않으면서도 저 뜻하지 않게 우리 눈의 허를 찌르며 달려드는 눈처럼 우리를 설레게 하는 시를 나는 기다린다.

그런 시가 눈에 띄면, 나는 소리칠 것이다. 눈 온다, 아니 시 온다!
라고.

(『현대시』, 2002년 4월호)

문학과 예술의 도구론

1. 컴퓨터

인류 역사 이래 지금까지 존재했던 모든 글쓰기 도구들의 속성을 통합해서 지닌 것이 바로 컴퓨터다. 예를 들어 컴퓨터 모니터는 기원전에 사용되던 두루마리처럼 화면 속의 내용을 상하로 움직이며 보여 준다. 그러다가도 사용자가 특정한 조작을 가하면 마치 한 장의 양피지나 종이처럼 단일한 화면을 만들어 보여 주는 기능도 있다. 컴퓨터는 또한 칠판처럼 언제든지 지웠다가 새로 쓰는 것이 가능하다. 컴퓨터의 경우에는 물론 분필 가루를 날릴 걱정이 없다.

컴퓨터는 타자기처럼 자판을 두드려서 글자를 입력한다. 그러나 굳이 원한다면 깃펜이나 붓, 만년필의 경우처럼 손으로 글자를 써서 입력해도 된다. 디지타이저라는 입력 장치와 문자 인식 프로그램 덕분이다.

여기서 끝나지 않는다. 타자기의 자리를 위협하며 등장했던 워드프로세서처럼, 컴퓨터는 입력된 내용을 자유로이 편집할 수 있다. 딱딱하고 차가운 기계인 워드프로세서를 무형의 소프트웨어로 만들어 아예 통째로 제 기억 장치 속에 내장한 까닭이다.

컴퓨터는 종이 위에 직접 문자를 기록하는 필기구나 타자기 등과는 전혀 다른 방식으로 원고를 처리한다. 컴퓨터의 경우에는, 키보드를 통해 입력된 원고 내용을 비트 단위의 신호로 변환하기 때문이다. 컴퓨터로 글을 쓸 때 원고는 종이 위에 물리적으로 기록되는 것이 아니라 모니터 위에 유동적인 시각 정보로 존재한다. 그 중에서 내용이 확정된 것만, 우리가 저장 버튼을 누르는 순간 비트 신호로 변환되어 하드디스크나 휴대용 USB 메모리 등의 매체에 보관된다. 이른바 디지털 방식으로 원고를 처리하는 컴퓨터는 타자기와 만년필을 글쓰기의 역사 저편으로 밀어냈을 뿐만 아니라, 우리 문인들을 인터넷으로 대변되는 새로운 글쓰기 환경에 적응하도록 만들고 있는 것이다.

2. 붓

그럼에도 불구하고 흥미로운 사실은, 우리 시인들의 작품 속에서 글쓰기 도구의 원형은 아직까지도 컴퓨터가 아니라는 점이다. 만년필이나 심지어는 붓이 등장하는 경우가 더 자주 눈에 띈다. 시적 비유는 은연 중 그 대상물을 근원으로 환원하려는 속성을 지닌 때문인지도 모른다.

겨울 강, 그 두꺼운

얼음종이를 바라보기만 할 뿐

저 마른 붓은 일획이 없다

발목까지 강줄기를 끌어올린 다음에라야

붓을 꺾지마는, 초록 위에 어찌 초록을 덧대랴

다시 겨울이 올 때까지 일획도 없이

강물을 찍고 있을 것이지마는,

오죽하면 붓대 사이로 새가 날고

바람이 둥지를 틀겠는가마는, 무릇

문장은 마른 붓 같아야 한다고

그 누가 一筆도 없이 揮之하는가

서걱서걱, 얼음종이 밑에 손을 넣고

물고기비늘에 먹을 갈고 있는가
— 이정록, 「갈대」 전문(『현대시』, 2006. 3)

인간 존재의 외적 한계와 내적 가능성을 일반화의 어법으로 갈파했던 파스칼의 명제가 이 시에 들어와서 구체성을 얻었다. 갈대는 이 시에서 사유하는 인간의 전형을 대변하는 동시에 그 사유를 기록하는 필기도구의 원형을 지시한다. '갈대 = 인간 = 붓'으로 이어지는 동일성의 원리가 이 시를 지배하는 순간, 붓은 일개 필기도구가 아니다. 시적 자아가 속한 세상 그 자체를 거대한 글쓰기의 공간으로 치환하는 사유의 기제가 된다. 필기도구가 감히, 특정 세계관을 지탱하는 중심축 역할을 맡는 셈이다.

　　시적 자아는 얼어붙은 겨울 강을 바라보며 "얼음종이"를 입에 올린다. 붓의 촉촉한 혀를 나긋하게 받아들여 자신의 몸을 적셔 나가는 흰 종이 같은 것은 기대하지 말라는 뜻이다. 냉정한 종이와 마른 붓으로 '초록이 아닌 초록'을 그려낼 수 있을 때까지 말이다.

　　이 시에 나오는 갈대처럼 마른 붓의 상태로 자신의 마음을 휘적 휘이적 먹처럼 갈아 본 적이 글쓰는 사람들에게는 누구나 한 번쯤 있을 것이다. 이를테면 흔쾌히 약속했던 원고 마감일이 하루 앞으로 다가오고, 기어이 그 날짜를 넘겨 편집자로부터 독촉 전화를 받고, 그러고 나서도 여전히 생각의 끄트머리를 붙들고 앉아 목마른 갈대처럼 흔들려 본 경험이 있을 것이다. 그때 우리들이 마지막까지 손에 쥐고 있었던 그것이 단지 필기도구로서의 '붓'에 지나지 않는 것이었을까.

> 11월의 갈밭 하늘에
> 먹물 몇 점이 번진다
>
> 창공 높이 도요새떼 떴다
> 비오리 고방오리 쇠오리 청둥오리 재갈매기 고니떼
> 연이어 솟아오르고
> 一筆揮之 검은 밧줄을 늘였다 당기며
> 기러기떼 행렬이 먼 산마을 쪽으로 들어간다
>
> 서녘 하늘을 서대는 갈바람 소리
> 온몸 저리며
> 龍山 등허리에 걸쳐 지금 막 떠오르는 저것은
> 그믐달인가 초승달인가
> 수묵 몇 폭을 남기고도 낙관을 찍지 못해
> 안달하는
> 아 이 저녁 어스름.
> 　　— 송수권, 「저녁 어스름: 순천만 갈밭 소묘」 전문 (『현대시학』, 2006. 3)

붓에 먹을 다시 먹이지 아니하고 단번에 쓰듯, 그렇게 글을 내리 쓰는 것은 요원하기만 한 일일까. 저녁 어스름이 자신을 감싸도록 시적 자아는 갈대밭에 우두커니 서 있다. "수묵 몇 폭을 남기고도 낙관을 찍지 못해/안달하"듯, 그의 생각은 아직 끝내지 못한 글에 가 있는 모양이다. 이 시에서는 하늘이 종이가 되고, 그 속을 날아가는 철새떼가 먹물이 되어 준다. 갈바람에 흔들리는 것은 갈대이며 동시에 시적 자아이고 그것은 곧 붓이다. 이렇듯 눈에 띄는 것 모두를 글쓰기와 연관지어 보지만, 그것들이 화자에게 뾰족한 해결책을 줄 리는 없다. 마지막 연에서 의미의 중심을 이루는 술어인 "온몸 저리며"나 "안달하는" 등의 주어가 모호하게 처리된 것도 이와 관련 있을 것이다. 여기서 우리는 '안달하는 온몸'이 곧 글쓰기의 도구이자 매개체라는 생각의 편린과 만나게 된다.

3. 온몸

자신의 온몸이 글쓰기의 도구이자 매개체가 되어야 한다는 생각은 사실, 그 전거를 명확히 따질 수 없을 만큼 일반화된 것이다. 시창작의 영역에서 문제의 요체는 그 생각을 어떻게 새로운 방식으로 드러내느냐에 있다. 다음 시는 좋은 보기가 되어 준다.

토막 난 낙지다리가 접시에 속필로 쓴다
숨가쁜 호소(呼訴) 같다

장어가 진창에다 온몸으로 휘갈겨 쓴다
성난 구호(口號) 같다

뒤쫓는 전갈에게 도마뱀 꼬리가 얼른 흘려 쓴다
다급한 쪽지글 같다

지렁이도 배밀이로 한 자 한 자씩 써 나간다
비장한 유서(遺書) 같다

민달팽이도 목숨 걸고 조심 조심 새겨 쓴다
공들이는 상소(上疏) 같다

쓴다는 것은
저토록 뜨거운 肉筆이란 말이지
몸부림치며 혼신을 다 바치는 거란 말이지.
— 유안진, 「겁난다」 전문(『시로 여는 세상』, 2006. 봄)

'육필'이란 단어는 이 시에서 "본인의 손으로 직접 쓴 글씨"라는 국
어사전의 의미 규정을 보기 좋게 넘어선다. '자신의 온몸으로 목숨 걸
고 쓰는 글'이 바로 이 작품이 말하는 '육필'이다. 그것을 시인은 다섯
가지의 선명한 국면을 통해 독자에게 제시한다. 낙지, 장어, 도마뱀, 지
렁이, 민달팽이, 이렇게 다섯 가지 시적 주체는 모두 먹이사슬의 아래
층에 속한 생물들이다. 더구나 그들이 맞닥트린 상황은 다급하고도 절
실하다. 이 지점에서 비로소 '온몸으로 글쓰기'가 이루어진다. 호소나
구호, 쪽지글, 유서, 상소 등 글쓰기의 형식은 제각각이지만, "몸부림치
며 혼신을 다 바치는" 글쓰기라는 점에서는 하나같다.

이 작품에 나오는 시적 주체들에게 온몸으로 글쓰기는 거의 본능적
인 행위에 가깝다. 한계상황에서 자신의 생명을 유지하기 위한 마지막
몸부림이기 때문이다. '쓴다는 것'을 업으로 삼는, 당신의 경우는 어떠한
가. 이 대목에서 나는, 여성의 글쓰기와 관련해 "그의 내부에는 최소한이
라도 약간의 어머니의 젖이 존재한다. 그녀는 하얀 잉크로 글을 쓴다."는

엘렌 식수스의 언급을 섬뜩하게 떠올렸다. 시인이 이 작품에 '겁난다'라는 제목을 붙인 것은 그러니까, 얼마나 적절한가.

4. 첼로

예술의 영역에서 도구의 문제를 살펴볼 차례다. 마침, 한 시인이 '첼로'라는 악기를 우리 앞에 내민다. 그 첼로를 다루는 시인의 방법이 사뭇 독특하다.

> 연주자는 꽃잎을 불러모으거나
> 깃털을 불러모으는 마술사라고 생각했어요
> 그러므로 음악을 감상하는 일이란
> 깃털로 만든 이불을 덮고 누워
> 꽃잎에서 추출한 향기를 맡는 것처럼
> 우아하고 고상한 일이라 생각했지요
> 그러다가 방금 전에서야 연주자들 역시
> 노동자라는 사실을 어이없이 깨달은 것이에요
> 炭脈을 찾아 끝도 없이 내려가는
> 鑛夫라는 거, 삽 한 자루가
> 전재산인 저 첼리스트를 보란 말이지요
> 땀 뚝뚝 흘려대며 필사적으로 놀려대는
> 저 삽질
> 어지간해서는 가슴 더워지지 않는
> 뭇 영혼에게 땔감 대주는 일이란 얼마나
> 고단하고 숨막히는 작업인가요
> 진작에 땔감 떨어진 무쇠난로처럼
> 싸늘하게 식어 말없이 웅크리고 앉아 있던
> 내 가슴에 석탄 한 삽을 막 집어넣고 돌아서는
> 첼리스트의 등허리가 그 사이 부쩍 휘었군요
> — 한혜영, 「어떤 첼리스트의 노동」 전문(『서정시학』, 2006. 봄)

　음악을 연주하는 도구인 '첼로'가 이 시에서는 '삽'으로 바뀐다. 일상 어법의 차원에서는 거북할 수밖에 없을 그 치환의 과정이 이 시에서는 매우 자연스럽다. 이 작품이 지닌 남다름의 요체다. 물론 이 시는, "연주자들 역시/노동자라는 사실을 어이없이 깨달은 것"을 전달하는 데 주력하는 듯 보인다. 그러나 이 시가 '노동자'의 당파성을 주장하고 있는 것은 아니다. 오히려 이 시는 노동자의 당파성을 무화시킨다. 노동자라는 말의 외연을 특수한 조건을 내세워 날카롭게 한정하는 대신 그 내연을 보편적인 조건을 들어 부드럽게 확장하기 때문이다. 가령 "꽃잎을 불러모으거나/깃털을 불러모으는 마술사"라는 막연한 생각으로부터, 삽 한 자루가/전재산인 첼리스트"의 "땀 뚝뚝 흘려대며 필사적으로 놀려대는/저 삽질"이라는 개성적 인식에 도달하는 과정에서 독자들이 떠올리는 것은 계급 차원의 노동이라기보다는 보편적 의미의 노동에 더 가깝다. 예술 행위를 노동 행위로 바꿔 놓으면서도 관념의 과격성에 빠지지 않았기에 가능한 일이다.

　이 시를 읽다 보면, 도구로서의 첼로가 어느 순간 투명하게 사라지고 첼리스트와 음악만이 남는다는 사실을 깨닫게 된다. 그런데 그 경지에 이르는 데 필요한 것이 바로 "땀 뚝뚝 흘려대며 필사적으로 놀려대는/저 삽질"이라는 사실 또한 우리는 간과할 수 없다. 글쓰기도 어찌 보면 사유 그 자체라기보다는 '사유하는 노동'이라 부를 수 있는 어떤 상태다. 그 상태에 도달하기 위한 방편으로서 컴퓨터든 만년필이든 붓이든 온몸이든 심지어는 삽이든, 도구의 중요성이 역설적으로 강조되는 것은 따라서 이상한 일이 아니다.

(『서정시학』, 2006년 여름호)

전도된 가치관 혹은 날조된 재앙

1. 레터와 바이러스의 자리바꿈

당신을 사랑합니다, 라는 제목의 이메일을 평소 알고 지내던 사람으로부터 받았다고 하자. 이때 그 '판도라의 상자'를 열어 보지 않고 배겨 낼 사람이 몇이나 될까? 내가 알고 있는 그녀가 혹은 그가 나를 사랑한다는데, 그 막연한 기대와 호기심은 쉽게 억누를 수 없을 것이다. 실제로 최근 전세계 매스컴의 톱뉴스는 단연 이 러브레터에 관한 것이었다. 이메일로 전송된 그 러브레터를 열어 본 사람은 전세계적으로 무려 4,500만 명이 넘었다고 한다.

문제의 그 러브레터는 그러나 사랑이 아니라 증오였던 것으로 밝혀졌다. 러브레터가 아니라 컴퓨터바이러스였던 것이다. '러브바이러스'라는 이름의 그 컴퓨터 프로그램은, 이메일을 열어 보는 사람의 컴퓨터

파일들을 삭제하고, 그 사람의 주소록에 들어 있는 다른 사람들에게 그 사람의 이름으로 같은 제목의 이메일을 자동 전송하도록 프로그램되어 있었다. 막연하게 또는 은밀하게 사랑을 기대하는 사람들의 미묘한 심리를 이용해 그 컴퓨터바이러스는 삽시간에 전세계의 네트워크를 점령해 버렸다. 내가 여기서 문제삼고자 하는 것은 '러브-레터'를 '러브-바이러스'로 뒤바꿔 놓은 가치관의 전도 현상이다.

'레터'라는 단어에는 컴퓨터의 <Delete>키로는 삭제할 수 없는 중요한 의미가 여럿 들어 있다. 인류 문화 발전의 기초가 된 '문자'로부터, '편지', '문서', '문학', '학문'에 이르기까지 쉽게 버릴 만한 것이 없다. 그런데 그 단어가 비유적인 의미에서가 아니라 실제로 바이러스가 되어 버렸다. '사랑'이란 말은 또 어떠한가. 긴 설명이 필요치 않을 것이다. 그런데 그 말이 비유적인 뜻에서가 아니라 실제 상황에서 바이러스를 담는 껍데기가 되어 버렸다. 이렇게 지금 우리는 가치관이 전도된 현실에서 살고 있다. 이번 러브바이러스 사건은 컴퓨터를 매개로 한 것이어서, 일상 생활이나 업무에 컴퓨터를 직접 활용하지 않는 사람들에게는 그 현실성이 덜하게 느껴질 수도 있다. 그러나 불행히도 가치관의 전도 현상이 컴퓨터 주변에만 국한된 것은 아닌 듯하다. 이러한 사정을 동시대 시인들의 작품을 통해 살펴보자.

2. 자연물과 인공물, 혹은 기표와 기의 사이의 혼란

함민복 시인은 이 시대를 한마디로 혼란스럽다고 정의한다. 그 혼란은 무엇보다 자연물과 인공물, 또는 기표와 기의 사이에서 일어나는 인위적인 역전 현상에서 야기된다. 예를 들어 귀뚜라미를 마스코트로 등장시킨 한 텔레비전 광고에 의하면, 귀뚜라미는 풀밭이나 정원에서 살지 않는다.

> 보일러에서 기름 방울에 젖고 싶다고 귀뚜라미가 운다
> 아카시아 나무에서 샴푸 냄새가 쏟아진다
> 김포평야에 논 밀고 풍년마을이란 아파트가 들어선다
> 사람이 물길을 막고 사람이 상하자
> 옛사람들처럼 큰물이 났다고 하지 않고
> 수마(水魔)가 할퀴고 간 상처라고 하루 종일 떠들어댄다
> 고궁과 길거리 향로와 항아리에 담배꽁초가 쌓인다
> 민중의 지팡이란 말로 허약하지 않은 민중을
> 虛弱하게 만들어놓는다
> 자연보호란 화두로 자연을 약화시켜놓고
> 갓난아기가 아버지를 보호하겠다고
> 떠들썩 운동이 전개되는 이 시대는,
> — 함민복, 「혼란스럽다」 전문(『문학동네』, 2000. 봄)

이제 귀뚜라미는 특정 상표의 기름 보일러 속에서 기름을 먹고산다. 가을이 왔다고 알리는 고유의 임무도 잊은 지 오래, 보일러에 기름이 떨어졌을 때 기름을 넣어 달라고 찌리릭거릴 뿐이다. 우리는 첫여름에 바람을 타고 흩날리던 아카시아꽃 향기를 기억한다. 꿀벌들을 불러 모으던 그 향기를 이제는 '샴푸 냄새'라고 불러야 할 형편이다. 인공적으로 아카시아 향기를 만들어내 그것을 샴푸에 담는 기술 자체를 탓할 생각은 없다. 간과할 수 없는 문제는, 그로부터 파생되고 조작되는 자연물과 인공물 사이의 자리바꿈, 그리고 아카시아 향기가 '샴푸 냄새'라는 인위적 기표에 치환당하는 일이다. 논이 있던 자리에 아파트가 들어서는 것도 비슷한 정황이다. 왜 하필이면 사람이 먹고사는 쌀을 생산할 논에다가 아파트를 지어야 할까. 지리적 여건상 그럴 수밖에 없었다고 치자. 그렇더라도 그 아파트를 '풍년마을'이라고 부를 수는 없을 것이다.

　　장마로 인한 큰물의 해를 굳이 '수마'라고 처음 이름붙였던 사람은 누구일까. 실제로 그렇지 않기를 바라지만, 혹시 수해에 대한 책임을 져야 했던 사람은 아니었을까. 수해라는 자연 현상을 초자연적인 악의 힘으로 왜곡 인식시킴으로써 자신의 책임을 떠넘기고자 했는지도 모를 일이다. 지금은 과학 기술의 발달로 내일의 날씨가 아니라 몇 시간 후의 날씨 예측까지 가능해졌다. 그런데도 우리는 오히려 옛사람들이 '큰물'이라 했던 것을 '수마'라고 신비화하는 고의적인 오류에 빠져 있다는 것이 시인의 지적이다. 옛사람들은 군주는 운수를 말하지 않는 법(人君不言命)이라 하여 귀신이나 자연재해에 자신의 책임을 전가하는 것을 부끄럽게 여겼다. 초인간적인 힘이 아니라 인간 자신의 노력으로 더 나은 세상을 만드는 것이 정치의 본령이라 믿었기 때문이다.

　　시인은 또한 '민중의 지팡이'라는 말에서 언어의 폭력성을 읽어낸다. 이승훈이 엮은 『문학상징사전』을 들춰보자. '지팡이'는 본디 모세나 마법사의 지팡이가 암시하듯 신비로운 능력을 상징한다. 우리 고전문학의 경우에는 대부분 기댈 곳 없는 삶의 의지처나 노년의 외로움을 달래 주는 벗을 의미한다. 현대문학의 경우 지팡이는 방향을 잃고 헤매는 삶에 중심을 마련해 준다는 뜻을 담고 있다. 의미 자체로는 모두 긍정적인 것들이다. 그런데 문제는 우리들의 의사와는 상관없이 '민중의 지팡이'란 말이 어느 날 갑자기 우리에게 주어졌다는 데 있다. 그 지팡이를 짚든 말든, 우리는 어느 날부턴가 삶의 의지처를 잃어버린 허약한 존재들이 된 것이다. 지팡이를 필요로 하는 사람들의 사정이 아니라, 지팡이 자체가 전면에 나선 형국이다. '지팡이'라는 인위적 기표가, 지팡이가 본디 지니고 있던 기의를 변질시킨다. 더 나아가 변질된 기의는 국가기관이라는 매체를 통해 수신자들에게 강제된다. 언어 사용에 대한 사회적 책임은 찾아볼 수 없다. 이런 판국에 갓난아기가 아버지를 보호하겠다고 나서는 것도 무리는 아니다. 그러나 우리는 잊지 말아야 한다. 갓난아기를 흔드는 보이지 않는 손, 그 손은 다름아닌 우리 자신들의 손이기도 하다.

3. 시의 거울 속에서 뒤바뀌는 실제와 상상

앞서 살펴본 함민복의 작품에는 이 시대를 혼란스럽다고 인식하는 시인의 입장이 비교적 분명히 드러나 있다. 말하자면 그는 정공법을 취한 것이다. 이에 비해 김언과 서안나의 시편들은 가치관이 전도된 현실이 작품 전편에 걸쳐 알레고리화되어 있다. 시인의 입장은 독자들에게 우회적으로 전달된다. 거울에 비친 형상의 좌우가 바뀌듯, 두 시인의 작품에 비친 현실은 그 실제와 상상이 교묘히 뒤바뀌어 있다.

> 아침마다 썩는 냄새가 푹푹 쌓이는 마을, 이 마을 正중앙엔 커다란 전봇대가 하나 서 있다 사람들은 이 전봇대를 중심으로 밤새 쓰레기를 쌓아두고 집으로 돌아간다 날이 밝으면 전봇대 꼭대기에서 도둑고양이들이 내려와 쓰레기더미를 뒤진다 꼬리를 잔뜩 세운 고양이들은 밤새 참아왔던 허기를 게워내고 날카로운 이빨 사이로 썩는 냄새를 꾹꾹 채워 넣는다 오전과 오후 내내 도둑고양이들이 만찬을 즐기는 동안 집집마다 인간들은 밤새 내놓을 쓰레기들을 장만하느라 정신이 없다 이윽고 제대로 쓰레기를 장만하지 못한 집들의 불안과 초조에 뒤섞여 저녁이 몰려온다 저녁이 밤으로 바뀌기 전에 도둑고양이들은 전봇대 꼭대기로 올라가고 잔업에 밀린 인간들은 피곤함도 잊은 채 마지막까지 쓰레기 만드는 일에 열중한다 전봇대를 중심으로 밤새 쓰레기들이 차곡차곡 쌓이고 가까스로 목표량에 도달한 인간들은 오늘도 무사히, 안도의 한숨을 내쉬며 집으로 돌아간다
> — 김언, 「전봇대와 고양이의 마을」 전문(『게릴라』, 2000. 봄)

제목부터 주목하자. 시인은 자신이 그린 세계를 사람들이 사는 어떤

마을이라 하지 않고 전봇대와 고양이의 마을이라고 부른다. 기존의 가
치관이 철저히 배반당하는 것이다. 사람들은 대낮에 거리를 활보하거나
직장에서 새로운 무엇을 만들어내는 대신 밤늦도록 쓰레기 만드는 일
에 열중한다. 노동의 대가로 성대한 식사를 즐기는 것도 인간이 아니라
도둑고양이들이다. "인간들은 밤새 내놓을 쓰레기들을 장만하느라 정신
이 없다"는 표현은 기발하고도 섬뜩하다. 인간들이 잔업까지 해 가며
만들어낸 것이 가치 있는 상품이 아니라 쓰레기에 불과하다는 진술은
충분히 문제적이다. 약간의 과장과 비약이 섞여 있기는 하지만, 우리는
이 대목에서 자본주의 체제를 유지시키는 것은 합리적인 경제 원칙이
아니라 인간들의 눈먼 욕망이라는 명제를 곱씹게 된다. 시의 끝 부분에
나오는 '목표량'이라는 시어는, 노동의 신성함이 아니라 욕망마저 수량
화하는 자본주의의 비정함을 느끼게 한다. 노동의 가치나 보람은 제대
로 맛보지 못한 채 "불안과 초조" 혹은 "안도의 한숨" 사이를 오가는
것이 우리들 삶의 참모습은 아닌지 모를 일이다. 자신의 현재 삶에 대
한 깊이 있는 통찰에 도달하려는 몸짓은 다음 시편에서도 발견된다.

> 수산시장에서 횟감을 뜬다. 생선이 피를 흘리면서도 입을 끔뻑거린
> 다. 살은 살대로 뼈는 뼈대로 검은 비닐 봉지 두 개에 생선의 일생을
> 나누어 담는다. 봉지 속에서 생선이 할말이 남은 듯 큰 눈을 감지 못
> 하고 있다. 온 세상이 검은 봉지 뒤집어쓴 듯 흐린 날 오후. 검은 봉지
> 속에서 생선이 펄떡거리는 것만 같은 오후. 내 몸도 살과 뼈로 나누이
> 면 봉지로 두 개쯤은 될까. 생선처럼 남의 입을 즐겁게 해줄 수나 있
> 을까. 가죽 봉지에 둘러싸인 것처럼 가슴이 갑갑해진다. 아이가 자꾸
> 비닐봉지를 열어 본다. 내 무릎 위에서 검은 비닐 봉지들이 버석대며
> 말을 걸어오고. 애 밴 여자처럼 허공을 다 껴안을 듯 입을 벌리고 있
> 는 검은 비닐 봉지들. 나를 삼킬 듯 노려보는 성난 눈초리들.
>
> — 서안나, 「수산시장에서」 전문(『게릴라』, 2000. 봄)

수산시장에서 횟감을 떠 오는 평범한 일상을 그린 작품이다. 그러나 이 시가 담고 있는 인식 내용은 결코 평범하지 않다. 작품 전편을 지배하는 것은 '검은 비닐 봉지'의 이미지다. 그 비닐 봉지는, "입을 끔뻑거리"며 "할말이 남은 듯 큰 눈을 감지 못하"고 아직도 살아 있는 존재를 죽은 사물로 취급하게 만든다. 그 검은 봉지에 담기는 것은 무엇이든 일단 죽음의 세계에 속하는 것으로 간주된다. 그런데 횟감 생선을 담았던 그 검은 비닐 봉지가 온 세상을 뒤집어씌운 것 같다고 시적 화자가 느끼는 순간, 이 모든 상황은 역전된다. 검은 비닐 봉지 속에 담겼던 횟감 생선은 다시 살아나 펄떡거리는 것만 같은데, 시적 화자는 오히려 자신이 "가죽 봉지" 같은 육체에 담겨 있다고 인식하기에 이른다. 이 인식 전환의 계기가 된 것은, "생선처럼 남의 입을 즐겁게 해줄 수나 있을까"라는 시인의 실존적 자기 질문이다. 자신의 육체를 저며서 사람들에게 공양하는 횟감 생선과 자신의 언어로써 타인의 영혼을 감동시켜야 할 시인 사이의 비교 혹은 자리바꿈에 이 시의 묘미가 있다. 실제와 상상이 뒤바뀌는 시의 거울에 한 번 비춰 보자. 아직 내가 사람으로 보이는지, 저 누런 가죽 부대 속에 도대체 무엇이 들어 있는지.

4. 재앙이 만들어지는 방식

인공물이 자연물을 대체하고 기표가 인위적으로 기의를 구속하며, 욕망이 욕망을 낳고 그 욕망은 사람을 부린다. 게다가 나의 실존적 상황마저 의심스러운데 재앙이라는 것까지 날조되기에 이르렀다면, 사태는 심각하지 않을 수 없다.

정월 초하루에 재앙이 온다는데, 아는 집은 생수를 여러 상자 사두
었다는데, 이웃들은 가스와 라면을 다 챙겨두었다는데, 동생네는 그릇
마다 물을 받아두었다는데…… 아내는 걱정을 했다 나는 반평생을 아
파트에 살아오면서, 때때로 친절했던 단수 통보를 마음 깊이 새겨 욕
조 가득 물을 받아둔 적도 있었지만 옥상 물탱크가 다 비기도 전에 번
번이 다시 물이 나와 받아둔 물을 버렸다고 혹 한나절 물이 안 나와도
크게 불편하지는 않더라고 웃으며 말했다 그리고 생수와 라면 상자를
사서 집에 쌓아두고는 혼자 편히 자는 일이 별로 내키지 않는다고, 꼭
두각시처럼 구는 수선이 싫다고 궁한 이유를 대면서 말하지도 않았다
이유가 있어서라기보다는 우선 내 방식이니까 우리가 무슨 대단한 컴
퓨터 천국에 산다고, 몇 대의 컴퓨터가 망가진다고 밥도 먹지 못하겠
느냐고, 컴퓨터를 모르는 놈들은 아차하면 컴퓨터가 터미네이터가 되
는 양 생각하지만 그건 한낱 기계일 뿐이라고 냉소하며 말하지도 않
았다 세상일이 그렇지 않던가 아직도 모르는가 재앙은 만인이 알도록
서툴게 오지 않는 법, 진정한 재앙은 단숨에 적을 제압하여 숨통을 끊
은 후 한숨과 폐허만 남기고 흔적 없이 사라지는 법 호들갑 좋아하는
저 양치기 같은 언론과 신문은 틈만 나면 사람들을 가지고 놀려하니
겁먹인 놈이나 겁먹은 놈이나 바보스럽기는 매 한 가지 예측된, 예측
되었기 때문에 이미 아닌 재앙을 덩달아 예측해 생수와 라면과 가스
를 챙기는 사려 깊은 우리는, 날마다 길을 내느라 뽑히는 나무들과 밟
히는 벌레, 물길을 막느라 길을 잃은 물고기와 함부로 버린 비누거품
과 음식 쓰레기가 몰래 데려오고 있는 진정한 재앙은 자주 걱정하지
않는다 정월 초하루가 지나고 또 며칠이 지나도 세상은 여전하여 아
내와 나는 슬쩍 웃고 넘어갔지만, 나는 속으로는 많이 걱정한다네, 진
정한 재앙이 온 어느 아침 우리 집에는 물 한 방울 없고 성냥 한 개비
없을지니 설사 생수와 가스통이 트럭으로 있어도 손쓸 수 없을지니
　　　　　　— 이희중, 「재앙은 어떻게 오는가」 전문(『시와시학』, 2000. 봄)

밀레니엄 버그, 또는 Y2K라는 이름으로 새로운 천 년의 길목에서 사
람들을 불안케 했던 '날조된 재앙'이 있었다. 불과 몇 달 전 일이다. 그때
재앙이 올 수밖에 없는 이유를 설명하던 "양치기 같은 언론"의 논리는

정연했다. 컴퓨터 업계 쪽에서 제공되었을, 그 적당히 전문적이고 또 적당히 대중적인 내용들은 일반인들을 설득시키기에 조금도 모자람이 없었다. 밀레니엄 버그의 발생 원인과 예상 시나리오, 그리고 대비책으로 연일 지면과 화면이 넘쳐 났다. 일반인들로서는 인류 역사 이래 처음으로 닥친 이 '과학적인 재앙'이 한편으로는 신기하면서도 내심 불안할 수밖에 없었다. "아는 집은 생수를 여러 상자 사두었다는데, 이웃들은 가스와 라면을 다 챙겨두었다는데, 동생네는 그릇마다 물을 받아두었다는데" 하고 걱정하는 것은 차라리 소박했다. "생수와 라면 상자를 사서 집에 쌓아두고는 혼자 편히 자는 일이 별로 내키지 않는다"고 말하는 이 시의 화자 같은 사람은 과연 몇이나 되었을까. 당시 발 빠른 축들은 밀레니엄 버그 구급용품을 만들어 인터넷을 통해 판매하기 시작했다. 또한 밀레니엄 버그라는 재앙의 근본 원인 제공자인 컴퓨터 업계가 이번에는 그 재앙을 빌미 삼은 소프트웨어를 개발하기에 이르렀다. "컴퓨터 모르는 놈들"을 "컴퓨터 천국"에서 계속 거주하게 하려는 듯 컴퓨터 업계는 밀레니엄 버그를 해결할 소프트웨어 상품을 판매하고, 언론들은 그 뉴스를 앞다투어 보도했다. 나는 그때 자본주의 체제는 정말로 힘이 무지막지하다는 것을 새삼 절감했다.

그러나 "정월 초하루가 지나고 또 며칠이 지나도 세상은 여전하여" 그 재앙은 날조된 것이었음이 밝혀졌다. 그것은 재앙이라기보다는 컴퓨터 시스템상의 예측된 오류였으며, 떠들썩한 소문을 내지 않고도 수정할 수 있는 성질의 것이었다. 그럼에도 컴퓨터 업계 - 언론 - 일반인을 거치면서 재앙은 과장되다가 급기야는 날조되고 말았던 것이다. 시인은 분명히 말한다. "재앙은 만인이 알도록 서툴게 오지 않는 법, 진정한 재앙은 단숨에 적을 제압하여 숨통을 끊은 후 한숨과 폐허만 남기고 흔적 없이 사라지는 법"이라고. 양치기 소년의 일화가 한바탕 거대한 논픽션 드라마로 우리 눈앞에 펼쳐졌던 셈이다. 원인 제공자와 해결자, 진실과 허위가 자본을 축으로 수차례 자리바꿈하면서.

날조된 재앙은 이제 지난 이야기가 되겠지만 우리에게서 재앙이 완전히 사라진 것은 물론 아니다. "날마다 길을 내느라 뽑히는 나무들과 밟히는 벌레, 물길을 막느라 길을 잃은 물고기와 함부로 버린 비누거품과 음식 쓰레기가 몰래 데려오고 있는 진정한 재앙"을, 우리들은 오히려 외면하고 있다. 그 진정한 재앙이 외면당하는 이유는 너무나 분명하다. 지금 당장은 자본의 논리와 생태계의 원칙이 서로 상충되는 것처럼 보이기 때문이다. 궁극적으로 그 두 논리가 상호 보완적이라는 사실을 받아들이지 않는 한, 재앙은 오고야 말 것이다. 그리하여, "진정한 재앙이 온 어느 아침 우리 집에는 물 한 방울 없고 성냥 한 개비 없을지니 설사 생수와 가스통이 트럭으로 있어도 손쓸 수 없을지니"…….

(『게릴라』, 2000년 여름호)

고난을 바라보는 몇 가지 시선

　현명한 사람은 큰 고난도 작게 처리해 버리고, 어리석은 사람은 조그마한 고난을 현미경으로 확대해 스스로 큰 고민에 빠진다. 17세기 프랑스 작가 라 로슈푸코의 말이다. 관습적인 도덕심 밑에 숨은 이기주의를 집요하게 폭로함으로써 냉소가라는 평판을 얻었던 그의 이 말에는, 인간 심리의 미묘한 심층을 날카롭게 저미는 일면이 있다. 그런데 그의 이 말은 뒤집어 놓아도 또한 바로 보이는 묘한 구석을 지니고 있다. 뒤집으면 이렇게 된다. 어리석은 사람은 큰 고난을 작게 처리해 버리고, 현명한 사람은 조그마한 고난도 현미경으로 확대해 스스로 큰 고민에 빠진다.

　왜 아니겠는가. 자신은 물론 남의 조그마한 고난이라도 현미경으로 확대해 스스로 큰 고민에 빠지려는 사람들. 그러니까 현명한 듯하지만 스스로를 괴롭히는 어리석은 사람들. 그러나 그 반대로 말해도 역시 들어맞는 사람들…… 여기까지 쓰고 읽는 나와 당신을 포함해, 이런 글쓰기를 촉발한 다음과 같은 시를 쓴 시인들 모두에게 해당되는 말 아닌가?

> 게시판에 붙어 있는
> 압핀을 본다
> 무얼 붙이고 있기는 했는데
> 그 무엇이 떨어져 나가자
> 할 일 없이 그저 숨죽이고
> 납작하게 붙어 있다
> 아무런 무늬도 없고
> 평범하게 생긴 조그만 쇳조각이라
> 손톱으로 건드리기만 해도
> 쉽게 떨어질 것 같다
>
> 회사가 문 닫았다고
> 식구들에게 말하지도 못하고
> 아침마다 어디론가 출근했다가
> 들켜버린 막내삼촌마냥
> 겸연쩍게 씩 웃으며
> 그냥 힘없이
> 툭
> 떨어질 것 같다
>
> 나는 압핀이 잘 붙어 있게
> 손으로 지그시
> 눌러주었다
>
> — 신미균, 「막내삼촌」 전문(『문학과 창작』, 2002. 5)

압핀은 한때 무엇인가 다른 대상을 게시판에 붙이는 것으로 존재 의의를 삼았다. 그런데 이제 그 압핀은 쓸모가 아리송한 존재가 되어 버렸다. 스스로를 지탱하는 것조차 힘겨워, "그저 숨죽이고/납작하게 붙어 있"을 뿐이다. 누군가 살짝 건드리기만 해도 떨어져 내릴 것처럼. 화자는 왜 압핀 하나에 이토록 세심한 관심을 기울이는 것일까. 둘째 연에서 비로소 그 이유가 드러난다. 회사가 갑자기 문을 닫는 바람에 일자리를 잃은 막내삼촌이 안쓰럽게 화자의 마음속에 들어 있기 때문이다. 만일 이 작품에서 둘째 연이 무작정 앞에 나섰더라면, 이 시는 아마도 최근 숱하게 반복된 비슷한 내용의 시편 가운데 하나로 묻혀 버렸을 것이다. 그러나 압핀이라는 일상 소재를 작품 안에 끌어들임으로써 이 시는 막내삼촌이 처한 고난을 매우 효과적으로 전달한다. 이쯤에서 우리는 화자의 시선에 주목할 수 있다. 이 시에서 화자의 시선은 고난에 맞닥뜨린 막내삼촌과 일체화를 지향한다. 물론 그 바탕에 있는 것은 연민과 발원이다. 막내삼촌을 향한 화자의 시선이 따뜻한 연민에서 비롯되었다면, 이 시의 끝부분에서 압핀이 떨어지지 않게 손으로 눌러 주는 행위는 일종의 발원이다. 막내삼촌 같은 사람들이 자신의 삶을 잘 지탱하기를 바라는 마음이 그렇게 표현됐을 것이다.

다음 시편 역시 고통 받는 사람들과 일체화된 시적 자아의 시선을 느낄 수 있는 작품이다. 그런데 여기서 그 시선은 인간 보편의 근원적인 문제 차원으로 확대된다. 질병으로부터 회복될 가망 없이 죽음을 기다리는 호스피스 병동 환자들의 모습을 통해 인간의 삶뿐 아니라 죽음 그 자체에 대하여 문제를 제기하고 있다.

> 회복 불가능한 말기암 환자의 외침이
> 옆방에서 들려온다 모르핀을 놔줘
> 아예 날 죽여줘
>
> [……]
>
> 한번 지독하게 아파본 사람은 알리라
> 새벽 동이 트기까지가

얼마나 가파른 길인가를
그 희미한 빛이
얼마나 가슴 벅찬 메시지인가를

여기서 생명 연장의 꿈은 부질없는 것
문제는 어떻게 죽어가느냐이다
죽음을 어떻게 선택하느냐이다
인간답게 죽고 싶다고 인간은 부르짖기도 하고
이대로 죽게 해달라고 외치기도 한다

하반신이 마비된 어느 별은 아무 말 없이
버틸 때까지 버틴다
소원은 하나같이
집에서,
죽고,
싶다는 것.
　　　　　　　— 이승하, 「가톨릭호스피스협회 병동의 밤」 부분(『현대시』, 2002. 5)

　예상되는 여러 위험을 무릅쓰고 시인은 직설적 어법을 택했다. 이 경우, 그 이면에는 시인의 미의식을 견제하거나 혹은 넘어서려는 절실한 표현 욕구가 자리한다. '호스피스'라는 용어는 이 대목에서 함축하는 바 크다. 일반적으로 중환자실에서 취해지는 삶을 연장시키는 방법은 말기 환자들에게는 어떤 의미에서 인간적 고립감과 고통을 가중시킬 뿐이다. 삶에 매달릴수록 그들은 역설적으로 인간답게 죽을 권리를 박탈당한다. 삶과 죽음의 경계에서 인간의 이성만으로는 판단하기 힘든 곤혹스런 상황이 벌어진다. 생명 연장이라는 인류의 오랜 꿈이 부질없다는 시인의 말은 바로 이런 정황을 가리킬 것이다. "집에서,/죽고,"처럼 행 끝에 일부러 쉼표를 찍어 놓을 만큼의 절박함에서 시인은 인위적인 시적 비유나 상징 역시 소용없다고 판단했는지 모른다. 삶이 어디까지

나아가 죽음에게 그 순서를 내주는 것이 합당한가. 이 물음이 이 작품
에서는 시가 도대체 어디까지 나아가면 '산문성'과 손잡을 수밖에 없는
가 하는 문제를 제기하고 있는 셈이다. 시적 대상과 일체가 되어 공감
하는 정도가 커질수록 그 시는 압축과 리듬 같은 시의 핵으로부터 멀어
지는 원심력을 지니기 쉽다. 삶과 죽음, 그리고 시의 구심력과 원심력
이 겹치는 지점에 이 시는 아슬하게 놓여 있는 것으로 보인다. 이에 비
해 다음 작품은 고난에 처한 시적 대상과 분리된 시선을 유지한 경우이
다. 이때 시적 대상은 일종의 반면교사가 된다.

> 그 소는 말뚝에 묶인 채 죽었다
>
> 불어나는 흙탕물 속에서 제 앞만 보고 헤엄을 치다 죽었다
>
> 물이 빠지고 다리를 걷은 사람들이 죽은 소를 건지러 갔다
>
> 소의 둘레엔 옛날 성(城)을 싸고 흐르던 해자처럼 깊은 도랑이 나 있었다
>
> 소는 제가 건너가려던 물 속에 깊은 강을 팠던 것
>
> 사람들은 자기들 가슴속에도 파여 있는 도랑을 그때야 발견했다
>
> — 이향지, 「소」 전문(『현대문학』, 2002. 5)

　고난에 처한 자의 절박함은 때로 극대화된 힘을 발휘한다. 하지만 이
시에서 고난을 당한 대상의 다급함은 오히려 스스로를 '제 앞만 보는'
어리석음의 늪에 빠뜨리고 있다. 그 정황을 화자는 냉정한 시선으로 쏘
아본다. 말뚝에 묶인 채 불어나는 물에 갇힌 소는 실제 경험할 수 있는
현실의 대상이면서 동시에 우리들 마음속에 있는 상징의 존재이기도 하
다. 그 어리석은 소가 자신이 건너야 할 물 속에 도리어 해자처럼 깊은

도랑을 파고 말았다는 것이다. 해자는 본래 스스로를 방어하기 위한 수단으로 강구된다. 그런데 해자를 생존의 한 방법으로 선택하는 것은 애초부터 배타성을 전제로 한다. 자신과 타자 사이에 건너기 힘든 단절을 만들어 놓기 때문이다. 고난에 처한 자에게 강요되기 십상인 다급한 선택 혹은 어리석음이 고난의 악순환을 낳을 수 있다는 것. 시인은 이 씁쓸한 이치를 시적 대상과 철저히 분리된 시선을 통해 드러낸다. 시인은 마지막 행에서 "사람들"을 불러와 그 같은 인식의 범위를 확대하고 있다. 다음 작품 역시 한 맥락에서 읽을 수 있다.

저 돼지머리가 웃고 있다고 생각하지 말자
고삿상 위에서 그가 짓고 있는 표정을
인간의 미소로, 가령 염화시중의 미소로 잴 일 아니다
지폐 몇 장 물렸다고 웃을 그도 아니다
그렇게 보는 것은 그의 굴욕을 부채질할 뿐이다
누군가 멱을 따고 동강난 머리통을 푹푹 삶아내는 동안
그 역시 한숨을 푹푹 내쉬었을 것이다
그렇잖아도 큰 콧구멍이 그래서 더 벌름거렸을 것이다
누군들 고삿고기로 마감하는 생이고 싶겠는가
그는 이제 꿀꿀거리지도 꽥꽥거리지도 않지만
고요와 안식을 얻었다고 할 수는 없다
그는 지금 생각에 잠긴 것이다
어떤 표정을 지어야 저들이 긍휼히 여길 것인가
그의 참담함은 이래저래 깊다
어째야 하나 내가 아무리 울고불고 찡그리고 애원해도
저들은 내가 여전히 웃고 있다고 하는데
그러면서 지들도 킥킥 웃는데
저런 개돼지만도 못한…
욕을 하다 말고 돼지머리는 거의 울상이다

그러나 그의 표정은 삼겹이나 되는 깊은 속에 있다

그러니 굴욕을 견디는 건 온전히 그의 몫이다
— 강연호, 「표정」 전문(『현대문학』, 2002. 5)

고삿상 위에 놓인 돼지머리의 곤욕은 그것을 바라보는 사람들에겐 고난으로 여겨지지 않는다. 사람들은 돼지머리가 웃고 있다고 생각한다. 심지어 돼지머리를 성불이나 한 존재로 받드는 사람들도 있을 것이다. 그런 시각들이 얼마나 잘못된 편견인가를 시인은 먼저 꼬집는다. 고정관념으로 굳어 가는 편견들에 대한 이 시인의 해체 작업은 이미 앞서 발표한 「미륵사지 석탑」(『시와사람』, 2001. 봄) 같은 작품에서도 시도된 바 있다. 인용된 작품에서 시인은 고난에 처한 대상이 도리어 희극적 상황을 유발하는 아이러니를 문제삼는다. "어째야 하나 내가 아무리 울고불고 찡그리고 애원해도/저들은 내가 여전히 웃고 있다고 하는데/그러면서 지들도 킥킥 웃는데" 같은 구절에서 우리가 발견하는 것은 견고한 편견으로 만들어진 하나의 탈이다. 그 탈은 고난스런 자를 편견으로 바라보는 '사람들'과 엄격히 분리된 시선을 유지했기에 비로소 인식 가능해진 것이다. 시인은 그러나 고난받는 대상에 대해서도 공감이나 연민만을 나타내지는 않는다. 고난에 처했으면서도 동정은커녕 굴욕을 견뎌내야 하는 상황도 따지고 보면 돼지머리 자신 탓이라는 것이다. 이 시의 마지막 부분에 나타나듯 돼지머리의 진짜 표정은 삼겹 속에 감춰져 겉에서는 볼 수 없기 때문이다. 마음속에 품은 감정이나 정서 따위의 심리 상태를 제대로 드러내지 못하는 것, 그러니까 '표정의 진실'을 잃은 것도 고난의 원인이 될 수 있다. 이 새로운 고난은 어쩌면 시적 자아 자신과 독자들을 염두에 두고 설정된 것인지도 모른다. 시인은 고난에 처한 대상은 물론 그 대상을 바라보는 사람들과도 분리된 시선을 유지함으로써 독특한 시적 의미를 길어올린 것이다.

지금까지 이 짧은 글을 통해 고난을 바라보는 시선 전부를 언급한 것은 물론 아니다. 가장 크게는 종교적 차원에서 고난을 다룬 시편을 이 번 달 문예지에서 읽지 못했다(사실, 종교 차원에서라면 고난과 고통을 엄격히 구별해야 한다. 고통은 상실이나 죽음, 비극 등의 결과다. 이에 비해 고난은 고통에 대처하기 위해 스스로 선택하는 것이다. 선택하기 까지의 과정은 복잡하지만 그 선택은 주체의 의지로 하는 것이다). 이 는 우리 현대시에서 형이상시가 미흡하다는 오랜 지적과도 크게 무관 하지 않을 것이다.

(『현대시』, 2002년 6월호)

통하였느냐?

닮은꼴 상상을 위한 변명

속곳을 슬쩍 보여 주듯 '조선남녀상열지사'란 부제를 달고 2003년 개봉된 영화 「스캔들」을 통해 유명해진 말이 있다. "통하였느냐?" 이 말은 여러 CF에 등장한 것은 물론 인터넷 포털사이트에서 한동안 최고 인기 검색어의 자리를 차지하기도 했다. '통하다'라는 말을 무려 16가지 뜻으로 나눠 놓은 국립국어연구원 발행 『표준국어대사전』의 풀이에도 불구하고, 사람들은 그때 모두 '통하였다'는 듯 오직 한 가지의 뜻으로 그 말을 사용했던 것으로 기억된다. 이럴 때 '통하다'란 말은 그 말이 발설되는 순간 당사자들이나 제삼자에게 그리 유쾌한 결과를 불러오지 않는다. 당사자들은 그 말에 대해 혹독한 책임을 져야 하고, 제삼자들은 그들을 손가락질하면서도 내심 자신은 통하지 못한 채 소외되었다는 사실로 인해 은근히 부아가 치밀기 때문이다.

그런데 제삼자의 입장에서 '통하다'라는 말이 항상 불쾌하게 받아들여지는 것 같지는 않다. 나는 이번 달에 발표된 시들을 읽다가 시인들이 서로 '내통'한 것이 분명해 보이는 몇몇 작품들을 발견할 수 있었다. 오랜 기간에 걸친 것도 아니고 동일한 시기에 서로 다른 시인들에 의해 발표된 작품들 중에서 닮은꼴의 상상력을 거듭 확인했을 때, 나는 소외감을 느끼거나 부아가 나거나 하는 심리적 반응을 전혀 경험하지 못했다. 대신 나는 유쾌한 동질감을 느꼈다. 과연, 이런 기억들을 간직하고, 이렇게 생각하며 살아가는 사람들이 또 있었구나! 닮은꼴 상상으로 그러나 똑같지는 않게 펼쳐 보이는 그들의 시세계를 한번 들여다보자.

1. 나는 눈사람이다 : 문태준·조재도

멀리 가서 멀리 오는
눈을 맞는다

만 섬 그득히 그득히

무 밑동처럼 하얀 눈이네
밟으면
무를 한 입 크게 물은 듯
맵고 시원한
소리가 나네

나는 돌아가 惡童처럼,
둘둘 말아 사람을 세워놓고
나를 세워놓고
엉덩이 살을 베어
얼굴에
두 볼에 붙이고
모자를 얹어
나는 살쩌 웃는다

내가 눈 속으로 아주 다 들어갈 때까지
　　　　— 문태준, 「나는 돌아가 惡瘡처럼」 전문(『한국문학』, 2005. 겨울)

　첫 연과 마지막 연을 'ㄷ' 자 모양의 선으로 연결해 보자. '나'와 '눈'의 관계가 어떻게 진전되는지 확연해진다. 무엇보다 행위 주체의 측면에서 말이다. 첫 연에서, "멀리 가서"의 주체는 '나'다. 반면 "멀리 오는" 것의 주체는 '눈'이다. 그 둘 사이의 만남은 "맞는다"라는 동사로 간략히 서술된다. '눈'의 물리적 하강과 '나'의 정신적 상승 의지에 초점을 맞출 수도 있었을 게다. 시인은 그러나 거기에 각질 같은 의미를 덧붙이지 않았다. 다만 행을 두 개로 나눠, 독자들이 시 읽는 속도를 늦추고 의미의 흐름을 지연시켰을 뿐이다. 이에 비해, 마지막 연은 하나의 행으로 이뤄진다. 이 시에서 제일 긴 행이다. 독자들은 이 마지막 행을 단숨에 읽게 마련이다. 이는 마지막 행에서의 행위 주체가 '나'로 단일화된 사실과도 무관치 않다. 또한 여기에 이르면 의미론적으로도 '나'와 '눈(사람)'은 하나가 된다.

　이렇게 되기까지 달리 말해 '나'와 '눈'이 합쳐지기까지, 우리가 앞에서 그어 두었던 'ㄷ' 자 모양의 구조 동선 안에서는 어떤 일들이 벌어진 것일까. '나'와 '눈'의 합일을 말하는 데서 그친 작품이라면, 우리가 이 시를 다시 읽을 필요는 없을 것이다. 이 시의 남다름은 장난꾸러기 아이의 감각과 어른 시인의 언어가 습기 머금은 눈송이처럼 제대로 뭉쳐진 데서 비롯한다. 단적으로, 셋째 연을 천천히 읽어 보자. 하얗게 내린 눈을 밟아 나갈 때 우리가 느낄 수 있는 복합적인 감각을 시인은 이렇듯 빼어나게 묘사한다 : "무 밑동처럼 하얀 눈이네/밟으면/무를 한 입 크게 물은 듯/맵고 시원한/소리가 나네". 아마도 눈에 대한 참신한 감각을 대표해 온 오탁번 시인의 1967년 시구, "눈을 밟으면 귀가 맑게 트인다"(「순은이 빛나는 이 아침에」) 이후 태어난 또 하나의 뛰어난 시구가 아닌가 한다. 넷째 연에서도 아이의 감각과 어른의 언어는 행복하게 만난다. 가령 "나는 돌아가 惡童처럼,/둘둘 말아 사람을 세위놓고/나를 세위놓고/엉덩이 살을 베어/얼굴에/두 볼에 붙이고"라고 노래할 때, 이 시인은 지금 '눈'을 자유자재로 만지고 있는 척하지만 실제로는 '언어'를 능수능란하게 다루고 있다고 해야 할 것이다.

물론, '내'가 눈사람 속으로 들어간다는 설정 자체는 새로운 것이 아니다. 그러나 그 낡은 설정을 독자들이 매우 새로운 감각으로 받아들이게끔 만드는 것은 분명 미래 지향적인 시적 재능이다. 시의 미래는 인위적으로 유포되는 담론으로는 만들어지지 않는다. 시인과 독자는 담론으로 만나는 것이 아니라 구체적인 감각과 자연스런 사유로 만나기 때문이다. 문태준 시인이 이 작품에서 만든 '눈사람' 속에는 악동 같은 소년과 삐쩍 마른 웃음을 짓는 선한 어른이 함께 녹아들어 있다. 그것이 이 시가 지닌 힘의 비밀이다.

그런데 다음 시편의 조재도 시인 역시 눈사람 속에 무엇인가 들어 있다고 운을 뗀다.

아무 소리도 불평도 없이
눈은 뭉쳐져 눈사람이 된다
그 눈사람 속엔
그 이를 지탱해 주는 무언가가 들어 있다
항아리 속 가득 들어앉은
텅 빔 같은
바큇살을 꽉 물고 있는
바퀴의 중심 같은
그렇지 않고서야 어찌 견디겠는가
허물어지기 쉬운 살 속의
투명한 뼈 없고서야
겨울의 한복판을 어찌

생의 느지막을 어찌,
걱정 근심에 한 생이 떠밀려 가는
그 이를 지탱해 주는 것
지탱하여 다시 물로 녹아내려
물방울로 떠돌다 언젠가는 아득한
그리운 고향으로 돌아가게 하는 것,
살을 짜내는 하루하루 노동에
나이 들면 평화로이 살리라는
위안 없다면
은행 알처럼 동글동글한
고 작고 작은 희망마저 없다면
　　　　　　— 조재도, 「눈사람」 전문(『내일을 여는 작가』, 2005. 겨울)

‘눈+사람’이라는 조어법이 드러내듯, 눈사람은 아이들의 세계를 전제했을 때 비로소 자연스런 존재이다. 그런데 이 시는 눈사람을 다루면서도 방법적으로 아이의 시선을 멀리한다. "눈사람 속엔/그 이를 지탱해 주는 무언가가 들어 있다"는 시구를 눈여겨보자. 이 진술은 이 세상에 산타클로스가 살고 있다고 천진난만하게 믿는 아이의 것은 분명 아니다. 산타클로스가 존재하지 않는 대신, 평소 갖고 싶어하던 장난감을 머리맡에 몰래 놓아두는 어른들의 손이 있을 뿐이라는 사실을 알아 버린 다음에야 품을 수 있는 문제의식이다. 더욱이 "항아리 속 가득 들어앉은/텅 빔" 같은 구절에서 시인은 아예 『노자』의 한 대목을 끌어들이고 있다. 이쯤 되면 우리는 이 시인이 눈사람을 말하면서, 눈사람의 두루뭉수리한 겉모양이 아니라 배배 꼬인 그 속을 들여다보고 싶어한다는 점을 알 수 있다. "걱정 근심에 한 생이 떠밀려 가는" 사람들에게는, 눈사람의 내부에도 "투명한 뼈"가 들어 있다는 생각이 먼저 들 법도 하다. 어쩌면 이 작품의 시적 자아는 지금 자신의 속을 시원하게 펼쳐 보이고 싶어하는지도 모른다. 그렇다면, 눈사람을 지탱해 주듯 우리들의 삶을 버티게 해 주는 "투명한 뼈"란 대체 무엇일까. 구체적인 대답은 사람마다 다를 것이다. 다만 이 시의 화자는 그것을 "나이 들면 평화로이 살리라는" 작은 희망이라 말한다. 그 작은 희망은 그러나 현실에서 얼마나 커다란 대가를 요구하는가. 깔깔대며 눈사람을 만들어 세우던 '악동'들은 하나 둘 사라지고, 그 대신 입을 꾹 다문 채 사리만 철저히 계산하려는 '착한 어른'들이 점점 늘어만 가는 이 세상에서 말이다.

2. 나는 저것이 필기구로 보인다 : 박해람·박철

물가에 버드나무 한 그루
제 마음에 붓을 드리우고 있는지
휘어 늘어진 제 몸으로
바람이 불 때마다 휙휙 낙서를 써 갈기고 있다
어찌 보면 온통 머리를 풀어헤치고
행굼필법의 머리카락 붓 같다
발 담그고 머리 감는 갠지스강의
순례객 같기도 하고.

낙서로도 몇 마리의 물고기를
허탕치게 하는 재주도 부럽고
낙서하기 위해
몇 십 년을 허공으로 오른 다음에야 그 줄기를
늘어트릴 줄 아는 것도 사실 부럽다

쓰자 말자 지워지는
저만 아는 낙서 經典
지우고 또 지우는 마음이
점점 더 깊어지며 흐를 뿐이지만
물 묻은 제 마음이 물 묻은 제 문장을 읽는

저가 저를 속이는 獨經

지구의 모든 문장이 저와 같지 않을까
생각해 보면 참 대책 없다.
— 박해람, 「버들잎 經典」 전문(『현대시학』, 2005. 11)

버드나무 한 그루가 물위로 가지를 드리우고 서 있다. 가끔 바람이
분다. 그때마다 버드나무 가지는 이리저리 흔들린다. 일종의 '직업병'이
랄까. 시인은 그 광경을 보고 이내 종이 위에 붓으로 글씨를 쓰는 모습
을 떠올린다. 실제로는 있지도 않은 '헹굼필법'을 만들어 내고, 갠지스
강에서 머리를 감는 순례객을 생각해 낸다. 이어 둘째 연에서는 황룡사
벽에 늙은 소나무를 그려 넣어 새들을 감쪽같이 속였다는 화가 솔거의
일화를, "낙서로도 몇 마리의 물고기를/허탕치게 하는 재주"로 바꿔 놓
았다. 그것이 오랜 시간에 걸친 수련의 결과임을 직감하면서 화자는 버
드나무를 부러워한다. 요컨대 지금 이 시인의 관심은 온통 '쓰는 것'에
쏠려 있는 것 같다. 그것도 매우 본질적인 고민에 빠진 듯하다. 가령,
"저만 아는 낙서 經典"이나 "저가 저를 속이는 獨經" 등의 시구가 그
고민의 내용을 짐작하게 해 준다: 나의 시는 독자와 소통하는 데 기본
적으로 문제가 있는 것은 아닌가. 나의 시쓰기는 자족적인 한계에 갇혀
있는 것이 아닌가. 누구라도 금방 대답할 수 있는 질문들은 아니다. 시
인이 이 작품에서 끝내 해결책을 제시하지 못한 것은 그러니까 당연한
일이다. 이 시에서 제기한 문제 자체가 시인으로서는 읽어도 그 뜻을
전부 깨칠 수는 없는 경전이나 마찬가지인 셈이다.

박철 시인은 가을 바다의 수평선을 바라보면서 역시 필기구의 하나
인 미술연필을 떠올린다. 그로부터 어떤 문제점을 이끌어내는 것까지
두 시인은 닮았다. 하지만 그것을 처리하는 방법에서 큰 차이를 보인다.

을왕리 가을 바다에 와서
갑자기 미술연필이 떠오른 것은 당연한 일일지 모른다
꽉 찬 자유를,
흔들리며 유혹하는 쓸쓸함을 보면 누구나
엉뚱한 생각을 한번쯤은 할 것이다

고등학교 때 화실에 다니며 곱게 곱게 심을 세웠던
일제 투모로우나 독일제 홀바인 미술연필은
모두 가짜였다 그것을 알면서도 우리는
아름다운 미래를 향해 선을 그렸다

깊어만 가는 가을바다가
누가 밤새 파놓은 인공호수라 해도
나는 그렇게
희망의 말뚝을 박아야 한다
　　　　　— 박철, 「미술연필」 전문(『시를 사랑하는 사람들』, 2005. 11·12)

이 시의 화자는 바다 위의 물과 하늘이 맞닿아 경계를 이루는 '선'을 보면서, 고등학교 때 미술연필로 긋던 그림의 '선'을 연상한다. 화자는 그것이 현실 맥락에서 다소 엉뚱하다는 점을 인정한다. 그러면서도 화자의 현재 심리 상태는 그런 엉뚱한 생각을 스스로 당연하다고 여길 만큼 무엇인가에 골똘한 상태다. 그것이 무엇인가는 이 작품에 직접 표출되지 않았다. 다만, 고등학교 때 소중하게 아껴 가며 사용하던 외제 미술연필들이 사실은 가짜 상품이었다는 것, 그럼에도 불구하고 그 가짜 연필로 진실한 미래를 설계했다는 내용이 진술된다. 이로 미루어 보면 화자는 지금 삶의 어떤 허위의식에 맞닥뜨려 있는 것으로 보인다. 이어지는 시구에서, "깊어만 가는 가을바다가/누가 밤새 파놓은 인공호수라 해도"와 같은 거창한 거짓말을 들이대는 것을 보면 이 해석은 더 설득력을 얻는다. 이 문제에 대해 박철 시인은 '미술연필'을 '희망의 말뚝'

으로 치환하는 상상력으로 대응한다. 거짓이 개입할 수밖에 없는 삶의 조건을 일단 받아들여야 한다는 것, 그렇더라도 현실에 뿌리를 박고 자기의 손으로 직접 미래를 그려 나가야 한다는 것이 시인의 생각이다. 결국, 앞서 박해람 시인이 자신의 실존적 문제에 일종의 판단유보의 태도를 취했던 것에 비하면, 박철 시인은 당위적인 신념에 더 가까이 서 있다고 할 수 있겠다.

3. 나는 세상이 둥글게만 보인다 : 박남희·정일근

코흘리개 시절 나는
누나와 무작정 교외선 열차에 올라
무전여행을 한 적이 있다
들판에는 냉이꽃이 피어 바람에 흔들리고 있었다

한 바퀴 빙 돌아서 원능역이 다시 나올 때까지
중간에 절대로 내리면 안 돼

엄마의 걱정 어린 당부를 뒤로 하고
차표도 없이 누나와 탄 교외선은
두근거리는 내 직선의 마음을 싣고
냉이꽃을 지나
의정부를 지나 청량리를 지나
먹고 싶어도 사먹을 돈이 없어서
군침만 돌게 하던 도너츠 파는 승무원을 지나
시퍼런 물이 출렁거리는 한강을 지나
차표 검사하는 차장의 뚜벅거리는 발자국 소리를 지나
서빙고, 용산, 서울역을 지나는 동안에
직선이었던 내 마음은 어느새 곡선으로 휘어져
다시 원능역에 닿았다

나는 그때 처음으로
교외선을 따라 둥글게 흐르는 한강을 보았다
철커덕거리는 기차 소리를 따라 두근거리며 흐르던 한강은
어디서부터 꼬리를 감추었는지 온데간데없고
강물은 내 안에 둥글게 똬리를 틀고
그동안 직선으로만 알고 있던 세상을 구부려
도너츠 모양의 어린 곡선을 만들어 보여주고 있었다
    — 박남희, 「어린 곡선」, 전문(『시를 사랑하는 사람들』, 2005. 11·12)

장편 분량의 성장소설에서 가장 아름다운 부분만을 뽑아 낸 듯한 작품이다. "한 바퀴 빙 돌아서 원능역이 다시 나올 때까지/중간에 절대로 내리면 안 돼" 하는 어머니의 말씀이 이 시를 읽는 내 귓전에도 그대로 들리는 듯하다. 그런데 어머니의 그 말씀은, 쭈뼛쭈뼛 무서움에 일어서는 머리카락처럼 이 세상이 직선 모양일 것이라는 화자의 생각을 독자들이 엿보게 하는 데 효과적으로 작용한다. 이 덕분에 "두근거리는 내 직선의 마음"이 "~을 지나"는 과정을 반복 제시한 셋째 연은 마치 성장소설에 나오기 마련인 여러 차례의 시련을 연상시킨다. 어린 화자와 누이가 무임승차를 하고 지나는 기차역 하나하나가 성장소설에서의 통과의례를 대신하는 것이다. 또한 순환선 열차의 모든 역을 거쳐 다시 출발점으로 돌아온 것은 엄밀히 말해 공간적으로는 '제자리'이다. 하지만 심리적으로는 이미 '성장'의 의미를 띤다. 부서운 직선인 줄로만 알았던 세상이 사실은 자신이 좋아하는 도너츠처럼 곡선으로 보일 수도 있다는 것, 나이 어린 화자가 이 놀라운 사실을 깨달아 가는 극적인 과정을 이 시는 구체적인 사건 서술을 통해 설득력 있게 전달한 것이다.

이 세상이 둥글다는 점에 대해서는 다음 작품도 기본적으로 생각이 같다. 하지만 그 생각을 독자에게 전달하는 기법은 판이하다.

나무는 자신의 몸속에 둥근 나이를 숨기고 산다
나이테가 둥근 것은 시간이 둥글기 때문이다
시간이 둥근 것은 사람 사는 세상이 둥글기 때문이다
사람의 인연이란 직선의 길을 가는 것이 아니라
둥글게 둥글게 돌아가는 둥근 길이다
둥글게 걷다보면 어디선가 우리는 만나게 될 것이다
그래서 하늘이 엄지손가락에 나무의 나이테 같은
우리가 걸어갈 그 길을 숨겨 놓은 것이다
— 정일근, 「둥근 길」 전문(『시를 사랑하는 사람들』, 2005. 11·12)

이 작품의 구조는 쇠로 만든 고리를 여러 개 이어 줄을 만든 다음, 다시 그 쇠사슬의 처음과 끝을 이어 놓은 모양을 하고 있다. 먼저, 각 행에서 중심 생각을 담은 시구가 바로 다음 행으로 계속해서 이어지는 연쇄의 방법이다: 나무의 둥근 나이테 → 둥근 시간 → 둥근 세상 → 둥근 인연의 길 → 엄지손가락의 지문. 이어, 첫 행에 나온 '나무의 둥근 나이테'와 마지막 행의 '엄지손가락의 지문'을 형태의 유사성에 의해 연결해 놓았다. 단단하고 긴밀한 연쇄 구조다. 그런데 둘째, 셋째 행에서 '~것은 ~때문이다'라고 두 번 반복되는 이 시의 기본 전제는 연역적이며 또한 선험적인 일면이 있다. "나이테가 둥근 것은 시간이 둥글기 때문이다/시간이 둥근 것은 사람 사는 세상이 둥글기 때문이다"라는 인과 관계의 두 문장은, 논리의 적확성이나 비유의 적절성을 모두 벗어나 있다. 이 시의 어조가 지나치게 잠언의 형태를 띠기 때문이다. 이 작품이 쇠사슬처럼 단단한 연쇄 구조를 취하고 있으면서도 심정적인 차원에서 공감의 힘이 그만 못한 것은 바로 이런 사정에 기인한다. 시인이 같은 지면에 발표한 「로드킬」이란 작품에서, "사람이 사람을 죽이는 사람의 길이/직선으로 달려가고 있다"고 인상적으로 노래할 수 있었던 것은 무엇 때문일까. 그 이전 시행들의 구체성에서 힘입은 것이 아닐까. 이 점, 시사하는 바 크다고 하겠다.

4. 나는 술 취해 쓰러진 사람을 보면 남 같지 않다 : 김상배·윤종영

목련꽃 꽃그늘 밑에서
낮술에 취한 젊은 사내가
꽃보다 화려하게 구토를 한다
좋을 때다
저 치명적인 봄날

— 김상배, 「황홀하다」 전문(『화요문학』, 2005. 가을)

인간에게 황홀한 무엇이 있다면, 그것이 무엇이든 허락된 시간은 순간에 불과할 것이다. 순간을 넘어서 지속된다면 그것은 거짓 황홀이기 십상이다. 이 시도 순간인 양 짧다. 물리적인 길이도 짧고 그 속에 담긴 시간도 짧다. 그 짧음을 통해 시인이 말하려는 황홀은 무엇일까. 지금 시인은 낮술에 취한 젊은 사내를 바라본다. 그 사내는 목련꽃 아래서 자신의 속을 뒤집어 땅에 쏟아 놓는다. 그런데 사내의 구토물이 땅에 떨어져 이룬 모양이 목련꽃보다도 화려하다. 시인은 그렇게 느낀다. 그렇게 느끼는 그 순간이 바로 황홀이다.

그러나 황홀은 순간에 그쳐야 한다. 그 젊은 사내에게는 "좋을 때"일 수도 있지만, 이 시의 화자에게는 "저 치명적인 봄날"이기 때문이다. 여기서 '치명적인 봄날' 앞에 관형사 '저'가 붙은 것은, 젊은 사내와 자신을 동일시하려는 내면의 욕망을 물리치기 위한 화자의 방어기제가 작동한 결과이다. 그러니까 역설적으로 이 시의 화자는 그 사내를 심정적으로 매우 가깝게 느끼고 있는 것이다. 살짝이라도 건드리면 터지는 위험물 앞에 바짝 다가서는 사람처럼 말이다. 자신과 그 사내 사이의 위태로운 심정적 거리를 섬세하게 조절하는 것, 때로는 그 일 자체에서도 황홀의 한순간을 불러올 수 있다. 시인이 이 시를 쓴 것도 사실은 그 같은 작업의 하나일 것이다.

다음 시에서도 술에 취해 쓰러진 사내가 나온다. 이 사내에 대한 객관적 정보를 그대로 인용하자면, "대전역 플라타너스 아래,/때 지난 신문을 덮고 취해 쓰러진" 상태라는 것이 전부이다. 앞서 살펴본 김상배 시인의 경우와 크게 다르지 않다. 그러나 첫 연이 모두 시인의 상상에 의해 재구성되었다는 점이 색다르다.

> 너에게도 여름 땡볕 같은 시절 있었다
> 네 여자의 젖가슴에 얼굴을 묻고
> 소름 돋은 솜털 간질이던 굵은 손
> 공사장 못치는 소리처럼
> 쿵, 쿵 울리던 네 심장
> 온 밤을 지새우고도 새털처럼 가벼웠던 몸
> 한낱 상처쯤이야 그 여자의 젖은 입술이면 덮어지던,
> 맨살 부딪치며 한낱 추위쯤이야 견뎌내던,
> 팍팍한 가슴, 채우고도 남았던 사랑
> 너에게도
> 너무 뜨거워서 참을 수 없을 만큼
> 불타던 청춘이 있었다
>
> 대전역 플라타너스 아래,
> 때 지난 신문을 덮고 취해 쓰러진 너에게도
> 너와 네 집과 네 여자에게도
> ― 윤종영, 「너와 네 집과 네 여자에게도」 전문(『정신과표현』, 2005. 11·12)

첫 연은 분명 시인이 상상력으로 다시 구축한 것이지만, 매우 구체적인 정황들을 담고 있어서 '너'가 아니라 화자 자신의 이야기를 들려주는 듯한 착각에 빠지게 한다. 술에 취해 노숙자의 모습으로 쓰러져 자고

있는 '너'가 남 같지 않다는 시인의 인식 내용이 그대로 반영된 결과일 것이다. 그러면서도 화자는 등장인물과 자신을 완전히 동일시하지는 않는다. 가령, "공사장 못치는 소리처럼/쿵, 쿵 울리던 네 심장" 같은 구절을 보자. 이 구절은 결과적으로 '너'의 심장 소리를 들을 수 있을 만큼 가까워진 심정적 거리를 노출하면서도 다른 한편으로는 "공사장 못치는 소리"라는 특정의 상황을 설정함으로써 화자 자신을 사내로부터 떼어 놓는다. 그 대신 이 작품은 사내의 과거를 감각적인 경험으로 채워 나가는 기법으로 그 사내와 화자 자신의 과거의 한순간을 겹쳐 놓으려 한다. 무슨 일에든 "~쯤이야"라고 말할 수 있었던 "여름 땡볕 같은 시절"에 대한 그리움, 시인은 지금 술 취해 쓰러진 낯선 사내를 통해 자신의 과거에 대한 그리움을 표출하고 있는 셈이다. 굳이 구별하자면, 앞의 김상배 시인이 술 취한 사내에 '대해' 노래했다면, 이 시에서 윤종영 시인은 술 취한 사내를 '통해' 노래했다고 할 수 있겠다. 사실, 시인들의 입장에서는 서로 닮은 상상력을 내보이며 '통하였다'는 것이 한편으로는 부담스런 일로 받아들여질 법도 하다. 하지만 서로 통하였으되 짐짓 다른 표정으로 각자의 길을 가는 것, 이야말로 시인들의 업이 아니겠는가.

(『현대시』, 2005년 12월호)

웰빙 시대, 시의 존재 방식

    최근 우리나라 사람들의 이상적 삶을 대변하는 말로 급부상한 것이 '웰빙'이다. 웰빙을 추구하는 이른바 웰빙족들은, 육체적으로 병이 없는 건강한 상태뿐 아니라 직장이나 공동체에서 느끼는 소속감과 성취감, 여가 생활이나 가족 간의 유대, 심리적 안정 등 다양한 요소를 웰빙의 척도로 꼽는다. 한마디로 몸과 마음, 일과 휴식, 가정과 사회, 자신과 공동체 등이 조화를 이뤄 어느 한쪽으로 치우치지 않은 상태가 웰빙이라는 것이다. 이렇게 보면 웰빙은 자족적이며 완전무결한 생의 이데올로기가 된 듯하다. 무척 궁금해진다. 이 같은 웰빙 시대에 우리 시인들은 말 그대로 잘살고 있을까? 최근 시편을 통해 드러나는 그들 혹은 그들이 바라본 삶을 증상 — 처방 — 치료의 임상의학적 순서로 들여다보기로 하자.

1. 증상, 숨길 수 없는 : 유형진 · 성선경 · 이희중

컴퓨터와 인터넷으로 대변되는 가상공간이 우리들 삶의 한 부분을 차지하면서 다양한 방면에 걸쳐 가치관의 변화가 나타나고 있다. 그 가운데 흥미로운 것 하나. 사람 이름이나 그 이니셜을 영문으로 표기할 때 대문자가 아닌 소문자로 적는 일이 은연중 자연스러워지고 있다는 사실이다. 이를 알아챈 한 시인은 일찍이, "h의 DNA에 내 유전자의 일부를 잘라 붙인/복제아기 신청서를 낼까"(이원, 「전자 사막에서 살아남기 위해」)라고 쓴 바 있다. 디옥시리보핵산의 약자는 "DNA"라고 제대로 대문자로 표기하면서, 자신의 생물학적 배우자가 될 사람은 굳이 소문자를 사용해 "h"로 기록했다. 왜 그랬을까?

두 가지로 나눠 생각할 수 있겠다. 먼저, 가상공간의 기술적 특성 때문이다. 이 시에 등장하는 '나'와 'h'는 현실의 물리적 공간이 아니라 인터넷이나 이메일 같은 가상공간을 통해 더 자주 접촉한다. 우리들이 잘 알다시피 인터넷 접속 아이디나 이메일 주소는 전세계 누구나 영문 소문자를 사용하는 것이 상식이다. 인터넷 서버 역할을 하는 대형 컴퓨터들은 대문자와 소문자를 기술적으로 엄격히 구별하는 까닭에, 일반 사용자들의 혼란을 막기 위해 인터넷 아이디나 이메일 주소 등은 아예 소문자만 사용하도록 규칙을 정해 놓았기 때문이다. 가상공간에서 슬겨 만나는 상대를 소문자로 지칭하는 것은 따라서 매우 자연스런 일이 된다. 앞으로는 영문법 교재에도 이런 내용이 반영될 날이 올지 모른다. 그 다음, 가상공간의 가치관적 특성 때문이다. 가상공간을 기반으로 한 사회에서는 통합적 인격체로서의 'H'보다는, 가령 DNA 제공자라는 사용가치에 한정된 익명의 대리인으로서 'h'가 훨씬 더 개연성 있는 인물이다. 윤리적 가치 판단을 들이대는 것으로 해결할 수 있는 사안은 분명 아니다. 사람의 이니셜이 대문자에서 소문자로 바뀌는 현상은 어느 모로 보더라도 알파벳 표기 차원의 문제는 아니라는 것이다.

더욱이 다음 작품을 보면, 이 같은 문제가 반드시 가상공간에 한정되지 않는다는 사실이 드러난다. 제목과 본문에서 등장인물의 이니셜을 굳이 소문자로 기록해 놓은 사정이 예사롭지 않게 읽히기 때문이다.

> 터무니없이 사소한 말에 찔려 죽은 사람들이 있지. 그런 사람들은 너무 소심해서 자기가 죽은 줄도 모르지. 그의 직업은 할 일 없는 시골 면사무소 직원이고, 업무량과다로 박카스D 장기복용자가 되어야만 하는 은행의 창구 여직원이고, 지지리도 피아노 못 치는 아이들만 등록하는 피아노 학원 선생이고, 뿌려도 줄지 않는 나이트클럽 전단지 뿌리는 알바생, 계획에 없던 임신을 하게 된 대학 1학년생 여자애지. 당신도 모르게 내뱉은 어떤 무심한 말 한마디는 검은 비닐하우스의 무순처럼 자라나지. 당신의 부러진 이쑤시개만한 공허가 누군가에게 도착해서 대들보 같은 슬픔이 되지. 뽑을 수도 없고, 가릴 수도 없는. 죽은 후에도 전기밥솥의 코드를 꼽아 쌀을 안치고, 김치를 담가 밥을 해먹어야 하는 일과 같지. 성가셔 죽겠지. 죽고 나서도 죽겠다고 엄살이지. 소심한 w양은.
>
> — 유형진, 「심장 3 : 죽은 줄 알았는데 살고 있는 소심한 w양」 전문
> (『시와사상』, 2005. 가을)

소심한 'w양'의 다른 한편에는 이니셜을 대문자로 쓰는 'W양'이 있을 것 같다. 'W양'은 대범한 성격을 타고났다. 이유 있는 비판의 말을 들어도 눈 하나 깜짝 않는다. 다른 사람의 대들보 같은 커다란 슬픔도 'W양'이 보기에는 이쑤시개 정도의 사소한 일에 불과하다. 슬쩍 뽑아 버리면 그만이다. 그 따위 일로 죽겠다고 엄살 부리는 사람들은 정말 눈 뜨고 보아 줄 수가 없다. 소문자를 쓰는 'w양'은 물론 이와 반대되는 성격을 지녔다. 그러니까 이 시에서 소문자 'w'는 부단히 삶에 지친 증상을 나타내면서도 정작 죽지는 못한 채 살아가는 소심한 사람들 전체를

지시하는 기호이다. 시인이 애정을 기울이는 인물은 어느 쪽이냐 하면, 소문자 'w양'이다. 시인이 같은 지면에 발표한 산문에서, "죽음의 미혹이 아무리 강하더라도 보다 위대한 것은 '고통을 안고 살아가는 것'이다."라고 말한 것 역시 같은 맥락에서 이해된다. 결국 소심한 사람들은 '못 살겠다'는 죽음의 증상을 끊임없이 밖으로 드러내는 행위를 통해 '살아야겠다'는 삶의 의지를 안으로 다져 넣는 사람들이다. 다음 시에서는 의도적으로 "살아야겠다"라는 시구를 생략하는 기법으로 시적 자아의 소심함을 내비치고 있다.

> 바람이 분다
> 바람 따라 머리칼을 흩날리며 살면 어떤가
> 몇 가닥 새치를 기르며 살면 또 어떤가
> 단추 한두 개쯤 풀고 살면 어떤가
> 노점 포장마차에서 소주 한잔 마시며 살면 어떤가
> 오뎅 국물을 후후 불며 안주삼아 속 풀며 살면 어떤가
> 자못 신경이 쓰이는 친구의 이야기도 못 들은 척
> 아니면 글쎄 뒤끝을 흐리며 살면 어떤가
> 한 번도 꽃답게 핀 적이 없었다고 너를 위해
> 뜨거운 적이 없었다고 찔끔거리면 어떤가
> 사는 것이 투사(鬪士)가 아니면 또 어떤가
> 바람이 불지 않는다
> 외투깃을 올리고
> 땅만 보며 걸으면 어떤가
> 그렇게 살면 또 어떤가
> 떨어지는 낙엽도 피해 가는 나이
> 마흔 다섯.
>
> — 성선경, 「하여가(何如歌)」 전문(『문학마당』, 2005. 가을)

이 시는 겉구조와 속구조 모두 두 부분으로 이뤄진다. 먼저 겉구조는, 첫 행 "바람이 분다"와 열두 번째 행 "바람이 불지 않는다"에 의해 두

대목으로 나뉜다. 이에 맞춰 의미와 리듬 모두 역삼각형의 수렴 형태를 띤다. 작품의 뒷부분에 의미 중심을 두기 위한 배려일 것이다. 이어 속 구조는, 겉구조의 지표가 되었던 두 시행이 폴 발레리의 「해변의 묘지」에 나오는 "바람이 분다 살아야겠다"라는 시구의 패러디라는 사실에 의해 설명된다. 성선경의 이 작품에서는 "살아야겠다"라는 의지에 찬 어조 대신 "~면 어떤가"라는 머뭇거림의 어조를 반복한다. 이로써, "떨어지는 낙엽도 피해 가는 나이/마흔 다섯"의 조심스런 처지와 소심함이 부각된다. 여기에는 이 시의 제목도 한몫한다. 남을 떠보고 회유하는 '하여가'의 전통을 끌어들여, 삶의 이유를 상실해 가는 자신을 스스로 달래고 있기 때문이다. 이처럼 자신의 삶을 다독이는 여러 방법, 달리 보면 그것들이야말로 숨길 수 없는 삶의 증상이다. 다음 작품에서는 말놀이 기법에서 촉발된 자기 성찰이 매우 무거운 삶의 증상을 표출한다.

> 큰 거울이 있는 방
> 벽장문이 다 거울이었다
>
> 거울이 아니면 볼 수 없는
> 거울이 있어도 잘 안 보이는
> 내 등
>
> 팔을 꺾어돌려
> 등에 연고를 바르고
> 웃옷을 반쯤 벗은 채 걸상에 걸터앉아 있다가
> 천한 중년 사내의 옆모습을 보았다
>
> 거울이 없어도 잘 보인다고 믿었던
> 늘 내려다보기만 했던 내 배
> 닻처럼 무거운 배
> 닻을 내린 배

<blockquote>

닻과 같은 배
닻인 배
먼 바다로 나가지 않는
먼 바다로 나가지 못하는
먼 바다로 나갈 꿈을 접은
배

이제 꿈을 버린,
천왕봉이나 대청봉에 도전할 꿈을 버린
밥 버는 곳과 밥 먹는 곳만 오락가락하는,

이놈아 넌 누구냐

</blockquote>

— 이희중, 「닻」 전문(『현대시학』, 2005. 9)

쉬운 단어로 이루어진 구절들이 지닌 의미의 무게는 그러나 매우 묵직하다. 그야말로 천근이나 되는 닻이다. 하지만 그 닻이 사람을 아예 꼼짝 못하게 만드는 것은 또 아니다. "밥 버는 곳과 밥 먹는 곳" 사이의 움직임은 기꺼이 허락한다. "먼 바다로 나갈 꿈"과 "천왕봉이나 대청봉에 도전할 꿈"이 금지될 뿐이다. 그럴 뿐이다. 그런데 이 시에서 화자가 정작 중요하게 생각하는 것은 바로 금지된 그것들이다. 여기에 미묘한 문제가 있다. 꿈꾸는 것이 금지된 세계 안의 평화와 그 바깥 세계의 불안 사이에서 이 시의 화자는 믹상 그 어느 쪽도 선택하지 않는다. 다만 "이놈아 넌 누구냐"라고 자책할 따름이다. 증상은 숨길 수 없는데, 그에 대한 처방은 묘연하다.

2. 처방, 읽을 수 없는 : 고재종·복효근

사람마다 삶의 까닭을 다스릴 처방전을 받아 보는 일은 과연 가능한

가. 일부러 꾸며 낸 설정은 아니겠지만, 한 시인의 절박한 정황 묘사는
이 물음에 적절한 사례를 제시한다.

> 진찰받고 대기실에 망연히 앉아
> 처방전이 나오길 기다린다
> 이 병은 낫지 않습니다 더 나빠지지 않게
> 관리를 잘하셔야 합니다
> 관리를 잘하여 집행을 유예받을 뿐인
> 죽음의 피보험자들이
> 병원 안내판에 적힌 병명만큼이나 다양한
> 생의 이유를 끌어안고 처방전을 기다리는데
> 샛골 처녀보살이 참 용하답디다
> 중국에서 온 환인데 그 병엔 직방이래요
> 직방이며 비방들이 한차례 나돈다 하지만
> 병원 안에 비쳐든 햇살에
> 부유하는 수많은 먼지만큼이나 착잡한
> 저들의 눈은 벌써부터 아득해지고 아직도
> 누군 농담이 남아 간호사에게
> 엉덩이를 까 들이밀어도 부끄럼이 없으면
> 더는 생을 기대할 수 없다고 낄낄대는데
> 이 꽃 저 꽃 다 빼가고 형해만 남은 화환 같은
> 사랑조차도 없이 견디는 시간,
> 웬걸 창 밖의 태산목 새하얀 큰 꽃송이들이
> 내 잊을 수 없는 일들의 비망록에 등재되며
> 잠시 환한 영혼의 출구를 마련할 뿐
> 처방전은 과연 나오는 것인가
> 저마다의 생의 이유들을 다스릴
> 처방전이 어디 있기는 있다는 것인가
>
> — 고재종, 「생의 처방을 묻다」 전문(『작가세계』, 2005. 가을)

한 번 증상이 나타나면 평생토록 관리해야만 하는 불치병에 걸린 이

시의 화자에게 발급되는 처방전이란 대체 무엇일까. 그 종이에 적힌 약 이름, 주사액 이름 따위가 그의 남은 삶을 책임질 수 있을까. 오히려 "병원 안내판에 적힌 병명만큼이나 다양한/생의 이유"라는 이 시의 표현처럼, 병명 그 자체가 죽음의 빌미이자 동시에 삶의 이유가 되는 것은 아닐까. 이 같은 이율배반의 상황에서 자신의 삶의 이유를 해명할 '처방전'이 어디 있을 수 있겠는가. 그것을 뻔히 알면서도, 번호표를 들고 쭈그리고 앉아 처방전이 나오기를 기다릴 수밖에 없는 것이 또한 우리들 처지 아닌가. 아니 다시 말해, 자신의 삶의 영문도 모르는 채 "사랑조차도 없이 견디는 시간"이 때로는 우리들 삶이 아닌가.

> 맹인들도 맥주를 마시는구나 겨우 생각했네
> 캔맥주 입구에
> 돋을새김 해놓은 점자를 만지며
> 맹인은 만져만 보고도 아는 그것을
> 만져보고 눈으로 보고도 알지 못하네
> 살아야 할 이유를 모르고 살며
> 마셔야 할 이유도 모르는 채 마시는 나를
> 청맹과니라 이르는 듯하네
> 그렇지 눈뜬 봉사란 말 있잖은가
> 사십을 훨씬 넘어서도
> 철없기는 아직 사춘기라
> 지나온 길 깜깜하고
> 헤쳐갈 길 아득하여
> 술이나 마셔야 턱없는 힘이 솟네
> 솟는 힘을 쓸 곳을 안다면야
> 사춘기보단 윗길이겠지만
> 겨우 빈 캔을 세워놓고 뒤꿈치로 찌그러뜨리는 정도라니
> 그만 하릴없이 눈 감아볼밖에
> 눈 감아 그려볼 유토피아라도 있다면

이대로 더 어려져서
어두워진 세상 점자처럼 더듬으며
다시 한 번 살고 싶네
— 복효근, 「캔맥주를 마시며」 전문(『문학과경계』, 2005. 가을)

이 시는 "살아야 할 이유를 모르고 살며/마셔야 할 이유도 모르는 채 마시는 나"에 대한 고백록이자 처방전이다. 이 시는 또한 이 세상 대부분의 고백록은 쉬운 문체로 씌어지기 마련이라는 사실을 다시 한 번 입증한다. 이 시는 더 나아가 고백의 형식을 띠었을 때, 특히 시 장르의 경우에, 취할 수 있는 미적 장치에 대한 탐구의 필요성을 제기하기도 한다.

이 시의 화자는 눈으로는 읽을 수 없는 삶의 처방전을 점자처럼 손으로 더듬어 가며 살고 싶어한다. 그 희망은 그러나 해당 시구를 앞뒤에서 감싸고 있는, "이대로 더 어려져서"와 "다시 한 번 살고 싶네"라는 두 시행에 의해 그 불가능함이 금방 드러난다. 대신에 이룰 길 없는 소망의 절실함만이 증폭될 뿐이다. 이쯤 되면 점자를 더듬으려 속절없이 애쓰는 손이 하릴없이 카지노의 칩을 더듬는 손과 오버랩되는 것도 무리는 아닐 듯싶다.

3. 치료, 울 수밖에 없는 : 홍은택·박남준·강연호

세상에 도박처럼 비생산적인 일이 어디 있을까. 세상에 도박처럼 비생산적이면서도 사람들을 그토록 매료시키는 것이 또 어디 있을까. 도박이란 것이 일종의 질병이면서 동시에 치료인 까닭이 바로 여기 있다. 그 치료의 성패 여부가 믿을 수 없는 확률에 달려 있다는 것이 문제지만 말이다.

산정 가까운 곳 저 장엄한 성채
天空의 城 라퓨타가 지상에 내려와
제 모습의 .jpg 파일을 덮어씌운 광경이다
레이저빔이 성의 섹시한 몸매를 쓰다듬자
인공호수에 뜬 테마파크 한쪽 벽 화면 위로
뉴에이지의 거인 케니 G의 실루엣이 흘러내린다
탄광촌을 울리는 천상의 색소폰 선율에 홀려
나는 엘리베이터를 타고 수직갱도를 내려간다
수퍼에어클리너가 없으면 숨을 쉴 수 없는 곳
암흑이 빛을 밀어내는 수평갱도는 광부들로 우글거린다
연장을 들고 지하 수백 미터를 파들어 간다
제몫의 광맥을 찾는 사람들 표정이 심각하다
곡괭이질을 반복할수록 점점 깊어지는 검은 구멍
몇 피트만 더 가면 광맥이 터질 것 같은데
조금만 더 파들어 가면 노다지가 쏟아질 것 같은데
갱도 버팀목 이음새에서 촤르르 검은 칩 떨어지는 소리
고생대 석탄기 울창한 숲 속에서 길을 잃었다
거대한 익룡의 뱃속에서 눈뜨고 잠이 들었다 지독한
알콜 기운 속에 떠 있는 천공의 성 라퓨타에서
　　　― 홍은택, 「사북에서의 하룻밤 : 정선 카지노」 전문(『문학마당』, 2005. 가을)

엄연한 현실의 공간인 정선 카지노를 묘사하기 위해, 시인은 미야자키 하야오 감독의 1986년작 애니메이션 「천공의 성 라퓨타」를 끌어들인다. "天空의 城 라퓨타가 지상에 내려와/제 모습의 .jpg 파일을 덮어씌운 광경"이라는 것이다. 새로운 발상이다. 현실의 원본을 모사하는 컴퓨터 이미지 형식의 한 종류인 JPG 파일이 거꾸로 현실의 원본을 대치하는 인식의 혼돈을 재치 있게 묘파했다. 이를 통해 현실의 공간인 정선 카지노는 오히려 비현실성과 가상성이 부각되는 국면을 맞는다. 도박 행위에 내재하는 질병과 치료, 혹은 비현실성과 현실성의 애매한 경계를 아우르는 표현일 것이다.

이 시는 결국 생의 처방전을 받지 못한 사람들의 삶의 축도를 겨냥한다. 이를테면 저마다 심각한 표정으로 자신만의 '광맥'을 찾아 헤매지만, "곡괭이질을 반복할수록 점점 깊어지는 검은 구멍"을 확인할 뿐이다. 그럼에도 삶의 허무를 견딜 수 있는 것은, "몇 피트만 더 가면 광맥이 터질 것 같은데/조금만 더 파들어 가면 노다지가 쏟아질 것 같은데"하는 막연한 기대와 몽상 덕분이다. 시인은 그 같은 사정을 "알콜 기운 속에 떠 있는 천공의 성 라퓨타"라는 구절로 압축해 놓았다. 미야자키 하야오가 애니메이션을 만들기 전에 조나단 스위프트가 『걸리버 여행기』에서 이미 언급했던 '라퓨타'는 반중력(antigravity)의 힘으로 하늘에 떠 있었다. 그런데 이 시에서 처방전 없는 삶을 대변하는 모티프로서 '라퓨타'는 가상성 혹은 반현실성에 의해 공중에 떠 있는 것으로 인식된다. 카지노라는 비일상적인 공간 설정에서 예비된 것이기는 하지만, 이는 곧 '읽을 수 없는 처방전'과 맞물리는 '믿을 수 없는 치료'에 해당한다. 탄광촌 위에 세워진 카지노를 굳이 찾아간 시인의 의도가 드러나는 대목이기도 하다. 또 다른 시인이 고비사막에 있다는 모래산을 찾은 것도 같은 맥락에서 이해할 수 있다.

> 고비사막 돈황의 모래가 우는 산이라는
> 명사산에 올랐네
> 인생이 이렇게 발목이 푹푹 빠져드는 길이라면
> 서슴없이 대답할 것이네
> 일찍이 그만둬야 하는 것이 아니냐고
> 고개를 내저어 보기도 했네 끄덕이기도 했네
> 산 넘어 모래바람 갈기 세우는 명사산에 엎드려
> 삶이 때로 늙고 힘 다하도록 능선에 올라 지친 땀 씻으며
> 걸어온 길 되돌아보는 일이라는 것
> 그렇게도 생각해보았네

> 명사산에 귀기울였네
> 살아오는 동안 내 울음은 곡비처럼 너무 컸네
> 결코 울음소리 들려주지 않는 명사산
> 세상에 지친 이들이 여기 올라 모든 울음을 묻고 갔으리
> 안으로 울음을 묻고 묻어 산을 이룬 모래산
> 터덕 터덕
> 낙타 등에 몸을 싣고 사막을 가던 날이 있었네
>   — 박남준, 「명사산을 오르다」 전문(『시작』, 2005. 가을)

명사산의 울음은 두 가지 이유에서 '마른 울음'이다. 하나는 명사산의 물기 없는 모래에 의해 생긴 울음이라는 점에서 그렇고, 다른 하나는 명사산에 오른 사람들의 소리 죽인 속울음이라는 점에서 그렇다. 모래투성이의 명사산에 오르는 일은 애초 그 울음을 자청하고 나서는 것과 같다. 자기 나름의 해답을 마련할 수는 있으나 정답은 보이지 않는 팍팍한 삶에 대한 시인의 태도는 일견 단호해 보인다. 예컨대, "인생이 이렇게 발목이 푹푹 빠져드는 길이라면/서슴없이 대답할 것이네/일찍이 그만둬야 하는 것이 아니냐고" 같은 구절을 보자. 그런데도 시인이 일부러 고비사막까지 찾아와 "발목이 푹푹 빠져드는 길"을 통해 명사산을 오르고 있다는 이율배반의 시적 설정은 어떻게 설명해야 할까. 이 작품 자체를 처방전 없는 삶에 대한 자가 치료라는 맥락에서 받아들이는 방법 말고는 마땅한 해석을 세시하기 힘들 것 같다. 그 치료법의 요체는, "안으로 울음을 묻고 묻어 산을 이룬 모래산"을 한 줌 떠서 제 가슴에 담아 오는 것이라고 말할 수 있겠다. 궁극에는 울 수밖에 없는 것, 그게 시인이 찾아낸 치료법인 셈이다.

> 그녀로부터 전화가 왔다
> 오랜만이라는 안부를 건넬 틈도 없이
> 그녀는 문득 울음을 터뜨렸고 나는 그저 침묵했다

한때 그녀가 꿈꾸었던 사람이 있었다 나는 아니었다
나도 그때 한 여자를 원했었다 그녀는 아니었다
그 정도 아는 사이였던 그녀와 나는
그 정도 사이였기에 오래 연락이 없었다
아무 데도 가지 않았는데도 서로 멀리 있었다

전화 저쪽에서 그녀는 오래 울었다
이쪽에서 나는 늦도록 침묵했다
창문 밖에서 귓바퀴를 쫑긋 세운 나뭇잎들이
머리통을 맞댄 채 수군거리고 있었다
그럴 때 나뭇잎은 나뭇잎끼리 참 내밀해 보였다
저렇게 귀 기울인 나뭇잎과 나뭇잎 사이로
바람과 강물과 세월이 흘러가는 것이리라
그녀의 울음과 내 침묵 사이로도
바람과 강물과 세월은 또 흘러갈 것이었다

그동안을 견딘다는 것에 대해
그녀와 나는 무척 긴 얘기를 나눈 것 같았다
아니 그녀나 나나 아무 얘기도 없이
다만 나뭇잎과 나뭇잎처럼 귀 기울였을 뿐이었다
분명한 사실은 그녀가 나보다는 건강하다는 것
누군가에게 스스럼없이 울음을 건넬 수 있다는 것
슬픔에도 건강이 있다
그녀는 이윽고 전화를 끊었다
그제서야 나는 혼자 깊숙이 울었다
　　　　　— 강연호, 「건강한 슬픔」 전문(『현대문학』, 2005. 9)

　그 누구든 가슴속에 고여 있는 슬픔은 그의 내면을 썩게 만든다. 바람과 강물과 세월이 그러하듯, 우리들도 그 슬픔을 흘러가게 해 주어야 한다. '나'와 '그녀'의 통화 장면을 엿보게 만들어 놓고 시인이 독자들에게 들려주는 이야기다. 좋은 시가 대부분 그러하듯 이 작품도 긴 해설을 필요로 하지 않는 것 같다. 나는 그래서 이 글의 서두로 돌아가려 한다 : 정신적, 육체적, 물질적으로 항상 좋은 상태를 유지하는 게 반드시 행복한 일은 아니라는 삶의 아이러니를 간과한 것이 웰빙주의의 최대 맹점이다. 웰빙 시대에도 시가 존재해야 할 이유가 있다면? 웰빙족들이 까맣게 잊어버린 '건강한 슬픔' 혹은 '슬픔의 건강'을 챙겨 두었다가 그들에게 나눠 주는 일 말고 또 무엇이 있을까. 그러고 보면 웰빙 시대, 시의 존재 방식은 참으로 모순적이다. 인간의 본성이 그러하듯.

(『서정시학』, 2005년 겨울호)

쿠오바디스 혹은 유비쿼터스

AD 30년경, "쿠오바디스 도미네." 십자가에 예수가 못박힌 뒤 로마를 벗어나려 도망치던 베드로 앞에 갑자기 밝은 빛과 함께 예수가 나타나자 깜짝 놀란 베드로는 이렇게 묻는다. 예수는 다음과 같이 대답한다. "네가 나의 양들을 버리고 도망가니 내가 다시 돌아가 십자가에 못박히리라." 크게 뉘우친 베드로는 다시 로마로 돌아가 로마교회를 세우고, 마침내 순교한다. '쿠오바디스'란 외침은 결국 신의 존재에 대한 회의와 확신 사이에서 얇디얇은 진동판처럼 떨릴 수밖에 없는 인간 존재의 비명을 대신한다고 할 수 있겠다.

AD 2005년, "유비쿼터스." 만일 '쿠오바디스'라는 물음을 다시 던진다면 분명 이 대답을 먼저 듣게 될 것이다. 신은 언제 어디서나 시공을 초월하여 존재한다고 믿어지기 때문이다. 라틴어 '유비쿼터스'가 바로 그런 정황을 가리키는 용어이다. 유비쿼터스는 더 나아가 첨단의 디지털 기술과 결합하면서, 언제 어디서나 네트워크에 접속 가능한 상태를 가리키는 말로 그 의미 영역이 확장되고 있다. 우리들의 일상생활을 획기적인 방식으로 편리하게 변화시켜 줄 것이라 기대되는 유비쿼터스라는 말은 그래서 해당 분야인 정보통신 전문가는 물론 일반인들의 입에도 자주 오르내리게 되었다. 이를테면 유비쿼터스는 가정은 물론 교육, 통신, 교통, 의료 등 전 분야에서 사용되는 도구와 기기에 컴퓨터 칩을 집어넣어 그것들끼리 서로 통신이 가능하도록 만드는 데서 출발한다. 일상의 모든 도구와 기기를 컴퓨터 네트워크를 통해 관리함으로써 공상과학 영화에서나 볼 수 있었던 첨단 방식의 편리한 생활을 현실에서도 누릴 수 있게 된다는 것이다. 결국 '유비쿼터스'라는 말은 디지털 기술 문명에 의해 신의 존재에 대한 물음 그 자체가 투명하게 사라지는 듯한 이 시대의 정황을 대변한다고 할 수 있겠다. 이번 달에 발표된 시편들을 통해 쿠오바디스와 유비쿼터스 사이의 다양한 변주를 살펴보자.

세상의 모든 길은 카디미야로 나 있습니다

[······]

"군중 속에 자살폭탄자가 있다!"
누가 제일 먼저 내달리기 시작한 것일까요
도대체 누가 그 말을 처음 한 것일까요
우리는 쓰러졌습니다 용기도 잃고 의식도 잃고
정신없이 내달리는 발과 발
사방팔방 흩어지는 신발과 신발
비명 지를 새도 없이 죽어간 애새끼들, 할망구들

햇살과 강우의 조화로 나 추수했었지요
식탁에서는 가족과 함께 감사의 기도를 올렸고
결혼축제날은 술에 취해 춤도 췄고······
이 우주의 침묵을 견딜 수 없어

흙을 빚어 인간을 만들었을 알라여
말 많은 악마는 지금 어디에 있습니까?
악마의 짓이 아니라면
어찌 이 많은 순례자가 한순간에, 한꺼번에

[……]

세상의 모든 길은 무덤으로 나 있습니다.
— 이승하, 「순례자의 마지막 노래」 부분(『현대시학』, 2005. 10)

　동시대의 문제에 대한 발 빠른 응전을 보여 주는 이 작품에서 먼저 주목할 수 있는 것은 첫 행과 마지막 행의 대비이다. 순례자인 화자에게 사방으로 통하는 장소로 인식되었던 이슬람의 성지 카디미야는 끝내 팔방으로 막힌 죽음의 장소가 되어 버린다. 가운데 두 연 사이의 대조를 통해서도 극명하게 드러나는 죽음과 삶, 폭력과 사랑이라는 양면성이 수렴되는 곳은 이 시에서 "악마"로 표현된다. 그러나 한 번만 더 들여다보면, "흙을 빚어 인간을 만들었을 알라여/말 많은 악마는 지금 어디에 있습니까?"라는 화자의 물음은 베드로가 예수에게 혹은 그 자신에게 던졌던 "쿠오바디스"라는 질문의 연장선 위에 놓여 있음을 알 수 있다. 이승하 시인은 같은 지면에 발표한 「허리케인 카트리나」라는 작품에서 "마침내 시작된 것이다 재앙……/화난 신이 멋모르는 자연을 윽박지르고 있다"고 했는데, 이 역시 행방이 묘연한 신들에 대한 역설적 부재증명으로 이해할 수 있다. 그러고 보면 한계상황에 처한 인간들이 고대할 수밖에 없는 종교적 기적이 일어난 것도 너무나 까마득한 일이 되어 버렸다. 최종천 시인은 성서의 마태복음과 마가복음 등 여러 곳에서 언급된 오병이어의 기적을 오늘의 시점에서 다시 해석한다.

황장엽에 의하면 남쪽은 이토록 배가 부르고 터지며
남은 음식이 버려지고 있는데, 북쪽은 주리고 있으니
이것은 또 다른 동족상잔의 아픔이, 전쟁의 실마리가
될지도 모른다 했다. 그렇게 된다면 남쪽의 배는 부른 배가
아니라 고픈 배가 되어버린다. 그러나 나누어 먹는다면 다툼이
없을 것이니, 그리고 남은 조각을 주워 모으니
열두 광주리에 가득 차게 될 것이다. 예수가 베푼 것은
김일성 주석이 대동강변의 모래를 쌀알로 바꿀 수 있다는 그런
허구가 아니라, 매우 실재적인 감동이나 기쁨이리라 그리고 그것은
예수가 사람들에게 먹이기 전에 음식을 손에 들고
하늘을 우러러 감사의 기도를 올리는 동안에 이루어졌다
무슨 조화가 일어난 것일까? 다행히도 현대인은 현명하다
현명한 만큼 신이나 하느님 따위를 믿지 않는다. 때문에
조화가 일어난다면 그것은 분명히 人의 間에서인 것이다. 즉, 인간의
절대적인 책임이며 능력이다. 그러니까 예수의
기적을 믿는 것보다는 우리의 능력을 믿는 것이 더 훌륭하다
예수가 정말로 음식을 나누어주었다면 모자랐을 것이고
먹은 사람과 먹지 못한 사람 사이에 싸움이 있었을 것이다
먹이지 않고 맛만 보였기에 싸움이 없고 평화로웠다
그런 상황을 성서는 이렇게 표현하고 있다. "모두 배불리 먹었다. 그리고
남았다"
먹고 남은 빵 다섯 개와 물고기 두 마리로 오천 명을 먹이고도 그 남은
것이
열두 광주리에 가득 차는 것은 기적이 아니라 이렇게 가능한 것이다.
　　　　　　　　— 최종천, 「기적은 일어나지 않는다」 부분(『현대시학』, 2005. 10)

기적은 어느 한 사람의 절대자에 의해 베풀어지는 것이 아니라 수많
은 사람들 사이의 나눔과 사랑에 의해 만들어지는 것이다. 오병이어의
기적도 그러했을 것이다. 이 같은 생각을 독자들에게 전달하기 위해,
이 시는 리듬을 희생하는 대신 의미를 취했다. 사랑이라는 최고 난이도
의 추상명사도 모든 것을 다 가지려는 욕망을 버리는 순간 보통명사가

될 수 있다는 이 시의 내용과 시적 전략이 맞물린 셈이다. 이처럼 믿음의 영역에서나 가능할 법한 하늘의 기적을 땅에서도 가능한 일로 설명하면서 화자는 이렇게 덧붙인다. "다행히도 현대인은 현명하다/현명한 만큼 신이나 하느님 따위를 믿지 않는다. 때문에/조화가 일어난다면 그것은 분명히 人의 間에서인 것이다"라고. 사람들 사이에서 기적이 가능하다는 시인의 생각에 동의한다 하더라도 우리에게는 여전히 의문이 남는다. 종교적 기적을 이성적으로 해명할 만큼 현명한 현대인들이라면, "모두 배불리 먹었다. 그리고 남았다."라는 평이한 문장을 왜 실행하지는 못하는 것일까. "기적은 일어나지 않는다"라는 이 시의 제목은 신을 향한 문제 제기가 아니라 오히려 인간 자신에게 돌려져야 할 경고가 아닌가. 우리들에게는 근본적으로 의사소통의 문제가 있는 것이 아닐까. '통화 중'이어서 오히려 소통 불능의 상태가 계속되는 것처럼.

> 어머니, 우리 목사님이 휴대폰을 하나 더 장만했습니다. 벨소리와 컬러링도 폼 나게 바꾼 하얀 새 휴대폰. 목사님은 제단에 엎디어 정성껏 하나님께 바쳤습니다. 사막에서도 잘 터지는 이 휴대폰은 통화 중인 법이 없답니다. [……] 목사님의 개척교회 시절, 아내의 젖이 나오지 않았지만 돈이 없어 아이에게 우유를 사 먹일 수 없었답니다. 어느 날, 큰 교회 부흥회 갔을 때 그 교회 담임목사가 개에게 우유를 주는 모습을 보고 한없이 울었답니다. 어머니도 그런 사연이 있었다지요. 목사님은 타는 갈증으로 제단에 나아가 엎드려 통성기도 했지요. 그러면 하나님은 힘들고 지친 목사님을 어루만지시며 말씀을 주셨습니다. 지금은 목사님이 강 건너 부자 동네로 이사하여 얼굴 보기가 힘들어졌습니다. 목사님은 세상과 통화하느라 하나님의 음성메시지를 놓칠 때가 종종 있지요. 어머니, 목사님은 알지 못하네요, 하나님이 집 앞에 기다리신 줄을. 목사님은 보지 못하네요, 하나님이 두고 가신 흰 비둘기를. 목사님이 꿈속에서도 놓지 않는 휴대폰. 어머니, 만능선수인 우리 목사님은 지금 세상과 통화 중이네요.
> — 김장호, 「목사님과 휴대폰」 부분(『현대시』, 2005. 10)

사막에서도 통화할 수 있는 휴대전화는 그야말로 언제 어디서나 존재한다는 유비쿼터스적인 새로운 신의 상징이라 할 만하다. 일상에서 우리가 충분히 경험하듯, 촘촘하게 연결된 휴대전화의 점조직은 이미 가공할 만한 네트워크를 구축하고 있다. 문제는 그 네트워크의 소통 측면에서 불거진다. 이 시에서 풍자된 일화처럼 우리는 늘 누군가와 통화하고 있는 듯하지만 정작 자기 자신의 내면에 귀를 기울이는 데는 인색하다. 휴대전화에 대고 자기 외부를 향해 외치는 들뜬 소리나 메시지, 음악 파일 등이 생활의 대부분을 차지하면서 자기 내면에 깃들인 신과 나누는 대화는 점차 사라지고 있다. 유비쿼터스라는 새로운 신은 우리에게 무한한 가상공간을 주었지만 그 대신 내면공간이라는 또 하나의 무한한 공간을 없애 버리고 있는 것이다. '통화 중'이라는 신호음은 곧 이 세상에 널리 퍼져 있는 수많은 숨은 신들과의 소통 불능 상태를 가리키는 표시이기도 하다. 이런 현실에서 어떻게 돌파구를 마련할 수 있을까. 다음 작품은 기막힌 현실이 오히려 사람들 사이의 소통의 채널을 만들고 더 나아가 '눈물 머금은 신'에 대한 인식으로 이어지는 과정을 설득력 있게 보여 준다.

> 김노인은 64세, 중풍으로 누워 수년째 산소호흡기로 연명한다.
> 아내 박씨는 62세, 방 하나 얻어 수년째 남편 병 수발한다.
> 문 밖에 배달 우유가 쌓인 걸 이상히 여긴 이웃이 방문을 열어본다.
> 아내 박씨는 밥숟가락을 입에 문 채 죽어 있고,
> 김노인은 눈물을 머금은 채 아내 쪽을 바라보고 있다.
> 구급차가 와서 두 노인을 실어간다.
> 음식물에 기도가 막혀 질식사하는 광경을 목격하면서도
> 거동 못해 아내를 구하지 못한,
> 김노인은 병원으로 실려가는 도중 숨을 거둔다.

아침 신문이 턱 하니 식탁에 지독한 죽음의 참상을 차리니
나는 식탁에 앉은 채로 꼼짝없이 그걸 씹어야 했다
꾸역꾸역 씹다가 군소리도 싫어
썩어문드러질 숟가락 놓고 대단스럴 내일의
천국 내일의 어느 날인가로 알아서 끌려갔다
끌려가 병자의 무거운 몸을 이리저리 들어 추스리어 놓고
늦은 밥술을 떴다 밥술을 뜨다 기도가 막히고
밥숟가락이 입에 물린 채 죽어가는데
그런 나를 눈물 머금고 바라만 보는 그 누가
거동 못하는 그 누가

아, 눈물 머금고 있는 神이 나를, 우리를 바라보신다.
― 이진명, 「눈물 머금은 神이 우리를 바라보신다」 전문(『문학들』, 2005. 가을)

이 시의 의미 구조는 두 가지 차원의 동일시에 의해 지탱된다. 그 하나는 충격적인 불행의 주인공인 "아내 박씨"와 화자의 동일시다. 쉼표와 마침표를 의도적으로 사용한 첫째 연과 그 반대인 둘째 연 사이에서 감지되는 리듬과 의미의 미묘한 간극은 그 동일시의 외피에 해당한다. 다른 하나의 동일시는, "음식물에 기도가 막혀 질식사하는 광경을 목격하면서도/거동 못해 아내를 구하지 못한,/김노인"을 감히, "눈물 머금고 있는 神"에 비유한 것이다. 이 동일시는 이 시에서 매우 효과적으로 이뤄졌다. 둘째 연에서 셋째 연으로 넘어가는 부분을 의미론적으로 하나의 문장으로 처리한 것도 그렇게 되는 데 한몫했을 것이다. 그런데 보다 근본적으로는 무책임하게 편재하는 유비쿼터스적인 신이나 한계상황에서의 단말마 같은 쿠오바디스라는 물음의 어느 한 편에 치우치지 않고, 그 두 가지 속성을 아울렀다는 데서 이 시의 가장 큰 힘이 나온다고 판단된다.

이 대목에서 특히 거론하고 싶은 것은 이른바 '침묵하는 신'의 문제다.

세상의 모든 악덕과 부조리에도 불구하고 침묵하는 신에 대해, "당신은 대체 어디에 계십니까"라는 질문을 던져야 할 때가 누구에게든 있을 것이다. 이 물음에 과연 어떤 대답이 가능할 것인가? 가령 독일의 신학자 불트만은 '신의 눈물론'에 의지해 이 문제에 접근한 바 있다. 신의 눈물론이란 아우슈비츠의 가스실에서 수백만 명의 유태인이 죽어 갈 때 신은 너무 슬퍼 울고 계셨다는 주장을 가리킨다. 이 주장에 대해 누구든, "신이 고작 눈물이나 흘리는 존재란 말인가?" 하는 반론을 가할 수 있다. 여기서 이 반론을 종교 문제에 한정하지 않고 문학의 본질에 대한 물음으로 이끌어 갈 수도 있을 것이다. 이런 물음이 가능하다. "문학은 기껏 고난에 찬 삶의 현장을 관찰하며 기록하는 일에 불과한가?" 만일 그렇다면 지금까지 수없이 언급되어 온 문학의 구원은 한낱 말장난이 되고 만다. 곁의 불행에 무력하면서도 문학을 놓지 못하는 사람들의 가장 예민한 부분이 아닐 수 없다. 이에 대해 내가 내놓을 수 있는 대답은 이렇다 : 신의 눈물이 단 한 사람이라도 감동시키고 끝내는 세상을 변화시키듯, 시를 포함한 문학의 시선 또한 신의 눈물을 닮을 수밖에 없고 그것을 통해 감동을 빚어내는 길밖에 없다. '슬퍼하는 능력'을 통해 사람을 변화시키고 세상에 영향을 주는 것이 곧 문학이다.

(『현대시』, 2005년 11월호)

제**4**부

+ 비평적 자아

●신성의 문학과 문학의 역사: 김주연·김인환
●통시적 비평과 공시적 비평: 유성호·박철화
●만세, 비평공장의 공장장들: 최동호·이광호·류보선·김영찬

신성의 문학과 문학의 역사

김주연 · 김인환

1

　문학적 관심과 그 성격이 서로 다름에도 불구하고, 이번에 읽은 두 권의 평론집은 모두 비평의 한 전범이 될 만하다는 점에서 같은 궤도에 올려져 있다. 무엇보다 김주연의 『디지털 욕망과 문학의 현혹』(문이당, 2001)은 문학과 종교 문제에 대한 나의 편견을 깨트렸으며, 김인환의 『기억의 계단』(민음사, 2001)은 비평의 무한한 영역 확장 가능성에 나를 들뜨게 했다. 이 평론집들은 또한 나에게 비평가로서 살아가는 것에 대한 존재론적 물음을 던진다. 이를테면 김인환은 「20세기 한국 비평의 비판적 검토」라는 글을 이렇게 시작한다. "문학비평이 문학의 한 갈래로 성립하기 위해서는 문학에 대한 논의가 대중의 일에 관계되는 공공 영역의 일부로 인정되어야 한다". 그가 이 문장에서 강조하는 바는 문학

비평이 현실에 대해 발언하고 비판할 수 있는 공공 영역으로서의 기능을 갖춰야 한다는 점일 것이다. 그런데 이 문장을 읽을 때마다 내 마음의 방점은 자꾸 조건절에 가 찍힌다. '문학비평이 문학의 한 갈래로 성립하기 위해서는……' 이 구절이 어느새 나에게는 물음 덩어리가 된다. 그 물음은 곧 비평의 존재론적 불안과 관련된 것이다. '이차 저작물'이라는 화두를 끌어안고 있는 비평가의 존재론적 불안, 그것을 과연 어떻게 극복할 것인가. 아니 그게 가능하기나 한 일인가? 지금 우리 앞에는 두 권의 평론집이 놓여 있다.

2

한국 문단에서 김주연은 문학의 신성성 혹은 종교성에 대해 가장 깊은 관심을 기울여 온 비평가로 꼽힌다. 그의 새 평론집『디지털 욕망과 문학의 현혹』에서도 핵심 부분은 문학의 신성성을 강조하는 글들로 이뤄진다. 이 책의 짜임새를 보더라도 문학의 신성성을 다룬 글들이 마치 단단한 핵처럼 가운데 놓였고, 그 앞과 뒤에는 김주연의 시사성 있는 비평 영역이라 할 디지털 욕망의 현혹을 경계하는 글들과 여성 작가들의 페미니즘 문학의 가능성을 진단한 글들이 자리잡고 있다.

세기말에서 새로운 세기로 넘어오는 한국 문학에 대한 현장 점검으로서 김주연은 먼저 '디지털 욕망'에 주목한다. 그가 말하는 디지털 욕망이란 현실의 가장 큰 변수로 대두한 디지털 문화의 압도적 영향 아래 새로 생겨난 현상이다. 그것은 욕망의 노출과 표현이 거의 아무런 조정 기제의 개입이나 가치 평가의 겨를 없이 행해지는 것을 가리킨다. 짐작컨대 이 책의 제목인 '디지털 욕망과 문학의 현혹'은 그 무절제한 욕망이 범람하는 현실에 대한 비판과 더불어 문학은 결코 그 욕망에 현혹

되어서는 안 된다는 저자의 의도를 담은 것으로 보인다.

김주연이 디지털 문화의 근본 특성으로 지적하는 것은 속도성이다. 디지털 문화를 주도하는 컴퓨터는 물론 각종 교통, 통신 역시 그 발전 개념을 속도성에 두고 있기 때문이다. 문제는 그 속도성이 도대체 무엇을 위한 것인가를 묻는 진지한 성찰이 결여되었다는 점이다. 그럼에도 문학의 영역에서 속도 메커니즘의 발달은 속도감 있는 문체를 유발한다는 긍정의 측면이 있는 것도 사실이다.

> 소설가 신경숙·은희경·배수아·전경린, 시인 김혜순, 평론가 신수정·김미현은 1990년대 중반 이후 내가 매력 있게 읽어 온 작가들이다. 나는 과연 그들의 무엇에 매혹되었을까. 아이러니컬하게도 그것은 무엇보다 그들이 현란하게 보여 주는 속도감이다.(131~132쪽)

아니러니컬하다는 김주연의 표현으로 미루어 볼 때, 그 역시 문학에서의 속도성에 대해 긍정을 표하면서도 내심 적잖은 우려를 지니고 있음을 알 수 있다. 김주연은 또한 대중문학의 확산이 곧 문학의 민주화라는 인식에도 의문을 제기한다. "문학은 민주화되어야 하며, 그것은 가능한 일일까."(24쪽) 오해의 소지가 없지 않은 이 질문은, "문학은 근본적으로 소박한 것을 섬세한 것으로 바꾸는 조직"(25쪽)이라는 김주연의 문학관에서 비롯한다. 문학의 창작과 발표, 그 수용이 일체의 제도적 간섭을 배제한 상황에서 이뤄진다면 문학 언어는 단지 지시적 언어로 퇴화할 위험이 크기 때문이다. 그렇게 될 때는 문학비평이라는 장르도 그 존재 자체가 모호해진다는 것이 저자의 생각이다.

1990년대의 시인, 작가들이 그려내는 죽음으로서의 섹스나, 여성 작가들에 의한 페미니즘 문학의 지나친 성적 욕망 분출에 대해서도 김주연은 우려를 표시하는 입장이다. 가령 80년대에서 90년대로, 시에서 소설로 옮겨 온 장정일은 본격문학에서 대중문학으로도 옮겨 온 작가인데, 그의『아담이 눈뜰 때』는 섹스와 죽음과 교만이라는 요소를 모두 지니고 있다는 것이다. 이러한 요소들이 90년대 작가들에게 옮겨져 종말론적 세계관을 유포하기에 이르렀다는 것이 김주연의 판단이다. 이들 작가의 종말론은 진정한 의미에서의 기독교적 종말론이 아니라는 데 문제의 심각성이 있다. 기독교의 종말론은 새로운 하늘과 땅을 예비하는 세계 쇄신론임에 비해 90년대 문학의 종말론은 파멸로서의 죽음에 불과하기 때문이다.

김주연이 보기에, 괴물스런 몬스터를 만들어 내거나 섹스와 절망 속으로 질주하는 자살의 미학 같은 것은 "영성을 우습게 여기는, 기계 시대가 낳은 타락한 천사들"(149쪽)이다.

> 그것이 어떻게 할 수 없는 것이면서 마땅히 극복되어야 할 것이라면, 욕망이라는 인간성이 신성과 함께 논의될 수밖에 없는 절반의 인형이라면, 그것을 관리하는 보다 높은 힘, 즉 창조의 신성과 만나는 일은 지극히 당연한 논리의 세계라고 하지 않을 수 없다.(175쪽)

> 신성성이란 이렇듯 인간 한계에 대한 자각과 보다 높은 신성에 대한 깨달음의 순간에 찾아오는 바, 시인은 이 순간의 포착으로까지 나아가야 위대하다고 할 수 있지 않겠는가. 1980, 90년대의 많은 젊은 시인들은 이 순간으로의 도달은커녕, 그 순간 자체를 인정하려고 하지 않는 점에 치명적 한계를 갖고, 욕망론 부근을 맴돌 수밖에 없었던 것이 아닌가 여겨진다.(201~202쪽)

타락한 시대에 절실히 요구되는 것은 삶의 신성성을 회복하는 일이라고 김주연은 믿는다. 아니, 더 정확히 말하자면 김주연은 신성성을 종교적 차원에서 믿는 것이 아니라 '논리의 세계'에서 이해하고 받아들인다. 여기에 김주연 비평의 큰 특징이 있다. 김주연은 자신의 문학관에서 핵심 요소라 할 신성성의 의미를 종교적 차원에 국한하지 않고 논리적으로 인정 가능한 개념으로 확장시킨다. 그렇게 함으로써 그의 비평적 개성은 매우 유연한 것이 된다.

김주연이 말하는 신성성의 핵심은 인간의 한계에 대한 자각과 초월에 있다. 그가 눈에 띄게 모더니즘을 비판하는 이유도 알고 보면 신성성의 문제와 결부된다. 모더니즘의 특성인 인간 중심주의와 예술을 통한 완전성 추구가 김주연의 신성성과 대척점에 놓이기 때문이다. 뿐만 아니라 모더니즘이나 포스트모더니즘은 근대에서 시작된 세속화 과정이라는 측면에서 김주연의 비판 대상이 된다.

> 시에 있어서는 언어에 대한 절망과 그로부터 유발된 현학성·난해성이 불가피한 현상으로 대두되고, 소설에 있어서는 서사의 상실과 왜곡이 정당화된다. 두 장르에서 모두 공통된 현상으로 빚어지는 것이 있다면 섹스와 죽음의 문제이다. 그것들은 모두 형이상학 내지 영성을 잃어버린 인간들에게 남겨진 마지막 실체들이기 때문이다. […] 그렇기 때문에 대부분의 모더니즘 문학은 슬플 수밖에 없다. 그러나 훌륭한 여러 모더니스트들은 이 슬픔을 즐기면서, 때로는 공공연하게 자랑스러워한다. 과연 그럴까. 나로서 조금 의아스러운 것은 바로 이 점이다.(86~87쪽)

김주연의 이 같은 비판은 모더니즘적 세계관이나 창작 방법론에 의거한 작품 모두를 일반화할 위험을 안고 있다. 따라서 김주연의 모더니즘 비판은, 문학이 죽음이나 종말이 아니라 구원의 가능성을 보여 줘야 한다는 그의 믿음을 강조하는 것으로 이해해야 한다. 예컨대 그가 정현종과 오규원의 작품을 분석한 글에서, "정현종처럼 서술적 언어로 구원에 직접적으로 접근하든, 다소간 언어를 사물화시켜 언어 자체의 구원 능력을 타진하든 간에 이제 시의 언어는 구원과 무관한 자리에서 시의 올바른 정당성을 얻지 못할 것"(169쪽)이라 진술한 것도 우리의 이 같은 이해를 뒷받침한다. 김주연 비평의 핵심을 드러내는 말이라 할 수 있겠다.

3

한국 문단에서 김인환은 동서양의 경전, 고전은 물론 언어학, 역사학, 정신분석학과 정치경제학 등 매우 방대한 지식을 자신의 글쓰기에 녹여 내고 있는 드문 비평가로 꼽힌다. 그런 그가 이번에는 '현대문학과 역사에 대한 비평'이란 부제가 붙은 평론집『기억의 계단』을 상자했다. 이 책에서 김인환은 한국 현대문학의 단계론을 제시하고 현대 시와 소설의 계보를 만드는 문학사 작업에 주력했다. 그가 즐겨 써 온 표현을 빌리면, 김인환은 이제 다양한 비평적 관심 영역들을 선택적 계열 관계에 배치하고 역사에 대한 관심을 통시적 결합 관계에 놓는 큰 작업에 착수한 것이 아닌가 생각된다.

문학사 연구에서 중요한 것은 전체적인 맥락을 고려해 체계를 세우는 일이다. 그 방법론으로 김인환이 먼저 내세운 것은 단계론이다.

> 문학의 단계론은 기억의 계단을 하나씩 하나씩 밟아 내려가면서 서로 상충되는 이질적 원리들이 하나의 문학 시대에 내재하는 것을 확인하고 우리의 이해가 자리잡는 곳에 이해되어 있지 않은 것을 발견하는 작업이다.
>
> 기억의 계단을 더 멀리 내려가면 내려갈수록 한국 현대문학의 단계론은 지금까지 우리의 기억에 주제화되어 있지 않았던 것을 찾아 냄으로써 우리의 기억을 쇄신하고 우리의 기억 속에 희망의 자리를 마련한다.(5쪽)

김인환이 말하는 단계론의 핵심은 이질적 요소들이 상충하는 공시적 계열 관계, 그리고 새로운 기억을 찾아내려는 통시적 결합 관계를 함께 고려하는 것이다. 다시 말해 단계론은 작품 선택이라는 세로축과 역사의식이라는 가로축이 교차하는 체계적인 의미망으로써 문학사를 서술하려는 방법론인 셈이다.

김인환은 또한 문학사 기술 방법으로서 연대사나 형식사와는 대조되는 문학사회사에 주목한다. 문학사회사는 실증적 자료 제시에 그치는 문학연대사나 작품 자체의 성격에 국한된 문학형식사의 한계를 넘어 사회 배경까지 포섭하는 서술 방법이다. 그러나 이 방법에도 결정적인 한계가 있다. 사회사의 정치 층위와 경제 층위를 문학사의 지각 층위에 대응시키는 것은 자본주의 시대 이전에는 적용할 수 없기 때문이다.

이 한계를 극복하기 위해 김인환은 '의식형태'와 '지각형상'을 서로 대응시키는 방법을 고안해 냈다. 여기서 의식형태란 거대 이데올로기가 아니라 예컨대 친일 논쟁, 노동 문제, 환경 문제 같은 소단위 관념 유형을 가리킨다. 또한 지각형상이란 그 의식형태가 작품에 드러난 양상을 일컫는다. 김인환은 의식형태들을 초점 삼아 시인이나 소설가들의 위치를 잡으려 한다. 현대 시와 소설의 계보를 그리는 작업이 바로 그것이다.

그런데 의식형태와 문학 작품의 지각형상 사이에는 항상 일정한 거리가 생성된다. 김인환은 그 현상을 거리효과 또는 이화작용이라 부른다. 윤선도와 송시열의 경우에서 증명되듯 그 거리효과에 의해 작품 속에는 비로소 미확정의 영역이 마련된다. 이쯤에서 보면 김인환이 제시한 거리효과라는 개념은 결국 문학 작품의 독자성과 미적 특질을 해명하는 훌륭한 도구가 된다. 이러한 거리효과에 유의할 때 비로소 작품의 문학성을 존중하는 문학사회사가 기술되는 것은 매우 당연한 일이라 하겠다.

문학 작품의 자율성과 사회성을 함께 고려하는 태도는 사실 김인환이 처음 시작하는 것은 아니다. 그 이전에 이미 아도르노가 있었으며, 문학 작품과 사회 구조 사이의 대응 관계에 대해서도 페터 지마의 『텍스트사회학』이라는 전거가 있다. 그럼에도 김인환 이론의 독창성이 인정될 수 있다면 그것은 거리효과 또는 이화작용이라는 구체적인 개념을 만들고 그 개념을 통해 '문학성'의 본질을 명쾌하게 해명한 데 있을 것이다.

이 같은 이론에 근거하여 김인환이 시도하는 것이 바로 '문학의 계보학'이다. 그것은 앞서 거론됐던 의식형태를 초점 삼아 시인이나 소설가들을 늘어세워 한국 현대문학의 흐름을 파악하려는 연구이다. 예컨대 실험이라는 관념유형을 초점 삼아 김소월과 이상을 대척점으로 놓고 그 사이에 다른 시인들을 배치해 볼 수 있으며, 박상륭과 장정일 사이에서는 다른 소설가들의 위치를 잡아 볼 수 있다.

김인환이 작성한 현대소설의 계보에서 먼저 눈에 띄는 것은 신채호를 계보의 맨 앞에 놓은 점이다. 김인환은 리얼리즘적 측면에서의 근대성을 판별 기준으로 삼았다. 1920년대 초에 신채호는 "근대를 대중의 수량이 움직이는 사회로 이해함으로써 대중의 개념을 정치의 범주로 포착한 한국 최초의 사상가가 되었다"(78~79쪽)는 것이다. 이에 비해 이인직의 기술 숭배 사상이나 이광수의 친일 이데올로기는 그 자체의 한계로 말미암아 진정한 근대가 될 수 없다는 것이다. 심인환의 이 주장은 한국 근대문학의 출발점을 영·정조 시대나 갑오경장 등으로 보아 왔던 기존 학설과는 매우 다른 것이다. 또한 그의 글에서 거론된 신채호의 「꿈하늘」이나 「용과 용의 대격전」에 대한 문학적 가치 평가 역시 상당 부분 유보된 것으로 보인다.

김인환이 그려 보인 현대소설의 계보를 간략히 살펴보자. 신채호의 근대 개념은 일제 시대 염상섭과 이기영의 창작주의 리얼리즘으로 이어져 한국 소설의 주류를 형성한다. 이 계보는 시간적 선후에 따라 안수길·박경리·김주영·황석영·최명희·박완서·최일남·이문구·홍성원·전상국·박영한·송기원·윤흥길·이동하·고시홍 등으로 이어진다(「한국 현대소설의 주류」). 실험소설의 계보도 있다. 박태원을 필두로 한 이 계보에는 최인훈·이청준·박상륭·최창학·조세희·김원우·이인성·최수철 등의 작가가 포함된다(「최인훈 소설의 계보」). 이밖에 독립된 글로 기술되지는 않았으나, 이효석과 이태준이 앞에 나서는 서정소설의 계보도 언급된다. 이 계보에 속하는 작가들은 김동리·황순원·김승옥·오정희·김지원·이혜경·심상대·김훈·윤대녕·한강·이응준 등이다(「한국 현대소설의 계보」).

현대시의 경우, 김인환은 시조와의 거리를 척도로 삼았다.

> 한국의 현대시인들 가운데 시조에 가깝게 있는 시인은 김소월이고, 시조에서 가장 멀리 있는 시인은 이상이다. 규칙적인 율격을 파괴하고 유사성에 근거한 비유를 부정하였다는 점에서 이상은 현대시의 한 극한이다. 아마 앞으로 나올 어떤 시인도 이상을 넘어서 더 과격한 실험을 할 수는 없을 것이다. 이상은 부정할 줄은 알았지만 건설할 줄은 몰랐기 때문에 이상의 시는 시와 비시의 경계선에 있다.(282쪽)

광복 직후 좌우익의 대립 속에서 이상의 시는 거의 언급되지 못하였으나 1950년대에 김경린·박인환·조향·성찬경·김구용·송욱·신동문·김종문·전영경·김영태 등의 시인들에게 영향을 주었다. 그 이후에는 이승훈·황지우·박남철이 이상 시의 계보를 잇는다고 본다. 김인환이 작성한 계보에는 불가피하게 도식성의 위험이 내재한다. 문제 해결의 열쇠는 김인환이 공들인 의식형태와 지각형상 같은 이론 모형에 있지 않다. 그 열쇠는 개별 작가와 시인들의 작품을 섬세하게 읽어 내는 비평적 안목에 달려 있다. "젊은 시인들은 이상의 시를 모방하지 말고 준거로서 참고해야 한다"(299쪽)는 김인환의 언급은, 그가 작성한 한국 시와 소설의 계보에도 비슷하게 적용되는 말이다. 이제 우리는 반드시 참고해야 할 문학사적 자료를 하나 더 갖게 되었다.

4

김인환은 한국 현대비평의 주요 흐름을 살피고 비평의 문제점을 진단한 「20세기 한국 비평의 비판적 검토」에서 여러 의미심장한 지적을 했다. 그 가운데 내가 특히 주목한 것은 비평의 미래에 대한 다음과 같은 진술이다. "앞으로는 1년도 지나지 않아 들통날 어설픈 지식 과시는 그만두고 비평가들도 전지적인 주석 대신에 객관 중립 서술로 비평을 하지 않을 수 없는 때가 올 것이라는 것이 나의 전망이다". 같은 글에서 '객관 중립 서술'의 구체적인 사례가 거론되지 않아 섣부르게 판단할 수는 없지만, 김인환의 이 말은 기본적으로 비평가가 작품을 대하는 자세에 대한 성찰을 요구하는 것으로 보인다. 1993년의 평론집 『상상력과 원근법』의 머리말에서 김인환은 이렇게 말한 적이 있다: "시인은 비평가에게 상상력을 보태주고 비평가는 시인에게 원근법을 빌려주며 시인과 비평가가 서로 다른 당파성을 견지하면서도 함께 일정한 객관성, 최소한의 도덕을 공유할 수 있는 세상에서 살고 싶다". 8년 전에 피력했던 김인환의 이 소망이 이번에 말한 '객관 중립 서술'과 무관하다고는 볼 수 없을 것이다. 객관 중립 서술은 어쩌면 김인환이 바라는 이상적 비평의 한 속성일 것이다. 이와 관련해 나는 이 글의 첫머리에서 제기했던 비평의 존재론적 불안에 대한 시각을 달리하고 싶다. 비평이 이차 저작에 불과하다는 견해와, 비평의 창조성을 강조하는 입장 사이에서 굳이 양자택일할 필요는 없다고 판단하기 때문이다. 그 문제를 향한 시각을 조금 바꿔 '비평적 자아'란 말을 상정해 보는 것은 어떨까? 여기서 비평적 자아란 비평가의 비평문 속에 존재하면서 그의 일상적 자아와는 구별되는 또 다른 자아를 가리킨다. 비평의 장르적 특성상 비평가와 비평문을 명확하게 분리하는 것은 어렵다 하더라도, 비평가가 쓴 글 속에는 일상적이거나 경험적인 자아와는 구별되는 또 하나의 자아가 존재한다는 것이다. 그것은 마치 시와 시인의 비분리를 말하면서도 시 작품을 논할 때는 일상적 자아와 시적 자아를 구별하는 것과 같은 맥락의 일이다. 이처럼 비평의 영역에서 비평가의 일상적 자아와 비평적 자아를 분별하는 것은 궁극적으로 비평가에게 자기 소모적인 존재론적 불안 대신 생산적인 창조의 영역을 부여하는 일이 될 것이다.

(『서정시학』, 2001년 하반기)

통시적 비평과 공시적 비평

유성호 · 박철화

1. 비평의 두 축

비평의 두 축이란 가령 이런 것이다. 시간을 기준으로 세로축을 설정하고, 공간을 기준으로 가로축을 정했을 때 우리는 시간과 공간을 아울러 굽어볼 수 있는 평면으로 된 사차원의 지도를 가질 수 있다. 이렇게 만들어진 가상의 평면 사차원 지도 위에서 비평가들의 변별점은 마치 저절로 불거져 오르는 크고 작은 산처럼 보일 것이다. 특히 우리에게 주어진 텍스트가 한 사람의 비평가로부터 생산된 여러 권의 평론집이 아니라 서로 다른 두 비평가로부터 나온 한 권씩의 평론집이라면 그 가상 지도의 쓸모는 더 커질 것이다.

이 글의 제목에서도 짐작할 수 있듯 유성호 비평의 본질은 시간의 세로축 위에 놓인다. 그가 최근 생산해낸 비평문의 엄청난 양에도 불구하고 그의 비평 세계가 난삽하게 느껴지지 않고 단정한 체계를 보여 주는 것은 그의 비평 작업이 한국 현대 시사라는 통시적 시간의 축 위에서 진행되었기 때문이다. 그가 국문학 전공자로서 일정한 성취를 보이고 나서 본격적으로 비평 활동을 시작했다는 사실도 이와 크게 무관하지 않을 것이다. 좋은 시를 알아보고 또 읽어내는 능력이야말로 비평의 최종 심급이라 믿는 그의 비평 세계는, 통시적 비평이라는 세로축에서 근대의 문제를 성찰하면서 서정시와 리얼리즘을 옹호하는 일관성을 획득하고 있다.

이에 비해 박철화의 비평은 섬세한 감각과 자유분방한 글쓰기를 통해 자신이 감당할 수 있는 한 멀리로 공간의 가로축을 확장하는 것으로 보인다. 그가 첫 평론집의 서문을 프랑스 보르도시의 대학 기숙사에서 썼다는 사실도 퍽 시사적이지만 이번에 동시 출간된 두 권의 평론집 목차만 훑어보더라도 이 점은 금방 드러난다. 우선 그가 소화해내는 텍스트들은 장르의 폭이 매우 넓다. 동시대의 시는 물론 소설을 넘어 문화비평 영역까지 그의 비평의 촉수가 고루 뻗쳐 있다. 여기에 동서양의 시를 비교 분석하는 글까지 가세하면 그의 비평이 공시적이며 또한 영역 확장적이라는 사실은 더 분명해진다. 이제 그 세로축과 가로축 위에 놓인 두 비평가들의 평론집을 차례로 펼쳐 보자.

2. 서정시와 리얼리즘에 대한 통시적 옹호

유성호의 세 번째 평론집 『침묵의 파문』(창작과비평사, 2002)의 속표지를 넘기면 곧바로 만나게 되는 '세기의 전환기, 서정시의 운명'이란 서문에서 저자는 이례적으로 자신의 비평관을 투명하게 밝힌다. 아울러 총 4부로 이뤄진 이 책의 부분별 내용까지 요약하고 있기 때문에, 오히려

나의 이 글은 책의 내용 소개라는 측면에서는 불친절하고 자유로워야 할 것 같다. 그러나 어쨌든 「'경이와 불안'에서 '우울과 공포'로」의 경우처럼 아예 문학사적 관점에서 특정 경향 작품들의 시사적 의미를 밝히려는 글은 물론이고 이번 평론집에 실린 대부분의 글들이 실에 꿰지만 않았을 뿐, 그대로 한국 현대 시사를 이루는 낱낱의 구슬 같은 비평문이란 점은 미리 언급해 두어야겠다.

책의 제목으로 돌아가 보자. 이번 평론집을 이루는 글들과 '침묵의 파문'이란 제목은 언뜻 어울리지 않는 것처럼 보인다. 유성호 비평의 키워드라 할 서정시, 리얼리즘, 근대 같은 단어가 모두 빠져 버렸으니 말이다. 저자의 의도는 무엇일까? 3부에 수록된 「침묵의 파문」이란 글을 읽고 나면 비로소 궁금증이 풀린다. 일차적으로는 저자의 평론 등단작에서 대상 시인이었던 고진하 시인에 대한 지속적인 관심과 의미 부여이다. 그런데 이는 곧 저자 자신의 비평의 근원에 대한 성찰이라는 의미를 띤다. 서정시와 종교의 접점 탐구라는 저자의 비평적 화두가 고진하 시인에 대한 글 속에 고스란히 녹아들어 있기 때문이다. 자신에서 시작하여 타자를 거쳐 마침내 자기에게로 돌아오는 원점 회귀의 욕망을 담는 형식으로서의 서정시에 대한 저자의 옹호는 이미 여러 차례 피력된 바 있다. 고진하의 시는 바로 그 서정의 언어 속에 종교적 상상력과 형이상성을 자리잡게끔 할 가능성을 지녔다는 섬에서 서자의 등단작부터 줄곧 비평적 관심의 진원지가 되어 왔다. 이번 평론집에서 저자는 고진하 시의 언어가 '침묵'에 가깝다고 말한다. 언어가 지칭할 수 없는 근원 혹은 신성을 언어로 암시하는 과정에서 비롯되는 시적 비의를 고진하 시인이 최대한 존중하고 있다는 의미에서, 그의 작품들은 '침묵의 파문'(223쪽)을 일으킨다는 것이다. 시인과 비평가가 첫 만남의 전율을 간직한 채 오랜 시간의 흐름을 따라 가며 시와 비평을 매개로 서로의 감각과 사유를 나누는 행복한 관계의 원형을 여기서 보게 되는 셈이다.

서정시의 신성성 추구가 유성호 비평의 진원지라면 서정성과 리얼리즘의 상호 통합과 길항은 그의 비평의 지향점이다. 이 책 앞부분의 묵직한 글들이 대부분 이와 관련된 주제를 다루고 있다. 「서정시의 모반, 그 반어적 가능성」은 1990년대 시의 다양한 갈래 속에서 서정시가 자신의 존재 원리를 갱신해야 할 것인가 아니면 유지, 심화해야 할 것인가를 묻고 있다. 이 시급한 질문에 대해 저자는, 서정시가 오히려 자기 고유의 성찰적 기능을 강화해야 한다고 답한다. 그 길이 다른 양식들과 공존하면서 서정시의 역할을 이어 가는 방법이라는 것이다. 이에 반해 서정시의 성격에 변화를 가하며 인접 장르와 교섭을 벌인다든가 해체 지향의 난해시편으로 흐르는 경향에 대해서는 단호한 거부의 입장을 취한다. 어찌 보면 편협하달 수도 있는 이런 입장 표명은 "서정시가 갖고 있는 실물적 감각성과 창조적 사유의 등가적 결합에 대한 신뢰"(26쪽)에 바탕을 둔 것으로 보인다. 서정시에 대한 이 같은 신뢰는 생태시학과 여성시학에 연결되면서 비평적 논의의 자장을 확대한다.

최근 들어 활발히 전개되고 있는 생태시학은 근대주의의 이데올로기인 '진보'에 대한 근원적 회의와 맞물린다는 데서 리얼리즘의 자기 반성적 요소와 만난다. 그러면서도 생태시학은 현실을 사회적 연관 속에서 바라보는 리얼리즘을 넘어 그것을 우주적 연관으로 확대하는 방향으로 나아간다는 것이 저자의 진단이다. 이른바 민중적 서정시를 써 왔던 김지하, 이시영, 고재종, 고형렬, 백무산, 김용택, 이재무, 안도현 시인이나, 모더니즘의 전위에 서 있던 정현종, 최승호, 이성복, 유하 시인은 물론 1990년대 들어 새로 등장한 박용하, 이정록, 장석남, 박형준, 장철문, 이윤학 등 젊은 시인에 이르기까지 모두 이 흐름에 들어 있다는 것이다(33쪽). 하지만 생태시학은 본질적으로 현실 문제를 원형화할 수도 있다는 점에서 또 다른 처방을 필요로 한다. 이에 제시되는 대안은 생태시학과 리얼리즘의 접점 모색을 통한 민족문학의 가능성이다. 그러나 이 대목은 구체적 작품을 통한 예증보다는 저자의 당위적 논리가 앞서 있다는 점에서 아직 미완의 서술로 보아야 할 것 같다.

저자가 우리 여성시학의 특징으로 꼽는 것은 상호 포용적인 시각의 견지이다. 남성과 여성의 관계를 곧바로 '선/악'이나 '주변/중심'으로 해석하지 않는 것이 그 요체이다. 현재 우리 여성 시학의 주안점은 그동안 타자로 규정되어 온 자기 안의 여성성을 발굴하고 표현하는 데 놓여 있다는 것이다. 이는 남성/여성의 관계를 전투적인 대치 상태로 몰아가는 데 익숙했던 서구의 급진적 페미니즘과는 그 양상을 크게 달리하는 것이다. 아마도 이와 관련된 실제비평을 축적하면서 이론적 모색을 병행하는 작업이 저자뿐 아니라 다른 비평가들에게 남겨진 몫이라 하겠다.

이번 평론집에서 유일하게 '비판'을 전제로 씌어진 글이 하나 있다. '최근 진보적 진영 시의 변모에 관한 비판적 검토'라는 제목의 이 글은 박노해와 백무산 시의 변모를 짚으며 '진보'에 대한 저자의 입장을 드러낸다. 박노해의 거듭된 변모에는 근본적으로 자기 성찰이 결여되어 있다고 저자는 꼬집는다. 따라서 그의 변모는 "우리의 역사적 진보가 체질적으로 조급증과 영웅주의 그리고 관념적 이상주의, 보편주의와 연결되고 있다는 아쉬운 증거일 뿐"(147쪽)이라는 것이다. 백무산의 경우에는 구체성에서 영원성으로 별다른 매개항 없이 흘러가 버렸다는 점이 안타까운 지적 사항으로 남는다. 그들이 내걸었던 '진보'는 근대의 합리성과 인간 중심의 이성주의에 뿌리를 두고 자기 중심적 영웅주의나 계몽성의 대중화로 왜곡되어 표출된 일면이 있다는 말이다. 한마디로 그것은 보편주의나 교양주의의 폭력이 될 수 있는 진보이다. 그러나 저자가 꿈꾸는 진보는, "개인적 자유의 확장이자, 연민과 통합의 정신을 매개로 한 시대 전체 구성원의 것"(156쪽)이다. 진보는 이런 맥락에서 영원히 미완의 기획으로 존재할 운명을 타고났는지도 모른다. 이런 맥락에서 보면 꿈과 현실 사이, 서정성과 리얼리즘 사이의 긴장에서 미학적으로 완성되기를 꿈꾸는 서정시의 운명이란 것도 여기서 그리 멀리 떨어져 있지는 않을 것이다.

3. 텍스트와 현실, 상호텍스트성에 대한 공시적 통찰

박철화의 비평을 논하는 자리에서 먼저 조심스레 호명해야 할 비평가는 김현이다. 여기서 왜 김현이어야 하는가를 새삼 말할 필요는 없을 것이다. 대신 왜 조심스러워야 하는가는 언급해 둘 필요가 있다. 첫 평론집 『감각의 실존』을 선보인 지 10년 만에 두 권의 평론집을 함께 묶어 낸 저자의 경우, 세 권의 평론집 모두 김현 비평이 보여 주었던 섬세한 감각과 문체에의 경도를 고스란히 드러내고 있다. 김현의 이름이 직접 불려지는 경우도 여러 번이다. 저자가 일관되게 추구하는 텍스트와 현실, 텍스트와 텍스트의 관계에 대한 통찰 역시 김현 비평의 영향을 빼놓고는 논의할 수 없는 사항들이다. 물론 저자의 글에 나타난 김현 비평의 영향 분석이 이 글의 목표는 아니다. 다만 내가 감지하는 것은 한 사람의 비평가로서 저자가 견뎌내고 있을 도저한 외로움이다. 그 외로움은 비평가 누구나 감내해야 할 본원적이며 실존적인 불안과 짝을 이루는 것이기도 하다. 그 외로움과 불안이 발현되는 양상과 정도에 개인차가 있을 뿐이다. 저자의 경우를 말하자면, 육신이 부재함으로써 역설적으로 더 분명히 현존하는 김현이라는 이름은 그 근원적인 외로움과 불안에 대항해 저자의 온몸을 감싸 주는 외투 같은 존재인지도 모른다.

그러나 비평가에게 참으로 필요한 것은 자신의 몸을 감싸 주는 외투가 아니라 자신의 전신을 비춰 주는 거울일 것이다. 이런 맥락에서 김현이라는 이름은 박철화의 비평을 말하는 첫머리에서 조심스럽더라도 반드시 언급할 수밖에 없을 것이다.

이번 평론집 『관계의 언어』(열림원, 2002)는 비평 대상이 된 텍스트의 장르에 따라 시, 소설, 문화비평의 세 부분으로 구성되어 있다. 첫 부분의 어귀에 놓인 두 편의 글은 모두 문학과 예술의 음악성에 대한 강조라는 점에서 눈길을 끈다. 저자에 따르면 동서양을 막론하고 인간을 악기에 비유하는 전통이 있는데, 이는 곧 음악이 단순한 감각적 차원 이상의 것이었기 때문이다. 가령, 음악은 구체적인 지시 대상을 갖지 않음으로 인해 오히려 무한한 암시의 원천이 된다. 우리가 문학 텍스트 속에서 청각 이미지에 호응하는 이유도 그것이 다의의 가능성을 낳기 때문이다. 결국 뛰어난 예술 작품은 인간을 "'시각(視覺) 인간'만도, 그렇다고 '청각(聽覺) 인간'만도 아닌 진정 하나의 성숙한 존재로 다시 태어나게"(31쪽) 만든다는 것이다. 이 논지를 가만 따져 보면 저자의 비평이 다름아닌 '감각'에서 출발한다는 사실을 재삼 확인하게 된다. 저자가 다른 책에서 "감각과 지성의 조화와 균형이 내 문학의 지향점"(『우리 문학에 대한 질문』, '책머리에')이라 말할 때도 그 시작점은 어디까지나 '감각'으로 보인다. 1989년의 등단 평론에서 황지우의 상상 세계를 '푸르름'이란 감각적인 용어로 포괄했던 것은 그러니까 우연이 아니다. 다만 그때의 '푸르름'이 기본적으로 시각 이미지에서 비롯되었다면, 그로부터 10년을 사이에 둔 지금은 시각을 초월하는 청각에 더 주목하고 있을 따름이다.

황지우에 대한 저자의 비평과 관련해 흥미로운 사실은, 앞서 유성호 비평의 경우처럼, 저자 역시 등단작의 대상 시인에게 거의 본원적인 애정을 지니고 있다는 점이다. 이번 평론집에도 황지우에 대한 글이 한 편 실려 있는데, 그 글은 이렇게 시작된다. "아, 황지우! 여덟 해를 더 넘기고서야 그가 이 '혼돈'의 세상에다 선을 보인 새로운 시집 『어느 날 나는 흐린 酒店에 앉아 있을 거다』를 드는 순간, 내 마음은 우선 감탄사를 내지른다."(69쪽) 비평가로서 지켜야 할 객관적 거리의 상실을 말하려는 게 아니다. 저자의 문장 속에서의 '황지우'는 저자의 분신이나 다름없다. 조금 더 읽어 보자. "나는 여기서 감히 '우리'라는 말을 쓴다. 만일 그 '우리'라는 울타리를 거부하는 사람이라면 조금도 주저함이 없이 무시할 수 있을 만큼 그에 대한 몰입의 정도가 깊기 때문이다. 때로는 너무 깊어 병이 될 지경이다."(69쪽) 저자가 말하는 '병'이란 한편으로 이런 것이 아닐까. 자신이 분석해야 할 텍스트에의 몰입과 일탈을 거듭하는 사이 자신도 모르게 그 텍스트의 생산자와 자신을 순간적으로나마 일치시키는 것, 그 일치의 순간을 통해 비로소 자신의 존재 의의를 확인하는 것 말이다. 이는 비평의 위축된 자의식을 지칭하는 것이 아니라 오히려 비평적 자아의 확산을 의미하는 것이라고 나는 생각한다.

소설 비평 부분에는 이청준으로부터 이현수까지 열두 명의 작가에 대한 글이 모여 있다. 여기서는 텍스트와 텍스트의 관계, 달리 말해 상호텍스트성에 저자가 얼마나 민감하게 반응하는가를 먼저 살펴보겠다. 가령, 윤대녕의 『장미 창』을 분석하면서 저자는 이 작품의 첫 문장을 카뮈의 『이방인』 첫 문장과 비교한다. "어쩌면 그 여자였는지 모른다."(『장미 창』)/"오늘 엄마가 죽었다. 혹은 어쩌면 어제였는지도 모른다."(『이방인』) 저자에 따르면 이 두 개의 문장, 아니 두 텍스트는 이렇게 만난다. 카뮈는 시간성의 불확실함을 통해 인간 존재의 불합리함과 불투명성을 말하고, 윤대녕은 존재의 흔들림 속에서 절대적인 시간을 희구한다. 미묘한 차이에도 불구하고 두 소설은 공통적으로 텍스트의 불확실성을 공유하고 있다는 것이다. 서로 다른 작가 사이는 그렇다 치고 한 작가의 다른 텍스트 사이에도 '관계'는 존재한다. 배수아가 그런 예다. 저자는 배수아의 장편『철수』에서 그려진 존재의 어둠이 작가의 다른 두 작품, 「천구백팔십팔 년의 어두운 방」과 「검은 늑대의 무리」에 그 발생사적 뿌리를 대고 있음을 구체적인 인용문을 들어 지적한다. 이런 사례들이 실증적 차원 이상의 어떤 의미를 지닐 수 있다면, 그것은 결국 저자가 '문학 작품에서 결코 떠나 있지 않는 비평'을 지향한다는 사실을 증명하는 것이라 하겠다.

이번 평론집만으로 볼 때 저자의 비평적 조명을 가장 많이 받은 소설가는 윤대녕이고 그 다음이 전경린과 배수아이다. 특히 앞서 잠깐 거론된 배수아에 대한 저자의 의미 부여는 각별하다 못해 편파적이기까지 하다. 물론 여기서 편파적이란 말은, 한 선배 평론가가 이미 사용한 바 있는 "좋은 시에 대한 편애"라는 표현에서 '편애'와 유사한 맥락의 말이다. 그 표현들은 이미 가치 판단을 전제하고 있기 때문이다. 저자의 경우, 배수아의 작품에서 마주치는 어색하고 적확하지 못한 문장, 외국어 단어의 이질적인 결합 등에 대해 그 '부주의'가 단순히 언어상의 결점으로만 인식될 수 없다고 말한다. 배수아의 부주의한 언어는 "균열을 통해 드러나는 생의 어두운 심연 그 자체"(214쪽)라는 것이다. 저자의 이러한 논지에는 다른 의견이 끼어들 틈이 있어 보인다. 이와 관련해 나에게는 저자가 각주로 내려놓았으나 여기서 인용문으로 올려놓고 읽었으면 하는 구절이 있다.

> 문학·예술 작품에 대한 취향은 다양한 것이어서 그에 대해 왈가왈부하기는 어렵다. 그러나 개인적 취향과 심미적 판단 사이에는 구분이 필요하다. 좋아한다[好]―좋아하지 않는다[不好] 따위의 주관적

인 반응은 총체적 인식이 개입되는 좋음[優]−나쁨[劣]의 미적 분별
에 있어서 보다 넓은 상호주관성(intersubjectivity)에다 자신의 자리를
양보할 수 있어야 한다.(194쪽)

  문학 작품의 가치 판단 문제는 비평가 누구에게나 거부할 수도 쉽사
리 풀어낼 수도 없는 난제에 속한다. 인용문에는 이 문제에 대한 저자
의 입장이 확연히 드러나 있다. 무엇보다 개인적인 취향(호−불호)과 심
미적 판단(우−열)은 구별되어야 한다는 것인데 저자가 그 바탕에 전제
한 개념은 '상호주관성'이다. 비평가의 첫 번째 자질도 바로 그 상호주
관성을 견지하는 데 있다는 것이 저자의 생각이다. 원론적이면서도 논
쟁을 유발하는 흥미로운 테마가 아닐 수 없다. 상호주관성에 대한 저자
나름의 해석이 보강되어 문학 작품의 가치 판단에 관련된 입론으로서
주목할 만한 글이 완성되기를 기대한다.
  아울러 윤대녕과 배수아의 몇몇 작품을 분석하면서 저자가 보여 준
부사어에 대한 빼어난 감각, 3부를 이루고 있는 문화비평적 글에 대한
언급은 행간의 아쉬움으로 남겨 두기로 한다.

4. 두 비평가의 만남

  매우 이질적으로 보이는 두 비평가의 만남을 주선하면서 내가 얻은
생각이 있다면, 한 사람의 비평가로서 전체에 대한 통찰이 매우 중요하
다는 사실이다. 나는 두 비평가가 보여 준 서로 다른 개성의 분리점과
접점에서 갖게 되는 아쉬움과 기대를 구태여 숨기지 않겠다. 이를테면
두 사람의 평론집에서 각각 뽑아낸 다음 글들을 보자.

　　일찍이 "무책임한 자연의 비유"를 낡은 것으로 파악하고 그것을
예민하게 경계한 시인은 기형도였다. 그러나 그는 역설적이게도 "가
장 위대한 잠언이 자연 속에 있음을 나는 믿는다"고 말함으로써, 자
연을 등지고 문명의 한복판인 도심의 거리를 헤매는 자의 남루함을
고백했다. 그만큼 그의 시는, 상상력의 수원(水源)으로서의 자연에 대
한 체험적 긍정과 의식적 경계의 접점에서 생성되고 씌어지고 완성
되었다.(유성호, 「주객분리와 맞서는 젊은 시인들의 미학」, 105쪽)

　　그[보들레르: 인용자 주]가 자연 그 자체에다 자아의 감정을 방기
하는 것에 대해 심한 거부감을 갖고 있었다는 것이다. 낭만주의의 과
도한 주관성을 경계한 그로서는 당연한 일이다. 물론 전직(前職) 사제
의 아들로서 자연에서 아직 지워지지 않은 죄의 흔적 때문에 괴로워
했던 것도 사실이다. 하지만 보들레르는 단순히 자연을 혐오한 것만
이 아니라, 자연에다 정신성을 부여하여 새로운 세계를 구축하려 하
였다.(박철화, 「자연, 낙원과 우주 사이에서」, 57쪽)

　두 비평가 모두, 자연으로부터 관습적이며 무책임하게 비유를 끌어
오는 것을 경계하면서도 궁극적으로는 자연에 새로운 차원의 의미를
부여하려 했던 시인들에 주목하고 있다. 유성호의 경우에는 이미 지
난번 평론집에 실린 글을 통해 보들레르 시에서 새로 살아난 자연의
의미를 언급한 적도 있다. 두 비평가의 논지에 동의하면서도 한 걸음
물러서서 보면, 어느 한쪽 시인에 대한 개별적인 논의만으로는 그 전
거가 불완전하거나 구체적 사례로서 부족하다는 생각이 든다. 이는
하나의 단편적인 예에 불과할지 모르나 굳이 의미를 부여하자면 전
공 영역이 다른 비평가들 사이에 가로놓인, 없어도 좋을 심연이라 할
수 있다. 실제로 두 비평가가 따로 언급한 기형도와 보들레르의 경우,
보들레르의 「교감(Correspondances)」과 기형도의 「숲으로 된 성벽」은
사람과 자연 혹은 신 사이의 상호 교감을 통해 도달할 수 있는 영적

이며 조화로운 세계를 그려냈다는 점에서 직접적인 영향 관계를 상
정할 수도 있는 작품들이다. 서로 다른 축으로 진행되어 온 비평 세
계들을, 이 글의 도입부에서 내가 말한 가상의 평면 사차원 지도 위
에서나마 합쳐 보려는 시도가 의미 있는 것은 바로 이런 사정 때문이
다. 그러나 이 두 사람의 비평가에게 무리한 방향 틀기를 강요해서는
안 될 일이다. 그들 가운데 한 비평가가 이미 다른 글에서 토로했듯
"제각기 가다가 자연스럽게 만나는 것이 진정한 길트기"일 수도 있
는 까닭이다.

(『문학인』, 2002년 겨울호)

만세, 비평공장의 공장장들

최동호 · 이광호 · 류보선 · 김영찬

지금 내가 쓰고 있는 이 글도 그렇지만, 평론가들의 글은 대부분 '주문 제작'된다. 특집 원고라면 주제가 주어지고, 시인론이나 서평은 해당 텍스트가 미리 정해지기 마련이다. 거기다가 결정적인 점은 글을 써야겠다는 작심 자체가 원고 청탁에 의해 이뤄진다는 사실이다. 이 점이 아마도 시인, 소설가들과 평론가의 글쓰기를 가르는 가장 두드러진 요소가 아닌가 한다. '주문 제작 시스템'은 평론가라면 누구나 감내해야 하는 글쓰기의 숙명 같은 것이리라. 공식 모임에서든 사적인 술자리에서든 평론가들이 시인보다 시계를 더 자주 들여다보아야 하는 것도 이와 관련 있을 것이다. 평론가들이 공통적으로 더 쩨쩨한 성격을 타고난 것은 분명 아닐 테니까.

등단 이후 십 년 넘게 비평 현장에서 살아남았다면, 그는 분명 다음 두 가지 경우 가운데 하나일 것이다. 하나는 주문 제작 글쓰기에 뛰어난 재능을 지닌 경우이다. 타고난 평론가라는 말 대신 그를 달리 부를 말이 없다. 다른 하나는 주문 제작에 회의를 느끼면서도 문학청년 시절의 열정을 끊임없이 재연소시키며 그 시스템에 적응하는 데 성공한 경우이다. 두 경우 가운데 어느 쪽이든 나는 이들 평론가에게 '비평공장의 공장장'이란 직함쯤은 주어야 마땅하다고 생각한다. 그들은 잡지사 편집실로부터 원고 청탁 전화를 받는(주문) 즉시, 진행 중이던 일의 우선순위를 다시 조정해 주문 사항에 맞는 글을 써서(생산) 이메일로 보내고(유통), 나중에 그 글을 다시 고쳐(애프터서비스) 자신의 평론집에 수록하는 일련의 과정을 거친다. 그 과정의 연속이 평론가의 일생이 아닌가 한다.

여기 비평공장의 공장장이라 부를 수 있는 세 평론가, 그리고 이제 막 비평공장을 차린 한 평론가의 비평집이 놓여 있다. 어느 쪽으로든 우리에게 전범이 되어 줄 그들의 비평공장 안으로 들어가 보자.

1. 시의 미래가 없다면 인류의 미래도 없다

현대시 전공자들 사이에서 이미 고전의 반열에 오른 『현대시의 정신사』 이후 여덟 번째가 되는 이번 평론집 『진흙 천국의 시적 주술』(문학동네, 2006)까지 이십여 년간, 최동호 비평을 일관해 온 것은 균형과 조화의 미학이다. 일견 평범해 보이기까지 하는 이 명제는 그러나 평론가 최동호를 수식하는 순간 남다른 의미를 지니게 된다. 무엇보다 변하는 것들 속에서 변하는 것들은 물론 변하지 않는 것들을 더불어 통찰하려는 그의 비평 정신이 마침내 도달한 지점이기 때문이다. 그는 서구의 비평 이론을 원용해 시류를 뒤따르는 명제를 내세우거나 손쉬운 해결책을 내민 적이 없다. 그보다는 우리의 문화적, 사상적 맥락 속에서 동시대의 쟁점을 포착하고 이를 자기만의 논리로 해명하려는 자생적인 비평 활동을 전개해 왔다.

이른바 디지털 시대에 문학이 존재해야 할 이유와 존재할 수 있는 방안을 모색한 비평문들을 이번 평론집의 1부에서 만나는 것은 그래서 더욱 뜻 깊은 일이다. 서두에 수록된 「문학의 위기와 인간의 위기」에서 최동호는 디지털 시대에 시의 새로운 존재 방식을 다음 세 가지로 전망한다. 먼저, 거대 패러다임으로 대중들의 의식을 통합하고 지배하는 시적 사고는 분화되고 모든 시적 운동들은 소집단화된다. 둘째, 표현 매체가 활자문화에서 전파문화로 바뀌며, 새로운 기술 개발에 의한 매체들을 적절히 활용할 때 거기에 공감하고 동참하는 독자들의 호응도 커질 것이다. 셋째, 레고 게임과 같은 조립과 해체의 놀이문화가 일부 퍼져 나가겠지만 시의 경향은 명상과 관조를 통해 자기 존재를 예술적으로 드높이려는 쪽으로 전개된다. 특히 명상과 사색의 시편들을 음악에 실어 노래로 유행시키는 음유시인들이 등장하며, 그들은 자크 아탈리의 표현처럼 유목문화의 대변자가 될 것이다. 요컨대 지금까지의 사회문화적 제도로서 발표되고 향유되던 것과는 전혀 다른 방식으로 현대시가 존재하게 될 것이라는 예측이다.

그가 「시의 독자들은 지금 다 어디로 갔는가」를 통해 제기한 문제의식도 주목할 만하다. 이 글은 디지털 시대의 삶의 양식 변화가 문학에서의 '리얼리티'의 개념 자체를 변화시키고 있다는 놀라운 사실을 실제 사례 분석을 거쳐 추출하고 있다. 박목월의 시 「청노루」의 비현실성을 비판했던 1990년대 초반 학생들에 비해 10여 년이 지난 오늘날의 학생들이 오히려 더 이 시에 공감을 나타낸다는 것이다. 그 이유는 디지털 기술에 의한 '가상성'을 현실 세계의 일부로 받아들이는 독자들에게 「청노루」의 자연은 현실에 존재하지 않는 것이기에 오히려 더 현실적인 것으로 받아들여지기 때문이라는 설명이다. '리얼리티'는 물론 '시적인 것'의 개념이 변화하고 있음을 이 글은 명확히 보여 준다. 최동호는 이와 관련해 이런 전망을 내놓는다 : "문화가 지닌 첨단성과 보수성으로 인해 아직도 상당 부분 20세기적 요소가 완강하게 버티고 있지만, 머지않은 장래에 시와 소설은 물론 모든 예술의 존재 방식은 필연적으로 격변을 겪지 않을 수 없을 것이다." 그런데 한편으로는 디지털 기술의 본질적 특성과 효용의 측면을 인식하면서도 다른 한편으로는 그것의 부정적 속성을 파악하고 대안을 내놓아야 하는 복합적인 이 시대에, 균형 감각을 유지할 수 있는 비평적 방법론에 대한 그의 탐색 결과는 아직 제시되지 않은 듯하다. 그의 다음 평론집이 또 나와야 하는 이유가 성급하게 제출되는 셈이다.

강은교와 문정희, 한영옥 등 여성 시인은 물론 근대 페미니즘의 선구자 나혜석의 시와 삶을 살핀 2부와 신경림으로부터 오탁번, 오세영, 송수권, 김명인, 황지우, 이성복에 이르기까지 우리 시단을 대표하는 남성 시인들의 시세계는 물론 김수영 시의 현재 의미를 모더니즘적 편향성의 극복이라는 관점에서 폭넓게 탐색한 3부를 관통하는 것은, 시의 미래에 대한 믿음이다. 그가 이 책의 머리말에서 "시의 미래가 없다면 인류의 미래도 없다"고 자신 있게 말한 것도 따지고 보면 2, 3부에서의 현장 비평에 있었기에 가능한 일이었는지도 모른다. 가령, 이성복 시집 『아, 입이 없는 것들』을 다룬 「진흙 천국의 생에 복수하는 시적 주술」이란 글에서 저자는, '진흙 천국' 같은 세계를 개혁하기에 시인의 언어는 너무나 무력한 것이 아닌가 하는 의문을 먼저 제기한다. 하지만 그는 곧 이렇게 덧붙인다 : "시인은 스스로 비참해짐으로써 자신의 존재를 증명하는 자이다. 이 시집에서 '마라'는 금지된 것에 대한 그리고 억압된 것에 대한 시인의 강박감을 일관되게 드러낸다는 점에서 주술적 마력을 발휘한다." 요컨대, 최동호는 '시적 주술'의 힘을 믿는, 아니 그 힘을 전파하는 비평가다.

　아쉬운 것은 그가 최근 들어 평론보다는 시창작 쪽에 더 마음을 기울이는 듯하다는 점이다. 그는 자신의 시쓰기가 "비평가의 단순한 소일거리가 아니라는 점"을 분명히 밝혀 왔다. 더욱이 "나는 뛰어난 비평이 좋은 시를 쓰게 한다고 믿는다. 좋은 시는 동시에 뛰어난 비평을 가능케 한다. 이 양자는 서로가 보완적이며 상승적 작용을 하는 상호 순환 코드를 갖고 있다."(「디지털 코드와 도깨비의 시학」, 『현대시학』, 2006. 4)라는, 시인-평론가만이 개진할 수 있는 시론을 제출한 바 있다. 그렇더라도 그를 전범으로 삼는 후배 평론가의 한 사람으로서, 그의 이름 앞에 '시인'만 있고 '평론가'는 없는 경우를 자주 보게 되는 것은 내심 안타까운 일이 아닐 수 없다.

2. 비평은 해석이 아니라 생성의 작업이다

　다섯 번째 평론집 『이토록 사소한 정치성』(문학과지성사, 2006)의 제목을 통해 이광호가 강조하려는 것은 무엇일까. 한마디로 '이토록 사소한 정치성'이란 문학/정치, 리얼리즘/모더니즘, 민족문학/자유주의 문학, 80년대 문학/90년대 문학 등 재래의 이분법을 돌파하려는 비평적 사유 방식을 가리킨다. 한국문학을 둘러싼 위계적인 이분법들을 사소한 정치성의 위상학으로 전환함으로써, 한국문학의 근대성 비판에 관련된 비평적 개입이 다시 가능해진다는 것이 그의 논지이다. 이를 주장하는 글이 「이토록 사소한 정치성의 발견」이다.

　이 글에서 이광호는 1990년대 문학에 대한 비평적 개방은 지금 우리 문학의 새로운 정치적 상상력을 여는 일이라는 전제 아래, 최원식과 윤지관, 황종연 비평에 관한 비판적 독법을 시도한다. 이광호의 비평적 입장을 확연히 드러내는 부분은 최원식의 비평 「문학의 귀환」을 문제 삼은 대목이다. 예컨대 "문학을 정치 투쟁의 하부에 편제했던 80년대의 혁명문학과, 그 압박으로부터 문학을 구원하겠다고 공공 영역에서 썰물처럼 퇴각했던 90년대 문학이 함께 문학의 쇠퇴를 향해 기울었다."는 최원식의 진술에 대해, 그는 이렇게 못박는다. 최원식의 그 주장은 '80년대/90년대＝사회성/탈사회성'의 이분법이라는 저 강력하고도 상투적인 풍문의 변형이라고. 또한 성석제의 경우, 최원식은 1990년대 작가 중에서 그 누구보다도 이야기꾼의 재능이 발랄한 그가 오히려 소설의 해체를 촉진하는 반어적 결과를 낳았다고 지적한다. 이에 대해 이광호는 최원식이 리얼리즘의 완강한 척도를 가지고 1990년대 문학을 그 외부에서 타자화하고 있다고 비판한다. 성석제 소설은 한국 근대 소설의 주류 문법에서 의도적으로 이탈하면서 '전'과 '야담'의 구비적·구연적 전통을 현재화했다는 점에서 1990년대 문학의 한 성취라는 것이다.

이광호는 민족문학 진영에서 주로 사용해 온 '진보＝민족문학＝리얼리즘'이란 척도에 대해서도 문제를 제기한다. 먼저, 정치적으로 진보적인 것과 문학적으로 진보적인 것이 반드시 일치하지는 않는다는 점이다. 이는 곧 진보적 세계관이 자동으로 진보적 작품을 만들어내는 것은 아니라는 점, 또 반동적 세계관이 일괄적으로 반동적 작품을 만들어내는 것도 아니라는 점, 오히려 반동적 세계관이 특정한 경우에는 진보적 기능을 수행할 수도 있다는 루카치의 주장을 한결 유연하게 응용한 논법으로 보인다. 이어 이광호는 1990년대 이후 한국 사회에서 '진보' 개념에 대한 정확한 규정이 이뤄지지 않았다는 현실적인 맥락을 환기한다. 이런 상황에서 민족문학 담론이 유일하게 진보적이라는 주장은 그 근거가 약하다는 것이다. '입장'이란 이름을 붙인 1부에 실린 네 편의 글이 모두 이광호의 이 같은 비평적 입장을 정립하려는 시도로 읽힌다.

그런데 아무래도 이광호 비평의 진면목은, 그가 실제 비평의 최전선에서 새로운 '징후'들을 발견하거나(2부), 시인과 소설가들의 존재 방식에 대해서 '명명'하고(3부), 서로 동떨어진 듯 보이는 작가와 작품 사이에 '맥락'을 만들어 줄 때 더 잘 드러나는 것 같다. 이 가운데, 앞서 행한 1990년대 문학에 대한 논의를 토대로 2000년대 젊은 시인들에게서 새로운 시적 징후를 읽어 낸 「시의 아나키즘과 분열증의 언어」를 주목할 수 있다. 2000년 이후의 젊은 시인들은 1990년대의 장정일, 유하, 이원 이후 상대적으로 약화되었던 전위적인 미학을 재충전하여 시의 반시장적인 운명을 첨예하게 밀고 나갔다는 것이 이광호의 진단이다. 2000년대 초반의 이장욱, 김행숙, 진은영에 이어 2005년을 전후하여 첫 시집을 내면서 평론가 권혁웅에 의해 '미래파'라 지칭된 황병승, 김민정, 이민하, 장석원 등이 내보이는 시적 특징을 그는 크게 두 가지로 요약한다. 시에서 서정적 자아를 지우고 그것을 탈주체화하는 분열증적인 언어가 그 하나라면, 다른 하나는 무정부주의 시학이다. 그 이전 세대의 전위적인 시학이 저항과 반성을 코드로 하는 망명정부에 해당했다면, 이 새로운 세대의 시적 문법은 지상의 모든 서정적 공간을 거부하는 무정부주의에 가깝다는 설명이다.

지금 여기의 시적 징후를 진단하는 비평가 이광호의 감각은 섬세하고 그 입론도 비교적 명확하지만, 그가 구체적인 작품을 들어 자신이 앞서 세운 논지를 지탱하려 할 때는 사정이 달라진다. 무엇보다 그가 앞에서 썼던 '시의 반시장적인 운명'이란 말이 부메랑이 되어 돌아와 '시의 반독자적인 현실'이 되어 버리기 때문이다. 분명 이 글에서 거론된 시인들은 등단 시기가 비슷한 다른 시인들보다 더 일찍 주목받는 행운을 누렸다. 그러나 그들은 자신의 작품을 아껴 읽는 독자들에 의해서가 아니라 자신의 이름을 필요에 따라 호명하는 평론가에 의해서 시인의 명맥을 유지하는 존재 증명의 딜레마에 빠질 위험이 있다. 궁극적으로 해당 시인이나 평론가 모두에게 긍정적인 상황만은 아니다.

이광호의 비평문은 그 특유의 문체로 읽는 사람을 묘하게 긴장시킨다. 이광호 비평의 매력으로 일컬어지는 요소이다. 그런데 그의 글을 다 읽고 나면, 그의 글 속에서 수시로 '당신'으로 호명되었던 내가 그 긴장의 대가를 제대로 돌려받지 못했다는 생각이 들 때가 있다. 특히 최근 들어 그는 자기 글의 '당신'들에게 독서의 대가를 정당하게 지불하지 않는 것 같다. 아직도 그의 글은 문체가 사유를 압도하기 때문일까.

시비평에서 그가 다룬 작품들 거의가 '부분 인용'되고 있다는 사실도 나로서는 이채롭다. 자기 글의 문맥에 맞게 작품을 적절히 인용하는 것은 비평가의 자유이며 동시에 그의 미적 감각을 드러내는 일이다. 그런데 비평문의 독자 역시 인용된 작품을 통해서 해당 작품의 미적 특질을 독자적으로 판단할 자유가 있다. 이광호의 시비평은 독자들로부터 그 자유를 차단한다. 부분 인용된 작품들은 전문 인용된 작품들과는 달리 더 철저히 비평의 논리에 복무할 가능성이 크기 때문이다. 그가 이 비평집의 '들어가며'에서 언급한 것처럼 비평이 해석이 아니라 생성의 작업이 되려면? 그는 먼저 자기 비평문의 독자들을 자꾸 호명하는 대신 그들에게도 '다른 생각'을 할 자유를 줘야 할 것 같다.

3. 예외성에 깃든 진리의 목소리에 귀기울이다

목소리로 말하자면, 굵거나 가늘거나 혹은 높거나 낮은 목소리는 익히 들어 왔지만 두꺼운 목소리는 처음이다. 류보선의 두 번째 평론집 『또 다른 목소리들』(소명, 2006)은 영락없이 두껍다. 608쪽에 이르는 책의 분량도 그렇거니와 그 안에 들어 있는 글들 또한 비평—연구의 경계를 넘나들며 두 겹으로 두껍다. 비평과 연구의 같고 다름에 대한 고민의 흔적이 드러나지 않아 독자인 나로서는 아쉽지만, 저자에게는 나날의 삶이 축적된 글쓰기 형식일 것이므로 여기서 길게 문제삼을 사안은 아닌 듯하다.

문학비평 연구로 석사학위와 박사학위를 받은 소장 학자라는 점을 어떤 식으로든 내세울 법도 한데, 이 비평집의 머리말에 그가 적어 놓은 다음과 구절은 오히려 그 진솔한 어법으로 자신의 비평관을 매우 설득력 있게 전달한다. "나에게 감동을 주었던 바로 그 작품들에 말 그대로 최대의 찬사와 헌정을 봉정하고, 그것으로 하여 다만 여럿 중의 하나였던 작품이 정말 빛나는 단 하나의 작품으로 거듭나는 경이를 만들고 싶다. 정말 그런 비평을 단 한 번만이라도 하고 싶다."

그가 또 다른 글 「거대서사의 해체와 하위주체의 발견」에서, 문학비평은 앞서서 작품을 이끌려 할 때가 아니라 작품을 통해 초월적인 가치를 발견할 때만 빛난다는 것, 때문에 비평가에게는 누구보다도 밝은 귀가 필요하다는 점을 강조한 것도 같은 맥락에서 이해할 수 있다. 또한 이 글은 앞서 이광호의 경우처럼 최원식의 비평에 대한 반응을 통해 저자의 비평관을 검토할 수 있는 기회를 제공한다. 결론부터 말하면, 류보선의 경우 최원식의 비평에 대해 애써 대립각을 세우지는 않는다. 모더니즘과 리얼리즘의 회통이라는 최원식의 명제가 그에 걸맞은 구체적인 내용을 수반하지 않아 선언적으로 느껴지지만, 조만간 우리는 그에 합당한 성과를 확인하게 될 것이라며 기대감을 표하고 있기 때문이다. 류보선은 주장의 옳고 그름을 따지는 일을 즐기는 논쟁형 비평가는 아닌 듯하다. 그보다는 한 작품을 가로지르는 예외성을 찾아내고 거기에 깃든 진리 내용을 읽어내는 데서 기쁨을 느끼는 비평가로 여겨진다.

최근 문학판에서 제기된 역사, 민족, 여성성, 생활세계, 기억 등 시사성 있는 주제들로 채워진 1부의 글 여섯 편 가운데 특히 흥미로운 논점을 제기하는 것은 「즐거운 디스토피아와 새로운 역사지리지」다. 이 글에서 저자는 『1984』의 오웰이 아니라 『멋진 신세계』의 헉슬리가 그려낸 미래상에 더 주목해야 한다고 주장한다. 오웰이 그려낸 감시와 통제의 '억압'보다 오히려 헉슬리가 보여 준 촉각과 야단법석의 '쾌락'이 더 문제라는 것이다. 태어나는 순간 삶의 가능성이 미리 결정되고 그 삶을 다만 즐겁게 향유하도록 프로그램된 인간들의 모습을 담은 '놀라운 신세계'가 이미 상당 부분 '당연한 현실'이 되어 가고 있기 때문이다. 1990년대의 '진공의 시간'을 떠올린다면 류보선의 이 지적이 단지 미래를 향해 있는 것이 아니라 우리 문학의 과거까지도 동시에 겨냥하고 있음을 알 수 있다. 특정한 과거 속에서 헉슬리가 그려냈던 디스토피아의 징후들을 찾아내는 일이 중요한 것은 바로 이런 맥락 때문이다. 각 시대마다 문화사적 전환의 이정표가 된 『광장』, 『난장이가 쏘아 올린 작은 공』, 『나는 나를 파괴할 권리가 있다』 등에 관한 열 편의 작품론(2부)과 박경리에서 이청준을 거쳐 강영숙까지 각 시대를 대표하는 소설가를 다룬 여덟 편의 작가론(3부) 역시 이런 인식의 토대 위에 있음은 분명한 사실이다.

　이들 작품론과 작가론은 또한 좋은 소설의 조건과 문학의 본질에 대한 저자의 문제 제기와 그 답변의 모색으로 종합해 볼 수 있다. 이를테면, 기존의 소설 문법에 안주하지 않으려는 열정 덕분에 황석영 소설은 문학사를 다시 돌아보게 하는 힘을 지닌다는 것(「모성의 시간」), 인간이란 무엇이며 인간에게 올바른 삶이란 무엇인가를 근원적으로 다시 성찰하게 만드는 요소들로 긴장감 넘치는 작품이 곧 문제적 소설이라는 것(「죽음 앞에 선 노년 : 김원일의 『슬픈 시간의 기억』」), 극단적인 병리 현상을 통해 메시지를 전달하는 게 아니라 평범한 일상사에서 병리 현상을 발견할 때 미적 환기력이 한껏 고조된다는 것(「가족, 욕망하는 기계들의 서식지: 김원우의 『모노가미의 새 얼굴』」), 타자를 자기 관점으로 쉽게 규정하지 않으려는 태도가 『변경』의 주인공 인철을 문학으로 이끌었다는 것(「제국의 변경, 변경의 제국」), 작가에게는 끊임없는 역사에의 동참 의지와 객관적 현실의 과학적 인식이 필수 요건이라는 것(「개인과 사회의 대립적 인식과 그 의미: 김승옥론」) 등은 그 거친 요약이 될 것이다. 작품과 작가에 대한 존중이 비평의 자의식을 축소하는 게 아니라 오히려 확대하는 '비평정신의 승리'를 류보선의 다음 비평집에서도 확인할 수 있기를 바란다.

4. 그럼에도 불구하고, 문학은 이렇게 말문을 열어야 한다

등단 3년 만에 첫 평론집이다. 최근의 평단과 출판계의 사정을 함께 고려한다면 빠른 성취다. 그렇다고 김영찬을 발 빠른 평론가라고 규정하는 것은 곤란하다. 그는 발 빠르다기보다는 걸음 너비가 넓은 평론가로 보인다. 그가 지금까지 써 온 비평문들이 대부분 묵직한 문제의식과 온당한 해법을 제시하는 글이었다는 사실도 그의 사유와 문체가 재기보다는 넓다는 점을 드러내는 것이리라. 늦은 나이의 등단이라는 전기적 사실도 아마 이와 관련 있을 것이다.

김영찬의 비평적 입장을 앞의 이광호, 류보선의 경우와 마찬가지로 최원식 비평에 대한 언급을 통해 살펴보자. 『비평극장의 유령들』(창작과비평사, 2006)의 첫머리에 실린 「한국문학의 증상들 혹은 리얼리즘이라는 독법」에서 김영찬은 먼저 『창작과비평』 진영 내부의 지배적인 문제점을 날카롭게 지적한다. 당대의 문학적 흐름과 함께하는 과감한 비평적 모험이 필요하다는 비판에 대한 임규찬의 반대 발언을 문제삼은 것이다. 자기비판에 앞서 현실의 중요한 변화들을 제대로 감당한 문학적 움직임이 활발하지 않았음을 유념해야 한다는 임규찬의 반론은 결국 자신의 책임은 회피하면서 문제의 원인을 작품의 부재 탓으로 돌리는 모순에 찬 발언이라는 것이다.『창작과비평』역시 문학적 대응이 미약했다는 문제와 직접 연루되어 있기 때문이다.

　이 같은 전제하에 김영찬이 검토하는 글 가운데 최원식의「남과 북의 새로운 역사 감각들」이 포함된다. 김영하의『검은 꽃』과 홍석중의『황진이』를 함께 다룬 최원식의 이 비평문에서 가장 큰 문제는 모더니즘 계열 소설에 대한 이중적 태도라는 것이 김영찬의 지적이다. 모더니즘 소설이 보여 주는 성취를 적극 평가하면서도 민족문학 입장에서 낯설고 불편한 요소에 대해서는 애써 무관심한 태도를 취한다는 것이다. 작품이 던져 놓은 근원적인 질문을 선험적인 규범을 앞세워 아예 봉쇄해 버리는 비평은 민족문학의 유효성에 대한 믿음을 고수하는 데서 나오는 전략적 태도에 불과하다는 비판이다. 이광호나 류보선의 경우와 비교할 때, 김영찬의 이 글은 작정하고 쓴 창비 비판이면서도 동시에 비판 대상에 대한 본원적 애정을 전제하고 있다는 점에서 남다르다. 비판은 적극적이고도 예각적이지만 그것이 비판 대상과 자신과의 차별화를 목표로 하고 있지는 않다는 말이다.

　이 지점에서 2부의 소설 작품론과 3부의 작가론, 4부의 해설·계간평 등을 통틀어 그가 긍정적으로 인용한 비평가와 이론가들을 빈도순으로 나열해 보는 것도 흥미로울 듯하다. 첫 자리는 아도르노(6회)가 차지한다. 이어 벤야민과 루카치(5회)가 나란히 앉았고, 그 뒤에 헤겔(3회), 알뛰쎄르(2회), 프로이트(2회), 라깡(2회) 등이 자리를 잡았다. 이는 단순히 그의 현학적 치레가 아니다. 태생적으로 주문 제작 글쓰기인 비평의 특성상, 시간에 쫓기며 논리적으로 궁색할 때 불러오는 사람들이란 곧 그의 자의식과 지척 거리에 있는 사람들일 수밖에 없기 때문이다. 아도르노와 벤야민 등 프랑크푸르트학파에 대한 경도가 두드러진 점은, 그의 비평의 뿌리가 어떤 식으로든 '비판 의식'에 가 닿아 있음을 말해주는 것이리라. 공감하고 분별하고 비판하면서 '나' 안의 증상과 대화하는 것이 곧 비평이며, 루카치가 말한 '그럼에도 불구하고'의 태도를 견지하는 사람들에 의해 역사가 진전된다는 믿음(「2000년대, 한국문학을 위한 비판적 단상」)이 단지 수사 차원에 그치지 않는다는 사실을 우리는 여기서 확인할 수 있다.

김영찬의 비평문에서는 '당부의 말씀'을 빠트리지 않는 것도 한 특색인 듯하다. 작품에 대한 신뢰할 만한 이해와 공감할 만한 의미 부여에서 끝내지 않고, 그는 중요하다고 판단되는 대목에 다가갈수록 당위적인 진리 내용을 주장하고 싶어한다. 그럴 때 그의 문체는 예외적으로 들떠 있으며, 그것을 말리는 사람이 스스로 미안한 미소를 지어야 할 만큼 순수하고 열정적이다. 글쓰기에 대한 그의 고집이 느껴진다. 그런데 자기 글의 독자를 항상 염두에 두어야 하는 몇 안 되는 비평가 중의 한 사람이 될 가능성이 큰 그가, 계속해서 그 고집을 부릴 것으로는 보이지 않는다. 더욱이 비평의 최종 심급이 해석이나 주장 그 자체가 아니라 공감에 있음을 생각한다면 말이다. 이제, 네 곳의 비평공장을 모두 둘러보았다. 나는 그 가운데 어느 비평공장장을 닮을 것인가? 고민은 행복한 것인데, 그 해결책은 만만치 않을 것 같다.

(『문학·판』, 2006년 가을호)

저자 소개

이성우

1966년 충북 충주에서 태어났으며, 1992년 고려대 국문학과를 졸업했다. 1995년에
한국정보기술연구원(KITRI)에서 소프트웨어 엔지니어링 전문과정을 수료한 후 컴퓨터
프로그래머로 일했다. 1998년에 고려대 대학원 국문학과 석사과정에 입학하면서 문학
으로 돌아왔다. 2000년 『세계일보』 신춘문예에 문학평론 「스테레오적 시점과 삶의
진실」이 당선되어 문단에 나왔으며, 계간 『시작』과 『애지』의 편집위원을 지냈다. 2001
년에는 석사학위논문으로 「서정주 시의 영원성과 현실성 연구」를 썼으며, 2005년에 논
문 「디지털 기술과 한국 현대시」로 박사학위를 받았다. 이 박사학위논문은 2006년
한국학술진흥재단의 저술 및 출판지원사업에 선정되어 곧 학술총서로 간행될 예정이다.
현재 고려대와 아주대, 한성대에서 강의하고 있다.

역락비평신서 9 ▌ 시+인+들

지은이 이성우

인 쇄 2007년 3월 20일
발 행 2007년 3월 30일

펴낸곳 도서출판 역락
등 록 1999년 4월 19일 제303-2002-000014호
펴낸이 이대현
편 집 김주현

주 소 서울 성동구 성수2가 3동 301-80
전 화 3409-2058, 2060
팩 스 3409-2059
홈페이지 http://www.youkrack.com
e-mail youkrack@hanmail.net

값 16,000원
ISBN 978-89-5556-539-3 03810

■ 잘못된 책은 바꿔드립니다.